03

古文觀止

中文經典100句

台灣師範大學國文系季旭昇教授 總策畫
文心工作室 編著

〈出版緣起〉

站在文化巨人的肩膀上

季旭昇

「犁明即起，灑掃庭廚。忘著窗外，一片籃天白雲，令人腥情振忿。隨便灌洗一下，整理遺容之後，走到客聽，粘起三柱香，拜完劣祖劣宗，希望祖宗給我保屁。然後勿勿敢往朋友的壽宴，為朋友舉殤祝壽，大家喝的慾罷不能。談到朋友的事葉出現危機，我就建議他要摒持理念、拿出破力。朋友也免勵我要多用功，才能寫出家譽戶曉、擲地有聲的文章。晚上我開始發糞讀書，日以繼夜的終於寫完這一篇文章。」

這是用現在見怪不怪的錯字集錦而成的一篇小文，果然可以「擲地」，但是未必「有聲」。近年來，這種錯字太多了，老師開始憂心、家長開始憂心、社會賢達開始憂心，只有學生和教育主管當局不憂心，教育主管當局甚至於還要進一步削減中小學的國語文授課時數。終於，社會的憂心迸發了，由各界組成的「搶救國文聯盟」日前已起來呼籲教育主管當局要正視這個問題，不要坐視國家競爭力一日一日的衰落。

身為文化事業一份子的商周出版，老早就在正視這個問題了，所以洞燭機先地策畫了「中文可以更好」系列，為文字針砭、為語文把脈，希望把這些年語文界的毛病治好。各界反應還不錯。

語文的毛病治好了，體質還是不夠強壯。商周出版認為進一步要熬十全大補湯，讓我們的語文更強壯。這「十全大補湯」就是「中文經典一〇〇句」系列。

《荀子・勸學篇》說：

「吾嘗終日而思矣，不如須臾之所學也。吾嘗跂而望矣，不如登高之博見也。登高而招，臂非加長也，而見者遠；順風而呼，聲非加疾也，而聞者彰。假輿馬者，非利足也，而致千里；假舟楫者，非能水也，而絕江河。君子生非異也，善假於物也。」

學畫一定要先從芥子園畫譜學起。芥子園畫譜是初學者的「經典」。

張大千的畫藝要更上層樓，所以要去千佛洞臨壁畫。千佛洞是張大千的「經典」。

學書法的人要學二王顏柳，二王顏柳是書法界的「經典」。

經典是古代聖賢才智的結晶，是民族文化的源頭。

多認識經典可以讓我們站在巨人的肩上，長得更快、更高。

多認識經典可以讓我們的思想、文字帶有民族智慧、民族風格。

《論語》、《史記》、《孟子》、《莊子》、《戰國策》、《詩經》、《唐詩》、《宋詞》、《古文觀止》、《紅樓夢》等，這十本書應該是現代國民的「最低限度必讀經典」，做為這個民族的一份子，沒有讀過這十本書，就稱不上這個民族的「知識分子」。但是，現代人實在太忙了，大人忙著五光十色、小孩忙著被教改、社會忙著全民英檢、國家忙著走出去，人人都在盲茫忙，商周出版因此為忙碌的人們燉一鍋大補湯，用最活潑簡明的文句，把經典的精粹提煉出來，讓大家可以在「三上」（馬上、枕上、廁上）閱讀。在做完文字針砭、為語文把脈、把病痛治好後，讓我們來培元固本，增強功力，站在文化巨人的肩膀上，看得更高，飛得更遠！

（本文作者現為台灣師範大學國文系教授）

〈專文推薦〉

宜古宜今，歷久彌新的《古文觀止》

陳美儒

一位國中生在一次大考成績落敗之後，在生活週記本裡寫了長長一篇深情懺悔自省的文字，結果在文章結尾時出現了這樣的句子：「……深刻檢討此次的失敗，主要是自己努力不夠，時間分配得不對，才會考出這種分數。真是對不起父母師長，也對不起劣祖劣宗……」好好的「列祖列宗」，竟然寫成「劣祖劣宗」，真是叫人哭笑不得。

一位小六學生在一篇敘述自己母親平日認真持家的文章裡這樣形容：「……我的媽媽是位愛乾淨的媽媽，她總是每天把家裡打掃得一絲不掛……」簡直引人綺夢胡思。

噢，整潔得一塵不染，竟然變成一絲不掛，弄得閱卷老師當場笑得差點噴淚。

近年來在為中等教師做「知能輔導」進修研習的專題演講會後，好幾次就有任教國中的老師對我說：「唉，現在學生國文程度之低落，每每在看完他們的奇文怪句之後，真是叫人早生華髮呀。」

曾經就有老師激動地這樣告訴我：「……美儒老師，你知道嗎？九年級，國三生耶，而且還是全班第一名的，竟然一臉誠懇地跑來問我：『老師，為什麼蝦子會摸象？是因為大象到河邊喝水嗎？』你知道嗎？瞎子摸像的瞎子，他竟然想成活跳蝦！」唉，唉，唉，這什麼語文天地，什麼世界呀？

也難怪，在高中生的請假中請單裡，就有學生大剌剌地寫著：「……祖父於前天凌晨去勢，請准予喪假。」天呀，爺爺過世已經夠可憐了，竟然還要把他老人家去「勢」閹割？這也太恐怖了吧！

「……上逼逼ㄟ思找美眉……哇哩勒卡好……蝦咪輕舞飛揚騙笑……有誰看過哪隻恐龍大象會輕的……^_^，嘿美呀，說得比唱得還好聽ㄟ……」怎樣，你是幾年幾班的？四、五年級生別訝異，告訴你，這就是當前e世代網路族群少男少女最熟悉的，充滿圖像又具「音效」，還附加新式標點符號的文字，您，可別被「嗆」得嚥不下去。

什麼是「降子」？（這樣子）什麼是「林盃」？（你老爸）什麼是ㄏㄏ？（呵呵，哈哈）這全是網路上熱門的文字用語，至於在中文句式中夾雜V.S或&這樣的符號，也就不足為奇了。

看到大學資料報告、研究生論文中，學生把電台DJ寫成「口丁」；把「知道」變成「知到」；把回到「家裡」弄成「佳里」；真的，您就不要太傷神生氣了。

搶救當前青春e世代普遍語文程度低落，網路文字「土石流」四處流竄的情況，以任教建中紅樓教育莘莘學子逾四分之一世紀的經驗與觀察裡，我認為唯有從外表美麗、內涵渾厚的「古文」來著手，才是最具時效且可靠的「藥帖」。

「古之學者必有師。師者，所以傳道、受業，解惑也。」「句讀之不知，惑之不解，或師焉，或否焉，小學而大遺，吾未見其明也。」「是故弟子不必不如師，師不必賢於弟子。聞道有先後，術業有專攻，如是而已。」韓愈〈師說〉。

「臣無祖母，無以至今日；祖母無臣，無以終餘年。母孫二人，更相為命，是以區區不能廢遠。」李密〈陳情表〉。

「惟江上之清風，與山間之明月，耳得之而為聲，目遇之而成色，取之無盡，用之不竭，是造物者之無盡藏也，而吾與子之所共適。」蘇軾前〈赤壁賦〉。

「臣本布衣，躬耕於南陽，苟全性命于亂世，不求聞達于諸侯。」「陛下亦宜自課，以咨諏善道，察納雅言，深追先帝遺詔。臣不勝受恩感激，當今遠離，臨表涕泣，不知所云。」諸葛亮前〈出師表〉。

隨手拈來摘錄古文數小段，這就是外美內甘，具聲韻文字之優雅，又富人生哲意的「古文」，也正是華夏文化的經典寶藏。

《古文觀止》一書乃清初學者吳楚材、吳調候所編選，所選大多為散文，也有少數駢文，長者數千字，短者百把字而已；內容有寫景詠物，也有論說抒情，上自周代下迄明末，凡二百三十篇。刊行以來，由於長期受到人們的歡迎，廣為流傳，各家刊版選文也就不大相同。

多年來，建中人在國文科的「秘密武器」——「十二章經」，其實就是《古文觀止》一書。從初入紅樓的高一生到即將畢業的高三人，每學期每次的定期考、期末考，必考《古文觀止》數篇。因為所有的國文老師皆有的共識就是，唯有熟讀勤記古文篇章，才有寫好現代文字的可能；古文不只是中華文化的精髓，也是通往現代文學的重要橋樑。

但是《古文觀止》一書的內容實在太淵博深遠了，厚厚一本近千頁往往重達上公斤，讓人乍看之下還頗頭大的，以至於有些人畏卻而不敢親近它。

令人高興的是，商周出版在我師大學弟師大國文系教授季旭昇的策畫下，推出《中文經典一〇〇句——古文觀止》，把《古文觀止》揉含了最新資訊、現代格調，以活潑的手法，加入趣味故事、背景小常識，宜古宜今又不失原本風味，實在引人入勝，讓人自然閱讀古文而不覺沈重。

不管是以華夏文化傳承人的角色定位，或是以一個任教建中近三十年的國文教師身分而言，我願全力推薦這本既古典又現代的好書。

（本文作者為名作家、建中資深高三國文教師兼導師）

〈專文推薦〉

重建語文現場，自能方便引學子入門

曾昭旭

曾經有人問我我的國文程度是怎樣養成的？說來慚愧，我並不像一般人所想像的出身世家，所以自然家學淵源。其實我父親是軍人，母親則連字都不是認得很多。我的國文程度如果真算不錯，追溯淵源，恐怕是得力於我生命成長中的兩個機緣。

其一是我七歲隨母從廣州逃難到香港，曾一度失學一年半。其間我母親為免荒怠，規定我必須每天寫大字一張，日記一篇。不管你胡謅什麼，寫滿一頁就行；我的文筆居然因此練就。此外閒閒無事，只好鎮日看章回小說（那時坊間還甚少翻譯小說，更沒有《哈利波特》），什麼《薛仁貴征東》、《薛丁山征西》、《五虎平南》、《羅連掃北》、《七俠五義》、《小五義》、《三國演義》、《東周列國誌》等等，我半生中看過的章回小說，大半是那一年半看的。起初當然有許多認不得的字，但不打緊，由於故事好看，情節精彩，還是可以照讀不誤。而讀多了自然就懂了！我後來才明白這就是培養語文能力的最好方法：直接在語文情境中學。原來這樣得到的瞭解才是活的、有感覺的真瞭解。為應付考試背解釋翻譯，對提升語文能力其實是沒有什麼用的。

我的第二個機緣是在建國中學念初中的時候，由於遇到一位很有感染力的國文老師，在她的鼓動之下，我們全班同學都熱中讀古詩古文。《唐詩三百首》、《古文觀止》是每位同學都必備的。各自誦讀之餘，我們還有種種餘興，例如中午吃過便當，大夥兒就來玩背古文接龍。選定一篇古文，就開始一人背一句，接不上的就算輸。又例如輪流在黑板上寫一句《唐詩三百首》中有

「春」字的詩句，寫不出來（因為熟悉的都被前人寫光了！）就算輸等等。在這樣的風氣之下，我們全班同學的國文程度都大幅提昇，乃至能進窺精緻優雅的文學堂奧。

真的，在語文情境中學、在精鍊優美的作品中學，可說是培養語文能力的兩大要義。我很慶幸在少年時都碰對了。但現在迫於升學競爭、考試壓力的青少年就相對不幸了！花了大量的時間精神還未必有效。所以，在正規教育體系制之外，另尋補救之道是十分必要的。我們當然不能一下子就寄望現代青少年直接去讀整本的古文觀止，因此，摘出若干名句，重建語文情境與故事現場，讓青少年自然引發興趣而進入精美文學之門，不失為當今可行的蹊徑。當然，這只是循循善誘的入門策略，最終的理想，依然是每個人都能自行進到文學原典之中，去涵泳體味古文之美，也自然造就駕馭語文的高超能力。但那就只能看每人自己的造化了！能夠引領學子入門，就已經是《中文經典一〇〇句——古文觀止》這類書的最高期待與最能善盡的責任。

（本文作者爲淡江大學中文系教授）

天地一方

Contents／目錄

忠臣名諫

眞情流露

Contents／目錄

金玉豐鮮

古文觀止 100

天地一方

崇山峻嶺，茂林修竹

名句的誕生

此地有崇山峻嶺，茂[1]林修[2]竹；又有清流激湍[3]，映帶[4]左右，引以為流觴[5]曲水，列坐[6]其次[7]。雖無絲竹管弦之盛，一觴一詠[8]，亦足以暢敘幽情。

～東晉・王羲之〈蘭亭集序〉

完全讀懂名句

1. 茂：茂密。
2. 修：修長、高。
3. 湍：指水勢很急。
4. 映帶：輝映環繞。
5. 觴：古代喝酒用的器具。
6. 列坐：排列就坐。
7. 其次：在（曲水的）旁邊。
8. 詠：吟詩作賦。

這裏有高大險峻的山脈和丘嶺，有茂密的樹林和高高的竹子，又有清水急流，在亭子的四周輝映環繞。把水引到亭中的環形水渠裏來，讓酒杯飄流水上供人們取飲。人們在曲水旁邊排列而坐，雖然沒有管弦齊奏的盛況，但是一邊飲酒一邊賦詩，也足以痛快地表達各自清幽的情懷。

文章背景小常識

王羲之（西元三二一～三七九年，或西元三〇三～三六一年），字逸少，號澹齋，原籍琅琊臨沂（今屬山東），後遷居山陰（今浙江紹興），官至右軍將軍、會稽內史，寫得一手好字，可說是中國最偉大的書法家，後人尊稱為「書聖」。

王羲之出身於一個書法世家，他的父親、伯父、堂兄弟等都是當時的書法名手，而他一生中最好的作品，則首推〈蘭亭集序〉。

〈蘭亭集序〉的寫成緣起於東晉社會承自古代的一種風俗。東晉時，每逢陰曆的三月三日，人們便必須去河邊玩一玩，以消除不祥，這叫做「修禊」。生活在東晉的王羲之自然也遵從了這個風俗，在永和九年的三月三日，和當時名士謝安、孫綽以及王、謝子弟等四十一人在蘭亭集會，飲酒賦詩，各抒胸懷。事後這些即興詩作編為《蘭亭集》，王羲之「自為之序以申其志」，寫下了這篇傳誦古今的〈蘭亭集序〉。

這篇序中不僅記錄了蘭亭周圍山水之美、集會的盛況和樂趣，更抒發了王羲之自己對好景不長、生死無常的感慨。全文雖有駢句，但卻一點也不顯拘謹及呆板。

〈蘭亭集序〉顧名思義是一篇序言。「序言」簡稱「序」，也叫「前言」，屬實用文體，同「跋」是一類的，只是列於卷首叫「序」，附於卷末者則叫「跋」。序的主要作用在於推薦介紹某人著作或某一材料，說明寫作過程、寫作目的、主要內容或說明一些同書本有關的事情，幫助讀者更好地去閱讀或理解。但就〈蘭亭集序〉內容和形式而言，它又不僅是一般意義上的書序，而可說是中國文學史上一篇立意深遠、文筆清新自然的優美散文。

名句的故事

傳說當年王羲之與朋友在蘭亭聚會時，四十二位名士排排坐在溪邊，由書僮將盛滿酒的酒杯放在溪水中，讓杯子隨水而動，酒杯停在誰的位置，此人就得賦詩一首，倘若是作不出來，可就要罰酒三杯。

正當眾人沈醉在酒香、詩美的情境中時，有人提議不如將當日所做的三十七首詩，彙編成集。此言一出，所有的人都開始起鬨，推舉王羲之來寫一篇〈蘭亭集序〉。而酒意正濃的王羲之，二話不說地提筆在蠶紙上暢意揮毫，一氣呵成，賓主盡歡。

但第二天，王羲之酒醒後意猶未盡，便伏案揮毫又在紙上將序文重寫了一遍，但卻怎麼看都覺得不如第一篇的好，他又不甘心，因此一連重寫了幾遍，可是都再也比不上第一篇所寫的舒展、飄逸。

這時他才明白，他在醉後寫的那篇序文已經是他一生的頂峰之作了，他的書法藝術在這篇序文中得到了淋漓盡致的發揮，無論他再怎麼寫，都永遠比不上第一篇了。

此後，王羲之將〈蘭亭集序〉視為傳家寶，並且代代相傳。但到了王家的七世孫智永之時，由於智永出家為僧，為僧之人自然沒有子嗣，於是就將祖傳真本傳給了弟子辨才和尚。到了唐朝初年，李世民大量搜集王羲之書法珍寶，經常臨習，對〈蘭亭集序〉這一真跡更是仰慕，曾多次重金懸賞索求，但一直沒有結果。後來花了很長的時間才察出〈蘭亭集序〉的真跡是在會稽一個名叫辨才的和尚手中，但辨才卻不肯說出真跡何在，唐太宗只得派出足智多謀的監察御史蕭翼。蕭翼扮成書生模樣接近辨才，兩人談得投機，言談間，蕭翼趁機拿出幾幅王羲之的真跡，辨才看了搖頭：「這真跡是好，但我這兒有一幅更棒的。」蕭翼一聽，便慫恿辨才將該幅真跡拿出，辨才也不疑有他，由屋樑上取下〈蘭亭集序〉真跡，展示在蕭翼眼前。蕭翼一見，隨即將〈蘭亭集序〉放入自己的寬袖中，並出示唐太宗的詔書，辨才方知上當了。

其後辨才懊悔不已，一年之後便抑鬱以終。而唐太宗由於太喜歡〈蘭亭集序〉了，指定死後要將此真跡陪葬於昭陵。

歷久彌新說名句

自古中國人崇尚山水、自然，更有「仁者樂山，智者樂水」之說，騷人墨客、文人學者總喜歡徜徉在自然之中，然後在山水之中，細細體會那種「天人合一」的微妙感覺，並創造出那令人驚豔的書法、文學、繪畫、哲學作品。「崇山峻嶺，茂林修竹，清流激湍，映帶左右」，其中有山、有水、有林、有竹，具有一種獨特的東方意蘊，後人讀來，在隱隱約約之中，也能有身歷其境般的閑適。

描寫山水景色，中國文人絕對是有獨到之處的，並且各有各的風采，就算眼中望著的是同一座山、同一潭水，在文字上也絕少有雷同之處。所以在歷代文學作品中想找到同樣高妙的山水描述不難，但若想找到文字相似者就不是很容易了。

就像蘇東坡同樣也寫過山水，但經由他「心眼」所看到的山水就與王羲之看到的不同：「山是眉峰聚，水是眼波橫，若問行人何處去，眉眼盈盈處。」一個是白描，一個是寫意，但文字與意境都是同樣的優美，讓人看了之後心曠神怡。

夫人之相與，俯仰一世

名句的誕生

夫[1]人之相與[2]，俯仰[3]一世，或取諸懷抱[4]，晤言一室之內；或因寄所托，放浪形骸[5]之外。雖取捨萬殊[6]，靜躁不同，當其欣於所遇，暫得於己，快然自足，不知老之將至。

～東晉．王羲之〈蘭亭集序〉

完全讀懂名句

1. 夫：發語詞，無實質性的意義。
2. 相與：相處。
3. 俯仰：俯仰之間，意指時間短促。
4. 懷抱：志趣抱負。
5. 形骸：自己的身體。
6. 殊：不同。

在人的一生中，與朋友相處的時間其實是很短暫的。有的人喜歡在室內跟朋友講述自己的志趣與抱負，面對面地交談；有的人就依著自己所愛好的事物寄託情懷，不受任何約束，自由自在地生活。儘管人們的愛好千差萬別，或好靜、或好動，各不相同，但當他們對所接觸的事物感到高興時，一時間很自得，快樂而自足，竟不覺得衰老即將到來。

名句的故事

王羲之的伯父王導是東晉的丞相，太尉郗鑒想和王家結親，就讓手下人去見王導，請求他准許自己在王家的子弟裡，為女兒挑選一個女婿。王導爽快地答應了這門親事，並讓來人在自己家裡隨意走動觀看，挑選中意的人。

但郗太尉派人選女婿的事，很快就在王家子弟中傳開了。由於大家早就聽說，郗太尉的女兒不但品貌出眾，而且還是一位擅長書法的才女，因此郗太尉前來拜訪的那天，王家的子弟們趕忙穿戴得整整齊齊，個個都做出一副端莊穩重的樣子來。

那幾天，王羲之正巧住在伯父家，他也聽到郗鑒選婿的事，可卻一點也不在意，只是滿不在乎地躺在東廂房的一張竹床上，郗府的人過來後，他就像沒看見似的，依然躺在那兒。

郗鑒的手下人回去，對郗鑒說：「大人，我看王家子弟都很出眾，只是有些不自然，只有一個青年人，坦露著肚皮，躺在竹床上吃東西，好像沒有選婿這回事似的。」郗鑒是個性格豪放的人，聽手下人這麼一說，很喜歡這個性情開朗、不受禮法習俗拘束的青年人。他高興地拍著手說：「他正是我要選的女婿呀！」說完，就讓人去打聽那個年輕人是誰，當知道是王羲之以後，毫不考慮地就定下了這門親事，歡歡喜喜的把女兒嫁給了王羲之。

從此以後，「東床」就成了女婿的代名詞，並且從這個故事裏，我們也可以瞭解，能寫出那樣超凡逸俗書法作品的人，一定也具備同樣豪邁、自然的性格。

歷久彌新說名句

「夫人之相與，俯仰一世，或取諸懷抱，晤言一室之內；或因寄所托，放浪形骸之外」，正說出了人各有志，只要能夠如意順心，以自己的方式生活就足夠了。其實最早的時候孟子便說過「仰不愧於天，俯不怍於人」，與這句話倒是可以互相呼應、以為互補。

到了現在，人們雖還常用這句話來自勉，不過援用整句話的機會已不多了，反倒是句中「放浪形骸」四個字異軍突起，成為人們口中、筆下用來對某人行為舉止的總評。

東晉時期流行「清談」，而當時的文人騷客莫不崇尚「風流」，用今天的話來說就是崇尚「個性化」，因此「放浪形骸」在當時其實並不具備貶義。但演變到了今天，「風流」與「放浪形骸」這兩個詞卻早已與「個性化」無關，反而隱隱約約帶有一種負面的意涵。

而這兩個詞最常出現的地方，則是報章雜誌的娛樂版以及社會版，因為記者老喜歡用「風流」來形容「劈腿男」，而用「放浪形骸」來形容舉止輕浮的女子。但這兩者之間卻仍舊有些差異的，因為說某男人「風流」，有時那名男子還會沾沾自喜，可若說哪名女子「放浪形骸」，她可不會表示出任何欣然之意，反而有可能對你怒目相向。

所以，下回若要用這些詞一定要小心些，千萬不要崇尚「古意」的稱讚人「風流」、「放浪形骸」，否則搞不好會為自己招來無妄之災哦！

固知一死生爲虛誕，齊彭殤爲妄作

名句的誕生

每覽[1]昔人[2]興感之由[3]，若合一契[4]，未嘗不臨文嗟悼[5]，不能喻[6]之於懷。固[7]知一死生為虛誕[8]，齊彭殤[9]為妄作。後之視今，亦猶今之視昔。

～東晉・王羲之〈蘭亭集序〉

完全讀懂名句

1. 覽：看。
2. 昔人：過去的人、前人。
3. 由：原因。
4. 契：契合。
5. 嗟悼：哀歎、感傷。
6. 喻：明白、心中明瞭。
7. 固：因此。
8. 虛誕：荒誕。
9. 彭殤：彭，彭祖，相傳為古代的長壽者。殤，未成年而死、夭折。

每當我看到前人發生感慨的原由，跟我所感慨的事那樣的契合、相一致，總是面對著他們的文章而感傷，心裏又不明白為什麼會這樣。我這時才知道，把生和死同等看待是荒誕的，把長壽和短命同等看待是荒謬的。後人看待今天，也像今人看待從前一樣，真是可悲的事啊！

名句的故事

「固知一死生為虛誕，齊彭殤為妄作」這個句子是為駁斥莊子「一死生」、「齊彭殤」的論點而作的。所謂的「一死生」是指將死和生看做一回事，而「齊彭殤」是把高壽的彭祖和短命的殤子等量齊觀。

中國歷代都喜歡拿「彭祖」來形容高壽者，但彭祖究竟是什麼人，又有多高壽呢？

彭祖是中國古代著名的「壽星」和養生家，許多先秦古籍都載有他的名字。據傳，他是黃帝的後裔，曾侍奉堯帝，受到堯的讚賞而封他於彭城，因此後人多稱他為「彭祖」。

彭祖可說是中國歷史上壽命最長的人，傳說他活了八百多歲，死了四十九個妻子，失去四十五個兒子。而至於他為什麼會那樣的長壽，據說是得到了高人的指點。

在彭祖出生剛滿一周歲的時候，一個算命看相的道人看見彭祖的面相後，對他爹說：「這孩子活不過二十歲的。」彭祖的爹聽了心急如焚，連忙帶著彭祖四處遍訪得道高僧，希望能學個養生長壽的方法，好能夠多福多壽，繼承彭家的香火。而皇天不負苦心人，最後彭氏父子終於在五台山找到了不語禪師。

那日之後，彭祖便跟隨著不語禪師苦苦修行了九九八十一年，超越人生「酒色財氣」四關，並練就一身吐納胎息之法，近一百多歲的人看來卻絲毫不顯老態。

只是彭祖一修行就是近百年，父母早就不在人世了，因此當彭祖功成拜別師父回到家鄉後，看到的只是爹娘的墳頭。而早看透死生之事的彭祖，只是微微笑了笑，對墳頭拜了拜後，就離開家門四處雲遊，最後得道成仙，名列仙班。

歷久彌新說名句

「固知一死生為虛誕，齊彭殤為妄作」表達的其實是對既有觀點的一種質疑與反駁，劉琨也曾說過類似的話話，他在〈答盧諶書〉裏便寫及：「知聃周之為虛誕，嗣宗之為妄作。」

一般來說，能寫出這樣句子的人都是比較具有批判意識的人，他們能脫離舊有思想的禁錮而獨立思考，並且也願意表達自己「與眾」不同的意見。特別是在中國古代，這樣的人士還是少的，畢竟要直接拿名人開刀，不僅得具備一定的學識、修養，還得賭上自己的名聲及未來，普通人是不敢這樣做的。

而在今天這種「百花齊放」的社會，能容許任何不同的聲音，因此這種「……為虛誕，……為妄作」的句式就更常見了。像在一篇講述破除鬼神迷信的文章中，作者便套用了這個句式，然後以「固知鬼神為虛誕，神鬼小說為妄作」作為結語，讓人看了之後可以立即掌握到文章的主旨，確實幫助人瞭解文章的大概。

不過不可諱言的是，有些人的確是為了反對而反對，希望以此標新立意的「新說」來為自己搏取名聲，這時我們便必須有自己的理解與認知，不能一味的接受。

取之盡錙銖，用之如泥沙

名句的誕生

嗟乎！一人之心，千萬人之心也。秦愛紛奢[1]，人亦念其家。奈何[2]取之盡錙銖[3]，用之如泥沙。

～唐．杜牧〈阿房宮賦〉

完全讀懂名句

1. 紛奢：紛就是多的意思，奢是奢侈，紛奢即是豪華奢侈之意。
2. 奈何：為何。
3. 錙銖：錙與銖都是極小的計算單位，用以比喻極細微。

唉！一個人的心，也就是千萬人的心。秦王喜歡豪華奢侈，人民也希望幸福美滿。而為什麼搜括財富時絲毫不遺漏，用的時候卻像泥沙一樣快速流失。

文章背景小常識

賦為《詩經》所指的六義之一，是鋪陳其事的書寫方式。賦讀起來很有詩韻的感覺，卻又不是詩，文字用詞簡短清澈，又不像散文，可說是介於詩與散文之間的韻文。「賦」作為一種文體有一個演變的過程。賦以《楚辭》濫觴，到了漢代才形成確定的形式，其流變大致經歷了騷賦、漢賦、駢賦、律賦、文賦等階段。兩漢時期的「漢賦」，辭藻華美，多為歌功頌德，例如賈誼的〈弔屈原賦〉；六朝時期的「駢賦」，充滿作者個人的情感，例如曹植的〈洛神賦〉；唐朝則以賦取士，其「律賦」

對偶工整、講求音韻，至晚唐時期發展出「散賦」，延續到宋朝，著名的如本文〈阿房宮賦〉及蘇軾的〈赤壁賦〉等。

杜牧是晚唐時期人士，其祖父乃是唐朝知名宰相杜佑。杜牧出身望族，由於耳濡目染，對於政治國事的關心自不在話下，他在〈上知己文章〉中解釋：「寶曆大起宮室，廣聲色，故作〈阿房宮賦〉。」（杜牧《樊川文集》卷十六）杜牧撰文的意圖在於以秦帝國的興亡史實，勸戒唐敬宗的驕奢荒淫。杜牧的部分文學作品多少帶有史論、以史鑑君的特色，例如他在〈烏江亭〉一詩中寫道：「江東子弟多才俊，捲土重來未可知。」在帝制時代，官場社會中要寫這樣的內容，多少要具備相當的勇氣。從〈阿房宮賦〉的起承轉合中，我們便看到杜牧強烈的歷史意識，行文不僅氣勢縱橫，內容更毫不留情的指陳時弊。全文在互文、對偶、比喻等等修辭手法的運用中，讓秦朝與六國興亡的歷史教訓，生動地在我們眼前流轉。

名句的故事

錙或銖，都是古代用來計算重量的極小單位，「錙銖」合為一詞，即用來比喻極微小者。「取之盡錙銖」即秦王搜括民間財富建造阿房宮時，連很零碎的金錢也搜括走，可見當時為了建造宮殿，對財富的需求之大。泥沙是不值錢的賤物，用手抓起一把泥沙，它很快會從我們的指縫中流出，所以「用之如泥沙」意即，為了建造宮殿，把這些錢像泥沙一般地花掉，可見其花用速度之快。

相傳阿房宮是秦王為他所愛的民間女子阿房所建造的宮殿，爾後西楚霸王項羽推翻秦帝國時，聽說自己的愛妾虞姬被擒，憤而遷怒，就放了一把火燒掉阿房宮，據說這一燒就花了整整三個月。一座可以花掉三個月時間才燒完的宮殿，範圍之大，可以想見，當初建造時所費必定不貲，亦可窺見秦王的奢侈浮華。

但是，阿房宮究竟有多大？這在歷史上其實是個疑點。離秦朝最近的漢朝史學家司馬遷在《史記．秦始皇本紀》記載，阿房宮前殿「東西五百步，南北五十丈」，這比起杜牧在〈阿房宮賦〉中誇張地描述：「壓覆三百餘里，隔離天日。」司馬遷的說法顯然更令人容易相信。杜牧的描述有可能是寫作上的需要，也有可能是以訛傳訛的結果。

歷久彌新說名句

除了作為財富方面的形容詞，「錙銖」還有一種延伸用法。根據《明史・解縉傳》記載，明朝開國皇帝朱元璋非常欣賞解縉的才華，有一天他提醒解縉要對國政知無不言，沒想到隔天解縉就上奏一篇令人不禁捏把冷汗的長論。其中解縉說：「建不為君用之法，所謂取之盡錙銖；置朋奸倚法之條，所謂用之如泥沙。」解縉批評朱元璋用人不懂擇賢、授官不分輕重，尤其是常常提出不應當為君王所用的法則，連很小的利益都不放過。

當我們批評別人「取之盡錙銖」，通常是說這個人連很小的利益也不放過，現代人也常用「錙銖必較」這句成語，來形容一個人對事務的斤斤計較。而對鬧得沸沸揚揚的新台幣六千餘億元的軍事採購案，國防部召開記者會時便強調：「將以『錙銖必較』的精神採購軍事裝備和武器。」這是用斤斤計較，來表示做事的小心翼翼。也有人將這句話注入環保意識：「人類的母親——地球，她的每一滴血汗，都被人們擠榨了，揮霍著，真是『取之盡錙銖，用之如泥沙』啊！」可見我們揮霍的豈只是物質、金錢，還有大自然的寶藏。

滅六國者，六國也，非秦也

名句的誕生

嗚呼！滅六國者，六國也，非秦也；族[1]秦者，秦也，非天下也。

～唐・杜牧〈阿房宮賦〉

完全讀懂名句

1. 族：滅。

唉！滅亡六國的人，是六國自己，而不是秦國；族滅秦國的人，是秦國自己，也不是天下百姓。

名句的故事

戰國時代的外交場上，先有蘇秦的合縱政策，後有張儀的連橫政策。所謂「合縱」即蘇秦倡導聯合六國共同抵抗秦國，但由於六國之間的利益並不相同，而彼此之間也一直存在土地或爭戰的宿怨，因此六國的合作體系很快地就被秦國宰相張儀提倡的「連橫」政策所破解。「連橫」即是利誘六國分別與秦國親善友好，施以小惠或條件交換，然後再各個擊破，達到統一天下的目的。如果不是六國之間無法真誠相對，一直在彼此間的宿怨與利益中計算，秦國怎麼會有機會瓦解六國的聯盟呢？所以杜牧說：「滅六國者，六國也，非秦也。」

秦始皇登位後，為避免之前群雄並立爭奪的局勢，決定廢封建、行郡縣，以集權中央；而為了大一統帝國的延續，他開始充滿猜忌、懷疑，近有剷除權臣，遠有焚書坑儒，並且四處尋求長生不老之藥，甚至五度巡行天下；暴政歷歷，而萬里長城的築砌更是為天下百姓帶來無比的災難與窮困，秦國漸漸步上衰亡之路。因此杜牧批評：「族秦者，秦也，非天下也。」秦朝是亡於秦朝統治者自己的手中，而非天下百姓呀！

如同漢朝賈誼在〈過秦論〉一文結語時說：「為天下笑者何也？仁義不施，而攻守之勢異也。」秦王朝以將近一百年的時間造就一個統一帝國，卻被區區一個陳勝帶著斧頭、鋤頭來揭竿起義，夢想中的萬世基業，頃刻之間就覆亡了。秦王朝無法辨別時勢的轉折，方造就機會給別人，自取滅亡。晚唐的政治趨於腐敗、驕奢，也是將機會捧著等別人來侵犯，杜牧行文正直，當頭棒喝執政者不要成為下一個秦朝。

歷久彌新說名句

「滅六國者，六國也，非秦也；族秦者，秦也，非天下也」，用句簡潔的成語來說就是「自取滅亡」，也就是自掘墳墓、自毀長城，起因皆在於自身。例如最近「股市風險莫測，撲朔迷離」，比照古人的話，我們可以說：「迷股市者，非股市也，自迷也；害股民者，股民也，非股市也。」股市最大的風險不是市場本身，而是在於人們的貪欲、對財富的迷戀。

兩岸現在的交流已經越來越頻繁，我們對於共產黨的認識也跟以前大有不同。如果在台灣戒嚴時期，我們就可以這麼說：「滅六國者，六國也，非秦也；滅中國民主共和者，中共國人民也，非共產黨也！」類似這樣的思想教育在過去是比較常見的。另外，也有很幽默地模仿這句名言的造句：「感冒發燒者，人也，非病毒細菌也。賭博害人者，人也，非麻將也。」這樣我們就很輕鬆地瞭解事件的癥結了。

後人哀之，而不鑑之

名句的誕生

秦人不暇[1]自哀，而後人哀之；後人哀之，而不鑑之，亦使後人而復哀後人也。

～唐・杜牧〈阿房宮賦〉

完全讀懂名句

1. 暇：來不及之意。

秦人還來不及為自己哀傷，只好讓後代的人去替他悲傷；如果後代的人只是悲傷，卻沒有以秦為鑑戒，那也只有使更後代的人來為後代的人哀傷了。

名句的故事

「後人哀之，而不鑑之，亦使後人而復哀後人也」，說穿了就是朝代更迭的殷鑑，始終無法從歷史事實中逃脫，這也是歷史演變的真相。真相是什麼？「阿房宮」究竟是否在歷史上存在過，其實是不斷受到質疑的，縱使已經有考古學方面的發現。因為當時阿房宮尚未建完，秦始皇就駕崩了，當秦二世皇帝要續建時，不到四個月就有人揭竿起義，秦朝也就被推翻了，而項羽的這一把火更是流傳千古。「阿房宮」的建立表徵一個帝國的慾望無止盡地上升，「阿房宮」的毀滅也表徵一個帝國的慾望是會受到限制的。這個限制的力量就是來自人民。

經過「王叔文黨禍」後的唐朝，政壇的驕奢腐敗日益嚴重，而且延伸到了普羅社會大眾。誠如唐代的揚州是一個商業交易熱絡、繁華異常的都市，隨之而來的倡樓酒館的盛況，也僅次於長安城；揚州每晚娼樓所點的燈，就像是萬般繁星一樣，把揚州城點綴得像仙境一樣，這樣的唐朝，正一步一步走上衰亡之路，此後外患、天災接踵而至，杜牧便用歷史檢討當代社會，希望歷史不要重演，只是，歷史還是重演了。

世稱「三蘇」的蘇洵、蘇軾、蘇轍等父子兄弟，皆有作〈六國論〉，目的也都是借古喻今，諷刺北宋朝廷對西北勁敵契丹、西夏、遼國的退讓。蘇洵對於北宋朝廷簽訂「澶淵之盟」，花錢以尋求苟安的外交政策，痛心疾首，他想藉由六國賂秦而遭致滅亡的歷史教訓，讓北宋朝廷引為鑑戒，以免重蹈覆轍。蘇轍在其〈六國論〉指出，六國諸侯因為貪圖秦國採用「連橫」政策釋出的邊境上的土地利益，分別違背盟誓、毀棄約定，互相殘殺「合縱」陣營的盟國，所以秦國的軍隊還沒有出動，六國就已經困住自己了。然而北宋朝廷自動簽訂盟約、奉上金銀布匹給敵人，活生生地就是「後人哀之，而不鑑之，亦使後人而復哀後人也」的實踐者，才會一退再退，由北方撤退，偏安南方，終至南方也偏安不了，亡國了局。

歷久彌新說名句

二○○四年江蘇省舉行高考，作文題目是「穩中求勝」。有一個非常優秀的考生這樣寫道：「有了私欲，心中自然無法沈穩下來，遇事則慌，處事則亂。霸王以一己私欲，趕走亞父，氣走韓信，終被困垓下，遺憾千古，長使英雄淚滿襟。霸王之敗，後人哀之；後人哀之而不鑑之，則必使後人而復哀後人矣。」相信這位考生平日必定熟讀古文。

又例如司馬光的煌煌鉅著《資治通鑑》，不也就是警告人，不要再發生「後人哀之，而不鑑之，亦使後人而復哀後人也」的歷史悲劇嗎？我們一遍又一遍地翻閱史書，所有的教訓每隔一段時間就會重演一遍，正如西方哲學家黑格爾的名言：「人類從歷史得到的唯一教訓，就是人類沒有從歷史得到教訓。」這前後兩句話真是有異曲同工之妙。當我們在哀痛歷史的同時，更要「鑑之」，這講的就是一種「危機意識」。請問各位有這樣的危機意識嗎？如果沒有，那麼請記住：「如果你因錯過太陽而哭泣，你也將錯過群星。」如果我們無法從錯誤中學習，無法掌握改過自新的機會，那麼下一個更好的機會也將會流逝。

文起八代之衰，道濟天下之溺

名句的誕生

文起八代之衰[1]，道濟天下之溺；忠犯人主之怒[2]，而勇奪三軍之帥[3]。此豈非參天地，關盛衰，浩然而獨存者。

～宋・蘇軾〈潮州韓文公廟碑〉

完全讀懂名句

1. 文起八代之衰：指韓愈的古文，提振八代的萎靡文風。八代，指東漢、魏、晉、宋、齊、梁、陳、隋。
2. 道濟天下之溺：用儒道來救濟天下人沉溺佛老思想。
3. 忠犯人主之怒：韓愈上諫迎佛骨表觸怒唐憲宗，被貶為潮州刺史。
4. 勇奪三軍之帥：唐穆宗長慶元年（西元八二一年），鎮州暴亂，朝廷派韓愈前往昭撫，韓愈對判將王廷湊曉以大義，終於使其折服歸順。

韓愈提倡古文，提振起八代的萎靡文風；鼓吹儒學，用道德救濟天下沉溺佛老思想；忠心耿耿，不避諱觸怒君王；他的勇氣折服三軍將領。他不正是參贊天地化育，關係國家盛與衰，正氣凜然巍巍獨存的典範人物？

文章背景小常識

碑文，按劉熙《釋名・釋典藝》，本是古代下葬時，「臣子追述君父之功美，以書其上」，所以碑文總是歌功頌德。另一說，則言秦始皇東巡時，李斯立峰山碑，碑上歌頌秦德。後人因循，就在道路前頭或明顯之處，書寫其功成名就，就稱為碑。

蘇軾曾言「平生不為行狀碑傳」，因為這類文章往往是迫於官場應酬，或墓主後代苦苦哀求而寫，實在有違蘇軾的直言風格。但面對韓愈這位古文運動大將，蘇軾則戮力為之。傳說蘇軾作此文時，久久無法下筆。起來行走數十次，忽然得開頭「匹夫而為百世師，一言而為天下法」兩句，便文思泉湧，行文流暢無阻，揮灑自如。本文一向被功認為碑文中的名作。

韓愈去世後，韓愈的墓誌銘是由其生前指定得意高徒皇甫湜撰寫〈韓文公墓誌銘〉。此外，韓愈學生，同時也是韓愈女婿李漢，整理岳父生前之詩文集而作〈昌黎先生集序〉，來推崇韓愈對文學的努力和對古文運動的重要貢獻……不過這些作品，「及東坡之碑一出，而後眾說盡廢」（《容齋隨筆》）。由此可知，〈潮州韓文公廟碑〉對文壇的震撼。

名句的故事

「文起八代之衰，道濟天下之溺」，表彰韓愈作為古文運動的推動者，他的影響力和德行。

唐憲宗元和十四年（八一九年）正月，憲宗遣使往鳳翔迎佛骨入宮中，停留三日後，又命諸寺迎之供奉，導致京都無論老少士庶，棄其本業，焚香祭拜。於是韓愈上論佛骨表勸諫，憲宗大怒，本欲將韓愈處死。經裴度等人力救，才改貶潮州任刺使。至潮州後，韓愈積極治理當地民生疾苦：除鱷魚、放奴婢、興學……所以儘管韓愈在潮州時間僅短短七、八個月，但深獲潮州人心。為了感念韓愈，當地立廟祭祀他。到宋哲宗時，王滌任當地太守，選地重建新廟，匾題為「昌黎伯潮州韓文公之廟」。紹聖元年時，蘇軾謫居惠州，適逢新廟落成，潮州人便請蘇軾作碑文，因而有本篇〈潮州韓文公廟碑〉。

歷久彌新說名句

歷來碑文歌功頌德，幾成形式。即使如蘇軾作〈潮州韓文公廟碑〉，仍守碑文的基本模式，獨獨被魯迅讚譽其小品文為「一塌糊塗的泥塘裡的光彩和鋒芒」的唐代詩人陸龜蒙，其所作〈野廟碑〉，一反傳統歌功頌德的碑文形式，為野廟立碑，感慨農民迷信，但貪官污吏禍國殃民更令人痛心疾首。

〈野廟碑〉起首便以「碑者，悲也」，點破全文主旨全在「悲」字。簡述碑之短史，專為歌功頌德後，即說「余之碑野廟也，非有政事功德可紀，直悲夫甿竭其力，以奉無名之土木而已矣」。甿，音ㄇㄥˊ，指農民。這些農民竭盡全力來供奉這些泥塑木雕的野廟令人感到悲哀。

「甌越間好事鬼，山椒水濱多淫祀」即在江浙、福建一帶，山頂海濱，有著許多不合禮制或不應有的祭祀。而這些祭祀野廟的現象，是農民迷信，也是農民自畫圈套，因為這些偶像是「甿作之，甿怖之」。可歎農民遇上疾病死傷時，「自惑其生，悉歸之於神」。

討論這淫祀的現象後，陸龜蒙話鋒一轉，直指那些貪官污吏的危害更甚於野廟祭祀。因為這些貪官污吏錦衣玉食，需索無度，卻從未把人民的苦楚放在心上。一旦國家患難，這些人卻膽小怯弱，乞求作為俘虜都來不及了。這些貪官其就是穿著官服會說話的土木神像——「乃纓弁言語之土木爾，又何責其真土木耶」！於是作者寫詩總結，最末一句回應原先「碑者，悲也」的主題：「視吾之碑，知斯文之孔悲。」

到了現代，碑文弔唁故人風氣仍在，沿襲舊體，頌揚此人浩浩功業，但仍有奇特之作。余秋雨〈酒公墓〉，寫一個狀元之後代，留美攻讀邏輯的張先生，一生坎坷，最後落得寫作墓碑維生，因嗜酒，人稱張酒公。死前他懇求余秋雨為他死後的墓碑寫碑文，然而余秋雨不忍寫。張酒公口述碑文說道：「酒公張先生，不知籍貫，不知名號，亦不知其祖宗世譜，只知其身後無嗣，孑然一人。少習西學，長而廢棄……釋儒道皆無深緣，真善美盡數失落，終以濁酒、敗墨、殘肢、墓碑，編織老境。……嗚呼，故國神州，莘莘學子，願如此潦倒頹敗者，唯張先生一人」。此文堪稱現代版〈五柳先生傳〉，只是張酒公充滿悲情的一生，不似五柳先生還能曠達任遠，瀟灑自若！

不以物喜，不以己悲

名句的誕生

嗟夫！予嘗求古仁人之心，或異二者之為[1]，何哉？不以物喜，不以己悲[2]，居廟堂之高，則憂其民[3]；處江湖之遠，則憂其君[4]。

～宋・范仲淹〈岳陽樓記〉

完全讀懂名句

1. 予嘗求古仁人之心，或異二者之為：二者，指的是作者在前述中提到因天氣陰雨而悲傷以及因天氣晴和而高興，而古代的仁人是不會有這兩種情況的。
2. 不以物喜，不以己悲：不因環境好而高興，也不因自己的遭遇不好而悲傷。
3. 居廟堂之高，則憂其民：廟堂是指朝廷。這句是說在朝做官的時候，憂慮著人民的生活。
4. 處江湖之遠，則憂其君：江湖是指被貶謫或去官的官吏生活的地方。這句是說被貶謫在外的官吏因不能就近輔佐君王，而時時憂慮君王。

啊！我曾經探求過古代仁人的用心，他們和這兩種人的態度是不一樣的。這是為什麼呢？因為他們不因環境好而高興，也不因自己的遭遇不好而悲傷。他們在朝廷做官的時候，就憂慮人民的生活。退職在野，非常失意的時候，就憂慮朝政的得失。

文章背景小常識

屹立在洞庭湖畔的岳陽樓，是中國古建築中

的瑰寶，自古有「洞庭天下水，岳陽天下樓」之譽。始建于唐，後毀於兵燹，北宋年間重修和擴建。岳陽樓的出名，在很大程度上是由於北宋著名文學家范仲淹（西元九八九～一〇五二年）寫了一篇不朽的散文〈岳陽樓記〉。據說當時巴陵郡守（岳陽樓在宋時屬巴陵郡）滕子京集資重修了岳陽樓，不過滕子京重修的岳陽樓，在明崇禎十一年（西元一六三九年）毀於戰火，現今的岳陽樓已經是明清以來重修多次的樣貌了。

岳陽樓記便是范仲淹在登臺眺望，遠觀洞庭湖的景色之時，不自覺心裡有所感發，並且引發了對政治時事的感觸。由於岳陽樓的美景早已被前人寫光了，因此范仲淹不再贅述，只點出心中感觸胸懷，引出悲喜兩種境界，最後才是真正的重點：先憂後樂。是不是現在的人也能像古代仁人一樣，在天下人還沒有憂慮以前，自己就先憂慮，等到天下的人都得到快樂以後，自己才享受快樂呢？

名句的故事

我們在日常生活中，常會因為不好的境遇，和感受到大自然中不可抗拒的力量，如生老病死，而感到悲傷難過。范仲淹所描述的這句「不以物喜，不以己悲」就是要我們不論外在環境好或不好，都不要影響自己的心情。這點我們可以從《莊子》中得到更深的體會，在〈養生主〉篇中，有一個故事是：老子死的時候，他的朋友秦失來弔唁，卻批評別人的痛哭是違背天理人情，他說：「適來，夫子時也，適去，夫子順也。安時而處順，哀樂不能入也。古者謂之帝之懸解。」意思是說：該來的時候，老子應時而生；該去的時候，老子順理而去，安心應時而順應變化，哀樂情緒不侵擾人心，這在古代就叫做遵從自然規律的生死觀。

在《莊子．至樂》篇中，莊子本人也有個故事很好地說明了這一點：莊子妻死，惠施去弔喪，卻看到莊子蹲在地上，鼓盆而歌。惠施說：「你不哭也就算了，竟然鼓盆而歌，不是太過分了嗎？」莊子說：「不然。是其始死也，我獨何能無慨然。察其始而本無生，非徒無生也而本無形。非徒無形也，而本無氣。雜乎芒芴之間，變而有氣，氣變而有形，形變而有生。今又變而之死，是相與為春秋冬夏四時行也。人且偃然寢於巨室，而我噭噭然隨而哭之，自以為不通乎命，故止也。」這段話是說：莊子一開始也是有哭的，但是後來想到他妻子本來是沒有形體的，只是後來因為一些混沌之氣聚集之後，他就有了形體，好像就有了生命的開始，現在死了，只是回復到她本來的樣子啊！如果傷心大哭豈不是太不瞭解生命的道理了嗎？所以就不哭了。

歷久彌新說名句

雖然「不以物喜，不以己悲」這句話對我們來說可能有些陌生，但這只是因為我們平常不是用這樣的話來表達而已，例如我們會說：「不要因為一點小事就沾沾自喜，小心樂極生悲！」跟「不以物喜」是相同的意思。

至於「不以己悲」也是一樣的，最具代表性的作家，應該是非杏林子莫屬了，在她的《生之歌》作品中，可以說是她個人生命情操的寫照。在〈生之歌．永恆的價值〉這篇文章裡，杏林子描寫法國的印象派大師雷諾瓦，杏林子欣賞他的畫作，更欣賞他對生命的執著，裡面有一段是這樣說的：「據說雷諾瓦也患有關節炎，到了晚年，全身的關節都壞了，只有坐在輪椅上繪畫，他的畫架也是特製的，有活動的軸可以將畫布升降移動。由於兩手的關節都告變形，無法拿筆，就將畫筆綁在手上，朋友看他作畫如此艱苦，問他何不放棄，他回答說：『痛苦會過去，美會留下。』他至死都沒有放棄他的畫筆。他就死在他的畫架旁。」

也許是因為生理上的病痛使得杏林子和雷諾瓦對生命有更深的感動，如果不是對「不以己悲」的內涵有相當深刻的反省，又怎麼能說出「痛苦會過去，美會留下」這樣感人至深的句子呢？

先天下之憂而憂，後天下之樂而樂

名句的誕生

是進亦憂，退亦憂[1]；然則何時而樂耶？其必曰：先天下之憂而憂[2]，後天下之樂而樂[3]歟！噫！微[4]斯人[5]，吾誰與歸！[6]

～宋．范仲淹〈岳陽樓記〉

完全讀懂名句

1. 是進亦憂，退亦憂：因為在朝做官的時候，憂慮著人民的生活，而被貶謫在外或去官又因不能就近輔佐君王，而時時憂慮君王，所以進也憂慮，退也憂慮。
2. 先天下之憂而憂：這是說仁人會未雨綢繆，在天下人還沒開始憂慮的時候，就已經憂慮了。
3. 後天下之樂而樂：這是說仁人等到天下人都快樂了，一切萬全了之後，才會感到快樂。
4. 微：通無。
5. 斯人：指古仁人。

這樣，在位也憂慮，不在位的時候也憂慮，那麼，要到什麼時候才快樂呢？他們一定說：「在天下人還沒有憂慮以前，自己就先憂慮，等到天下的人都得到快樂以後，自己才享受快樂。」唉！如果沒有這種人，那我將依歸誰呢？

名句的故事

范仲淹這句名句「先天下之憂而憂，後天下之樂而樂」後來演變為「先憂後樂」這句成語，而這句成語在漢代劉向的《說苑．卷十六．談叢》中也有提到，他說：「先憂事者後樂，先樂事者後憂。」指先憂苦而後得安樂。二者的用法很相近。

但是，或許有人會說：「為什麼要在還不需要憂慮的時候，就自己在那邊憂慮呢？真是杞人憂天！」「杞人憂天」這句成語是源自《列子．天瑞》：「杞國有人憂天地崩墜。」這個故事是說，從前有個杞國人因為成天擔憂天會崩塌，地會陷落，每天睡不著覺，也吃不下飯。後來有人開導他說：「天是氣體聚積而成的，氣體本來就是無所不在，你現在已經是整天在這團氣體裡活動呼吸了，怎麼會擔心它崩塌呢？」但他聽了以後，不但沒有因此而放心，反而又開始擔心起以氣體構成的天，會不會無法支撐日月星辰的重量，日月星辰會因此而墜落。後來經人解說：「日月星辰也不過是氣體中發亮的部分，即使墜落也不會傷人啊！」終於停止了對天的擔憂，卻轉而憂慮不知道什麼時候地會塌陷。後來這個故事被濃縮成「杞人憂天」，用來比喻缺乏根據且不必要的憂慮。

歷久彌新說名句

倘若我們由「先天下之憂而憂，後天下之樂而樂」，可以聯想到用來形容不必要憂慮的「杞人憂天」的話，那麼我們也可以進一步聯想到「替古人擔憂」這句成語，這也是用來形容憂慮不必要的事情，而且是一種更生動的說法。在《西遊記》和《金瓶梅》這兩部小說中都有使用到這句成語；《西遊記》第四十八回：「老兒，莫替古人擔憂，我師父管他不死長命。」《金瓶梅》第二十回：「怪小狗肉兒，你倒替古人擔憂。」

在現代人的著作中，「替古人擔憂」的使用也是很普遍的，俞平伯〈文訓〉：「依此看去，匆匆實是一味妙藥，其效至少有如同仁堂的萬應錠；而我們反替古人擔憂，足見其不開眼也已。」名作家張曉風也曾做有一篇文章，篇名就是叫做〈替古人擔憂〉。內容中並沒有提到「替古人擔憂」這句話，但我們或許可以藉由其中的一段來揣想作者的意思：「同情心，有時是不便輕易給予的，接受的人總覺得一受人同情，地位身份便立見高下，於是一筆贈金，一句寬慰的話，都必須謹慎。但對古人，便無此限，展卷之餘，你盡可痛哭，而不必顧到他們的自尊心，人類最高貴的情操得以維持不墜。」這裡的替古人擔憂已變成一件令人放心的事，文人的用筆和用心真是奇妙呀！

山不在高，有仙則名

名句的誕生

山不在高，有仙則名；水不在深，有龍則靈。斯是陋室，惟吾德馨。

～唐・劉禹錫〈陋室銘〉

完全讀懂名句

1. 斯：此。
2. 陋室：簡陋的居室。
3. 馨：香氣。

山不一定要高，只要有神仙住就會有名了；水不一定要深，只要有蛟龍藏於水，便會有靈氣。這間雖然是簡陋的房子，只要有我的德行，便可以讓它馨香美好。

文章背景小常識

所謂的「銘」是指刻在器物或石碑上的符號或文字，最早見於商周時代的青銅器上。「銘」或用為記載政治情事、祭祀慶典，或用來記述一個人之生平、事業、功德，表示紀念；或用為警惕自己、讚頌他人的文字；甚至於借物抒情，表示永不忘記。因此「銘」隨著時間與人的應用，逐漸發展成為一種文體，例如座右銘、墓誌銘。

劉禹錫十九歲遊學長安，二十一歲與柳宗元同榜考中進士，同年又考中了博學宏詞科，他做過監察御史、屯田員外郎、禮部郎中、集賢直學士，及連州、朗州、播州、夔州、和州、蘇州等地刺史，晚年任太子賓客，世稱「劉賓客」。〈陋室銘〉的誕生要從劉禹錫被貶談起。

唐順宗即位後，起用士大夫王叔文等人實施改革，史稱「永貞革新」。「永貞革新」運動大大打擊了宦官、藩鎮、世襲官僚的勢力，因此雙方演出激烈的朋黨傾軋，失敗的「王叔文黨」紛紛遭到貶謫，為王叔文所重用的劉禹錫也被貶為朗州司馬，這是劉禹錫第一次被貶謫。近十年後，劉禹錫被「以恩召還」，旋即又因「桃花詩案」被貶為連州刺史。簡單來說，「桃花詩案」就是劉先生又作了一首詩〈元和十年自朗州承召至京戲贈看花諸君子〉，語帶雙關地嘲弄、蔑視權貴，當然又被貶謫，這次一貶就是十四年。一般認為，劉禹錫就是在這十四年中，曾轉任和州刺史一職時寫下〈陋室銘〉。陋室的故跡是在現今安徽省和縣。

名句的故事

《新唐書．劉禹錫傳》記載：「禹錫恃才而廢，褊心不能無怨望。」劉禹錫不僅仕途坎坷，結婚九年後妻子便過世了，因此他心地並不寬闊，而且常懷有怨恨。有幸劉禹錫和白居易同年，他「與白居易酬復頗多」（見前揭書），算是知交很深的朋友。白居易本人就是以詩聞名者，卻還推崇劉禹錫為「詩豪」，又稱讚劉禹錫：「其詩在處，應有神物護持。」（見前揭書）劉禹錫的詩像是有神靈護持，可見其渾然天成的才氣。

〈陋室銘〉是借物抒情、以物喻志。誰是「仙」？就是劉禹錫；誰是「龍」？也是劉禹錫；其中的「山」、「水」，事實上就是指「陋室」。而「仙」是高風亮節的人物，「龍」通常用來形容出類拔萃者，二者皆是用來襯托作者的品行與能力。因為有仙，所以山才會出名，吸引人們遊訪；因為有龍，所以水才顯得更為清澈靈明。自比仙、龍，作者果然豪氣干雲。而劉禹錫的「陋室」，雖然只是一個簡陋、窄小的屋子，卻因為有他這個人，不凡的才能、超脫的德行，因此更顯得不同。劉禹錫是採取隔句對仗的手法，作為文章的起頭，也開宗明義點出本文的章旨，實有「畫龍點睛」的效果。

只是，他在文中雖然顯得怡然自得，卻又讓人無法忽略他的孤芳自賞。〈陋室銘〉的最後，劉禹錫道出陋室就像是「南陽諸葛廬，西蜀子雲亭」。南陽諸葛是指諸葛亮，孔明先生在南陽躬耕，這是他「見龍在田，利見大人」前的生活；西蜀子雲亭係指西漢文學家揚雄的居所「草玄亭」，揚雄在此寫書。揚雄所處的世代必須投靠宦官或外戚，才能青雲直上，而他卻不願奉迎此道，這是劉禹錫推崇之處，也是他自己選擇的方向。陋室裡面居然有像孔明、揚雄這樣如仙、龍的人才，所以「何陋之有」，怎麼可以說是簡陋呢！這其中多少隱含作者的自況、自慰和自勉。

歷久彌新說名句

「山不在高，有仙則名；水不在深，有龍則靈」，讓人有一種「臥虎藏龍」的感覺。例如中國大陸有一報載是這樣描述：「坐落在北京市小湯山的北京錫昌醫院，雖然地處偏僻，醫院不大，只有八十多張床位，卻挺有特色，用中、蒙藥治療晚期食道癌、胃癌，確有獨到之處。真可謂『山不在高，有仙則靈；水不在深，有龍則名』。」

也有人把這句名言，用來強調一種「特色」。例如：山不在高，有仙則靈，水不在深，有龍則名；商業中心不在大，有特色就行，再大沒有特色，不能滿足人們某一方面的特殊需要，客戶就不會過來。

由於這句話非常容易琅琅上口，後人常因而聯想出一些有趣的句子。例如「年不在高，好動則名」，是一位不知名的作者，談他年幼但卻無比好動的女兒，因為好動貪玩的緣故，居然在幼稚園裡聲名大噪。還有一句「禮不在貴，有誠則行」，是說一位作丈夫的要送禮物給太太，禮物不需要太貴，誠意最重要。這兩句雖然俚俗，卻也真實有趣。

談笑有鴻儒，往來無白丁

名句的誕生

苔痕上階綠，草色入簾青。談笑有鴻儒，往來無白丁。可以調素琴，閱金經；無絲竹之亂耳，無案牘之勞形。

～唐・劉禹錫〈陋室銘〉

完全讀懂名句

1. 鴻儒：博學的儒者。
2. 白丁：平民，或文盲、不識字者。
3. 素琴：無漆雕花紋的琴，一般辭典釋為「無弦的琴」，恐怕不適合本文。無弦的琴就無法「調」了。
4. 金經：就是佛經。
5. 絲竹：絲指琴瑟，竹指簫管，泛指樂器。
6. 案牘：指公事文書。

綠色青苔的痕跡一直蔓延到台階上，碧綠的草色也映入簾幔。在這裡談笑的只有鴻儒，來往交際的沒有沒知識的人。在這裡可以彈彈素琴，閱讀佛經；沒有任何音樂的聲音擾亂我的清靜，也沒有公事文書來勞煩我的身體。

名句的故事

「鴻儒」一詞出自漢朝王充的《論衡》：「能精思著文，連結篇章者為鴻儒。」鴻儒就是能夠專精思考、著述文章，結合詩篇、文章的人。關於「素琴」則在《晉書》的〈陶潛傳〉中有記載：「性不解音，而蓄素琴一張，弦徽不具。」徽是古代琴上面用來表示高低音的標識，絃則是琴弦。陶潛說他自己天生不解音律，所以收藏著一張沒有弦和的徽琴。「絲竹」就是琴瑟、簫管等樂器，於古人的詩詞文章中，通常被泛指為樂器聲，例如如唐朝白居易在〈琵琶行〉中寫道：「潯陽地僻無音樂，終歲不聞絲竹聲。」

劉禹錫在文中很自在地描述陋室的環境。綠色的青苔佈滿階梯，掀開窗簾眼見到都是綠草如茵，這真是一個受大自然寵愛的環境，相對地襯托出劉禹錫生活中的雅興。可以彈彈沒有花紋色彩的琴，可以閱讀佛經，沒有任何樂器聲來擾亂他耳朵的清靜，也沒有繁雜的公務文書讓他疲累不堪。令人莞爾的是，劉禹錫雖然被貶為和州刺史，住在簡樸的陋室，但卻仍保有士大夫的性格，強調自己往來的人物都是一些飽讀詩書、學問淵博的人。想當然爾，陋室的主人既然自比仙、龍，出入陋室的人物自然也非泛泛之輩。這轉而襯托出作者認為自己所屬的社會地位。

陋室的生活讓劉禹錫得以更加潛沉，最後終於被召回京城，擔任主客郎中的官職，也是「王叔文黨」中少數得以善終者。劉禹錫在第二次奉召回京的途中，與白居易在揚州會面，白居易作了一首〈醉贈劉二十八使君〉，其中寫到：「詩稱國手徒為爾，命壓人頭不奈何。舉眼風光長寂寞，滿朝官職獨蹉跎。亦知合被才名折，二十三年折太多。」白居易當然為劉禹錫的遭遇感到同情，雖然強說是命運壓頭，但最後一句「二十三年折太多」的原因，白居易也點出了是因為「合被才名折」（應該是被有文才的盛名所連累）。至此，我們也不難瞭解〈陋室銘〉中作者隱約的孤傲了。

歷久彌新說名句

這句名言「談笑有鴻儒，往來無白丁」，講的是一種身份的表徵。古人說：「千金買宅，萬金買鄰。」以前我們搬家、選房子，總會提到「孟母三遷」的例子，而現在買賣房屋開始講「談笑有鴻儒，往來無白丁」，前後二者雖然都是注重「擇鄰」，意義卻大有不同。「孟母三遷」是強調教育功能，「談笑有鴻儒，往來無白丁」是一種社會形象的建立，選擇與自己環境背景、社會地位相仿的鄰居。這樣的擇鄰觀念，也體現了社會價值取向之所在。又例如大陸廣州有一個「廣州博士俱樂部」，加入的條件是「持有國家認可的博士學位證書」，記者在報導這個俱樂部時，標題就直接寫道：「談笑有鴻儒，往來皆博士：『門檻』最高的俱樂部。」

網路上還有一個甚大的論壇，裡面就有一篇模仿〈陋室銘〉的創作，推銷參加這個論壇的好處：「文不在長，有思則悟。詩不在工，有感則賦。南通人家，皆德馨。文思躍指尖，心弦系故土。談笑有鴻儒，網來無白丁。可以聞鄉音，訴衷情。無穢章之亂目，無世故之勞形。南通討論版，西祠精華區。網友云：『何不預定？』」這實在是有趣極了。

吾於是益有以信人性之善

名句的誕生

其殆[1]傚[2]於舜之封象歟？吾於是益有以信人性之善，天下無不可化[3]之人也。

～明・王守仁〈象祠記〉

完全讀懂名句

1. 殆：恐怕。
2. 傚：仿照。
3. 化：教化。

這種制度恐怕是仿照舜的封象吧？我因此更相信人性是善良的，天下沒有不可教化的人。

文章背景小常識

王守仁（西元一四七二～一五二八年），字伯安，明浙江餘姚人，曾在紹興會稽山的陽明洞築室講學，學者稱為陽明先生。王陽明是明代的大哲學家，提倡「知行合一」、「致良知」學說，世人稱為「姚江學派」。

〈象祠記〉這篇文章是選自《王文成公全書》，是一篇雜記類的古文。象是舜的弟弟，本來的個性桀傲不善，所以有許多人認為不應該有祠，於是本來在象的封地建有的象祠，在唐代時曾經被毀。明代的時候，苗人希望能夠重建象祠來供奉，所以就請託王守仁寫〈象祠記〉，來說明雖然象的個性不好，但那是象早期的行為，後來他已經受到舜的感化，不但改過向善，而且還能任賢使能，澤加於民，所以是值得立祠來供奉他的。後來象祠就建在雲南寶山縣靈鷲、博南山之間，被明代苗人供奉。

這篇文章全文採用對答體的方式寫成，記敘作者和當地的土司安君相互問答，以及立象祠的意義和經過，設想新穎，推論嚴謹，是一篇有關世教的好文章。

名句的故事

在「吾於是益有以信人性之善，天下無不可化之人也」這名句中，提到了人性善，天下沒有不能教化的人，這讓我們聯想到主張人性本善的孟子。孟子認為人人都具備有善的四端：惻隱之心、羞惡之心、辭讓之心和是非之心，而這四端可以擴充為仁、義、禮、智四種德行，所以每個人只要能將善的四端擴充為四種德行，就都可以成為聖人了。

孟子為了解釋人人皆有惻隱之心，還舉了一個例子。他說：「今人乍見孺子，將入於井，皆有警惕惻隱之心，非所以內交於孺子之父母也。非所以要譽於鄉黨朋友也，非惡其聲而然也，由此觀之，無惻隱之心，非人也。」孟子的意思是：今人若是看到有幼童快要掉到井裡去了，一定會對將要掉到井裡去的幼童產生惻隱之心，會想趕快去救他，這不是由於想結交幼童的雙親，也不是由於想搏得親友的讚譽，更不是由於怕落一個見死不救的惡名，這種憐憫之心，純粹是出於天性的自然情感，有了這種情感，我們才能不加思索，甚至不顧自己的安危去救人。所以孟子認為「無惻隱之心，非人也」，若沒有了惻隱之心，就不能算是個人了。

歷久彌新說名句

我們生活的周遭常常有許多天災人禍發生，從九二一大地震到南亞地震、海嘯的發生，死傷數十萬，奪去了多少美滿家庭的夢，從報紙、電視各種傳播媒體，到處都可以見到「為善不落人後」的標語，這不正是「信人性之善，天下無不可化之人」，才會希望用一些標語來喚醒人們的惻隱之心嗎？

孟子曾說：「無惻隱之心，非人也。」波蘭著名詩人薩迪也曾經說過：「如果你對別人的苦難完全無動於衷，那你就不配算是人。」這句話跟孟子所說的意思是很相近的，可見世界上所有人都是希望講求惻隱之心的。但是事實上，沒有惻隱之心的人還不算是最壞，最壞的是幸災樂禍的人，臺灣看到有人失足落水，奮不顧身，捨身救人的義士年年都有；但是到火災、水災、震災等災難現場，嘻嘻哈哈看熱鬧的人卻更多。

雲山蒼蒼，江水泱泱

名句的誕生

又從而歌曰：「雲山蒼蒼，江水泱泱[1]，先生之風[2]，山高水長！」

～宋・范仲淹〈嚴先生祠堂記〉

完全讀懂名句

1. 泱泱：水流深廣的樣子。
2. 風：風度志節。
3. 山高水長：跟山水一樣並留千古。

接著又做了一首歌：「雲山青蒼一片，江水流長深遠。先生的高風亮節，像山一樣地崇高，像水一樣地源遠流長。」

文章背景小常識

這一篇文章是選自《范文正公集》，體裁屬於雜記類。嚴先生，名光，字子陵。本姓莊，因為避漢明帝劉莊的諱，所以改姓嚴。嚴光年少的時候與漢光武帝同遊學，光武帝即位為帝以後，要他當諫議大夫，他沒有接受，在富春山隱居。睦州（今浙江建德、桐廬縣）人因為景仰他的風範，所以四時都祭祀他。後來范仲淹當睦州州長時，就蓋了一座祠堂，供州人祭祀，並寫了這篇記，來表揚嚴光的高風亮節。

這篇文章，表面上是在歌頌嚴光的行儀風範，但文內將嚴光與光武帝並寫，兩相對照之下，更顯現出嚴光的了不起。文字雖短少，但意義深遠。如昔人曾提詩道：「卓哉嚴子陵，可惜漢光武！子陵有釣臺，光武無寸土。」這首詩正如同范仲淹以嚴光與光武帝兩相比較，更引出讀者對嚴光高風亮節的欽佩之感。

名句的故事

光武帝劉秀起兵反莽，嚴光積極擁護。更始三年（西元二十五）六月，劉秀登基做皇帝，定都洛陽後，嚴光卻易名改姓，隱身不見了。劉秀十分懷念嚴光，令海內各處尋找嚴光下落，並使畫工繪成肖像，到處張貼。建武五年，有人奏報，有一男子身披羊裘垂釣澤中，劉秀知是嚴光，忙叫人備了馬車，帶了禮物，將他請到洛陽，但嚴光不領情。

劉秀親自去看望嚴光，嚴光高臥如故。劉秀到床前問道：「子陵，你何故不肯相助我呀？」嚴光回答：「從前唐堯是有道明君，想請巢父幫助他治理國家，巢父聽說要他做官司，認為耳朵都被弄髒，忙用水洗耳。人各有志，怎麼能相迫？」劉秀將嚴光請入宮內，敘起舊事，當面封嚴光為諫議大夫，嚴光並不稱謝，也不辭行，回到桐廬富春山中，繼續過著垂釣生涯。

這樣的行為在當時被視為清高，看在北宋政治家范仲淹的眼裡，更是了不得啊！范仲淹認為，在群彥攀龍附鳳、熱衷爭名奪利的世風下，嚴子陵功成不居的高風亮節，確能收到使「貪夫廉，懦夫立」的功效。所以才有「雲山蒼蒼，江水泱泱，先生之風，山高水長」此讚語。這也使得嚴光以「高風亮節」聞名於天下。

歷久彌新說名句

嚴光以歸隱不願做官，而獲得「高風亮節」的美名，而真正的隱士應該非陶淵明莫屬了。陶淵明作了十三年的官，這十三年的仕宦生活，是他為實現「大濟蒼生」的理想抱負而不斷嘗試，終至絕望。辭官之後，他過著躬耕自資的生活。歸田之初，生活尚可。「方宅十餘畝，草屋八九間，榆柳蔭後簷，桃李滿堂前」、「淵明愛菊，宅邊遍植菊花」、「采菊東籬下，悠然見南山」（《雜詩》）都是至今膾炙人口的句子。他辭官回鄉二十二年一直過著貧困而固窮守節的田園生活，他曾說：「死去何所道，託體同山阿。」（《挽歌詩》），表明他對死亡也同樣看得那麼平淡自然。陶淵明堅定的決心是令人欽佩的，因為他的緣故，菊花更被比喻為花之隱士，代表高風亮節、恬淡隱逸和與世無爭。

而「高風亮節」此一成語，也多被後世用來形容不為名利所惑，謹守君子本分之人。如有篇報導記載：「罪犯送禮包藏禍心，民警拒賄高風亮節。」一句標題裡有兩個成語「包藏禍心」與「高風亮節」，對比罪犯的意圖不軌，以及警員堅不收取賄賂的品德，可謂用得巧妙。另有一篇報導題為：「體壇年度最佳新人：奧運泳池摘六金，高風亮節讓賢。」說明一位跳水選手將最後入選逐金牌的機會讓給了同隊中尚未奪牌的隊友。其謙沖為懷的舉措，也可說得上是一種高風亮節吧。

微先生不能成光武之大

名句的誕生

微[1]先生不能成光武之大，微光武豈能遂先生之高哉？而使貪夫廉，懦夫立，是大有功於名教[2]也。

～宋．范仲淹〈嚴先生祠堂記〉

完全讀懂名句

1. 微：無。
2. 名教：有關名分之教，人倫之教。

沒有嚴先生，就不能成就光武帝的偉大，沒有光武帝，怎能完成嚴先生的高節呢？嚴先生能使貪婪的人清廉、懦弱的人發奮自立，這真是有功於名教呢！

名句的故事

「微先生不能成光武之大，微光武豈能遂先生之高哉？」這句名句是要說明嚴光和光武帝兩個人，互相成就了彼此，如果沒有嚴光，怎麼能顯得出光武帝的珍惜舊時同學之情，和愛才之心呢？而沒有光武帝，也顯露不出嚴光退隱江湖，不問名利的高風亮節。所以他們二人是相輔相成，互相成就彼此的。

這樣的例子由文王、姜太公的故事也可以得到見證。周文王見紂王昏庸殘暴，喪失民心，就決定討伐商朝，於是文王四處尋訪賢人，有一天，周文王坐著車，帶著他的兒子和兵士到渭水北岸去打獵。在渭水邊，他看見一個老頭兒在河岸上坐著釣魚，每起一竿，就是一條活蹦亂跳的大魚。文王在驚訝之餘，就與這位老者攀談起來。沒想到，這位老者竟然是一個精通兵法的能人，對治國之道也頗有精闢的見解。文王大喜過望，就把老者請上車，一同回到都城。並且相傳文王還親自為姜太公拉車，一共走了八百零八步，停下來後，姜太公對文王說：「我保你江山八百零八年。」文王一聽這話馬上起身，想要再多走幾步，但姜太公卻說：「說破了就不靈了。」文王雖後悔也是無可奈何。雖然文王並沒有完成滅商的事業，但在姜太公的輔佐之下，為周朝的立國奠定了基礎。所以姜太公成就了文王的愛才心切，而文王也成就了姜太公的才智不凡。

歷久彌新說名句

不論光武帝、嚴光還是文王、姜太公都是相互成就的例子，也可以說他們相互彰顯了彼此，這可以讓我們聯想到「相得益彰」這句成語，「相得益彰」原作「相得益章」，出自《漢書》中收錄王褒的一篇文章〈聖主得賢臣頌〉。內容主要在述說聖主和賢臣之間的關係。王褒認為賢才是國家的工具，官員如果是賢能的人才，則不需任何改革更張，功德自然就會普及全國。用的力量雖然少，但效果卻會很好。做部屬的也是如此，賢能的人一旦遇到聖明的君主，謀略合乎君主的心意，規諫的言詞受到重視，忠君之心自然能夠彰顯，也就得以擔任官職且施展抱負。所以天下太平，君主聖明，賢能的人才自然聚集，眾人團結一致，匯集大家的智慧，互相勉勵、配合，更能顯現出各自的長處。

「相得益彰」這句成語在我們日常生活中，也應用得相當普遍，在許多報章雜誌上都可以見到，更成為許多廣告標語，例如「世界名車『明星』代言人，珠聯璧合相得益彰」、「名錶配名人，相得益彰」等等用名人來突顯出名車、名錶。有時一支不起眼的名錶，若是戴在明星手上，還真的會看起來比較高貴呢，這也許就是相得益彰的效果吧！

落霞與孤鶩齊飛，秋水共長天一色

名句的誕生

虹銷雨霽[1]，彩[2]徹區[3]明。落霞與孤鶩[4]齊飛，秋水共長天一色。漁舟唱晚，響窮彭蠡[5]之濱；雁陣驚寒，聲斷[6]衡陽[7]之浦[8]。

～唐．王勃〈滕王閣序〉

完全讀懂名句

1. 霽：雨或雪後天晴。
2. 彩：色彩。
3. 區：區域。
4. 鶩：野鴨。
5. 彭蠡：鄱陽湖的古名。
6. 斷：止。
7. 衡陽：今湖南省衡陽縣。
8. 浦：水邊。

雲氣消失，雨過天晴，彩霞滿天，大地通明。只見天邊落霞與江上孤鶩一同飛舞，碧綠秋水和蔚藍長天相映成趣。漁夫高歌著豐收的旋律，響徹鄱陽湖的邊際；雁陣感到寒冷而長鳴，叫聲逐漸消失在衡陽的水濱。

文章背景小常識

〈滕王閣序〉這篇文章的全名是〈秋日登洪府滕王閣餞別序〉。王勃的父親王福被貶至交趾擔任縣令，這篇文章就是王勃到交趾省親時，途中經過南昌，正趕上都督閻伯嶼新修滕王閣成，重陽日在滕王閣大宴賓客，王勃在席間寫成的。之所以稱之為「序」，乃是因為這篇文章其實是一首詩的序，但是因為〈滕王閣序〉光芒實在太過耀眼，反而鮮少有人提到詩的部分。

〈滕王閣序〉是一篇駢體文，這種文體在中國歷史上從六朝到初唐在文壇上引領風騷。「駢」這個字的意思是「兩馬並駕」，「駢體文」的意思就是「用平行的兩句話，兩兩配對」寫成的文章，一般採用四字句和六字句，所以又稱「四六文」。句式工整、講求平仄、用典、講究藻飾是駢體文的特點。這種過於注意形式的文體，使得許多文人在創作時處處受限，而王勃的這篇〈滕王閣序〉卻能在駢體的束縛下表現出高超的技巧，彷彿戴著鎖鍊跳舞般，因此連反對駢文最不遺餘力的韓愈，都在〈新修滕王閣記〉中說：「竊喜載名其上，詞列三王之次，有榮耀焉。」說自己自甘列名王勃之後，還感到「榮耀」呢！

名句的故事

王勃一生只活了二十六歲，但卻留下許多膾炙人口的經典名句，〈滕王閣序〉中的「落霞與孤鶩齊飛，秋水共長天一色」就是其中之一。這句話是一個視覺的饗宴，整幅畫面的主體是紅色的夕陽餘暉和藍綠色的水光接天的模樣，白色的野鷺穿插其間。就這句話的內容而言，前人也寫過不少這種水天相接形象的句子，如晉朝袁宏〈東征賦〉：「即雲似嶺，望水若天。」梁朝吳均〈與朱元思書〉：「風煙俱淨，天山共色。」但都不如王勃這句意象的曠遠、色彩的流暢。就形式而言，有人說這個句子是脫自庾信〈馬射賦〉的「落花與芝蓋同飛，楊柳共春旗一色」，但是庾信描寫落花和馬射隊伍中繪著芝草的車蓋齊飛，顯得不合常理，「楊柳共春旗一色」也顯得過於呆板，都不如王勃這句「落霞與孤鶩齊飛，秋水共長天一色」的渾然天成。

相傳在滕王閣大宴賓客的閻都督，原是要向大家誇耀自己女婿孟學士的才學，早已讓女婿「宿構」，即事先想好滕王閣落成的序文，然後在席間假裝是即興之作。宴會中，閻都督假意請大家為滕王閣作序，大家知道其用意，都推辭不寫，只有王勃竟然不推辭，還接過紙筆，當眾揮筆而書。閻都督老大不高興，拂衣離席，後來才打發人去看王勃寫些什麼。聽說王勃開首寫道「南昌故都，洪都新府」，便說：「不過是老生常談。」後來聽到「星分翼軫，地接衡廬」時，他開始沉吟不語。等聽到「落霞與孤鶩齊飛，秋水共長天一色」，都督不得不歎服道：「此真天才，當垂不朽！」這段故事成為中國文學史上的佳話。

歷久彌新說名句

「落霞與孤鶩齊飛，秋水共長天一色」這個句子在王勃寫就後，類似的句型就常常被後人套用，直到現在仍然不絕如縷。社會新聞的家庭暴力事件常可見「拳腳與棍棒齊飛，汗水共淚水一色」的消息；科技新聞也能很文雅地說「補丁與漏洞齊飛，病毒共駭客一色」；娛樂新聞則來個「那英與群英齊飛，星光共星島一色」，只是不知道歌手那英和其他歌手為什麼會「齊飛」？難道他們都練就了一身輕功？二○○四年奧運新聞最值得中國人喝采的莫過於「晶霞與金銀齊飛，兩岸共雅典一色」，大陸選手郭晶晶、吳敏霞分別在跳水項目拿下金牌、銀牌，「跳水」恰巧有「飛」的意象在其中；無獨有偶，同一天，台灣選手陳詩欣、朱木炎也在跆拳道項目中奪得金牌，海峽兩岸的同胞在同一天披金掛銀，這成了一位大陸記者的頭條標題，真令人佩服其巧思啊！

所謂的創意其實就是不斷的「改善」，日本當紅的女子十二樂坊把中國的國樂表現得很搖滾，白先勇把戲曲〈牡丹亭〉打造成很年輕，王勃將庾信的詩句幻化為千古名句，現代記者又將王勃名句改造為令人動容的新聞標題。經典並非死水，文化遺產信手拈來皆有可觀之處，端看使用者如何在古典中找到新的驚豔。

萍水相逢，盡是他鄉之客

名句的誕生

望長安於日下，指吳會[1]於雲間。地勢極而南溟[2]深，天柱高而北辰[3]遠。關山難越，誰悲失路之人；萍水相逢，盡是他鄉之客。懷帝閽[4]而不見，奉[5]宣室以何年。

～唐．王勃〈滕王閣序〉

完全讀懂名句

1. 吳會：吳郡、會稽郡，此泛指江南。
2. 南溟：南海。
3. 北辰：北極星。
4. 帝閽：為天帝看門的人。這裡指君王的宮門，引申指朝廷。
5. 奉：侍奉。

從滕王閣上往西北遠望長安，長安彷彿太陽一般那麼遙遠，向近處看，吳、會二郡好像在五里霧中。那深邃的南海就在東南邊上陸地的盡頭，可是天柱卻像北極星那麼遙遠。關塞山嶺，是如此難以跨越，誰會悲憐一個走投無路的人？大家就像水上的浮萍偶然相遇，畢竟都是離開自己故鄉的人。雖然我相當懷念朝廷，但卻無門可入，什麼時候我才能再蒙君主召見呢？

名句的故事

王勃一生只活了二十六歲，在中國文學史上，他像是一顆閃亮的流星劃過天際。據說他六歲就會寫文章，九歲讀了顏師古的《漢書注》，就寫出《指瑕》一書來指正《漢書注》

的錯誤。十四歲被當作神童舉薦，開始當官。但才華早著的王勃仕途卻相當坎坷。起因是他寫了一篇〈檄英王雞文〉，所謂的「檄文」，就是聲討罪惡的文章。由於初唐時，皇子們盛行鬥雞的活動，王勃一時童心，替沛王寫了一篇「討伐英王的雞」的戲謔之作，惹惱了英王，英王和沛王起了衝突，他們的父親高宗皇帝知道之後十分生氣，認為這是引起皇子之間糾紛的開端，就把王勃當作代罪羔羊，攆出了王府。

王勃離開朝廷之後，四處遊歷，後來也有貴人幫忙，在虢州弄了個參軍的小官，但王勃身上總有一股天才的傲氣，人緣極差，後來因包庇一個官奴，事後怕東窗事發，又把官奴殺了，王勃因此被判死刑，幸好臨刑前遇到朝廷大赦，他才免於一死，被貶為庶民，他的父親也受累被貶至交趾。〈滕王閣序〉就是王勃去交趾探視父親的途中寫成的。

在滕王閣觥籌交錯的宴席中，落魄的王勃無疑是一個不受歡迎的人物，所以他說「關山難越，誰悲失路之人」，而「萍水相逢，盡是他鄉之客」更是指出了在場賓客歡聚一堂之下的真實。即使王勃已被貶為庶人，但「寧為百夫長，勝作一書生」〈楊迴〈從軍行〉〉的觀念，還是使得王勃心心繫念著那遙遠的朝廷。所以在這一段短短的文字中，他用了「長安」、「天柱」、「北辰」、「帝閽」、「宣室」數個意象來指代他懷念的朝廷。

「天柱」原出於《神異經》：「崑崙之上有銅柱焉，其高入天，名曰天柱。」「帝閽」出於屈原《離騷》：「吾令帝閽開關兮，倚閶闔而望予。」帝閽是為天地守門的人，如今王勃連守門的人都看不到，極度描寫他離朝廷之遠。「宣室」用的是漢文帝時，賈誼被貶為長沙王太傅，四年後，文帝把他徵回長安，在宣室召見的典故。

令人嗟歎的是，王勃就在寫了〈滕王閣序〉這年的年末，到了他自己描述的「地勢極而南溟深」的南海，他在度海時溺水，後來便因驚悸而死，這段文字真是一語成讖啊！

歷久彌新說名句

「萍水相逢」這個成語被用到簡直可說是老生常談，救國團活動的隊歌「萍聚」：「不管以後將如何結束，至少我們曾經擁有過……」應該是大家年少時共同的經驗。的確，「花開一時，人生一世」，人與人的相聚的確就像浮萍聚散，但是同樣的意象被用得太頻繁之後，就會失去新鮮感。

事實上，表達人生聚合離散的觀念，在文學作品中所在多有。《詩經・小雅・頍弁》寫人生是如此形容的：「如彼雨雪，先集維霰。死喪無日，無幾相見。樂酒今夕，君子維宴。」就像要下雪之前，雨滴先凝結成霰（音ㄒㄧㄢˋ），人的死期其實不遠，朋友相見又有幾次呢？所以要「樂酒今夕，君子維宴」。曹操〈短歌行〉說：「對酒當歌，人生幾何？譬如朝露，去日苦多。慨當以慷，憂思難忘。何以解憂？唯有杜康。」杜康相傳是周代善於釀酒的人，曹操拿他來作為酒的代稱。李白〈將進酒〉說：「人生得意須盡歡，莫使金樽空對月。」這些都與我們現在所說的「今朝有酒今朝醉」有異曲同工之妙。

蘇軾〈和子由澠池懷舊〉：「人生到處知何似，恰似飛鴻踏雪泥！泥上偶然留指爪，鴻飛哪復計東西？」這首詩後來簡化為「飛鴻雪泥」，與「萍水相逢」是同樣的意思。宋代詞人王觀在〈紅芍藥〉這闋詞中說道：「人生百歲，七十稀少。更除十年孩童小，又十年昏老。都來五十載，一半被，睡魔分了。那二十五載之中，寧無些個煩惱。仔細思量，好追歡及早。遇酒追朋笑傲，任玉山摧倒。沉醉且沉醉，人生似，露垂芳草。幸新來，有酒如澠，結千秋歌笑。」王觀認為人生像「露垂芳草」，也就是草上的露珠，早上的露珠一遇到太陽，瞬間就消失了，比喻人的生命之短暫。

下次想表達「萍水相逢」、「素昧平生」的想法時，不妨換個詞兒，如「飛鴻雪泥」、「雨雪維霰」、「露垂芳草」等，效果會更不一樣。

老當益壯，寧移白首之心

名句的誕生

嗟乎！時運不齊，命途多舛[1]。馮唐[2]易老，李廣[3]難封。屈賈誼於長沙，非無聖主；竄[4]梁鴻[5]於海曲[6]，豈乏明時。所賴君子安貧，達人知命。老當益壯，寧移白首之心；窮且益堅，不墜青雲之志。

～唐．王勃〈滕王閣序〉

完全讀懂名句

1. 舛：不順利。
2. 馮唐：西漢文帝時為中郎署長、車騎都尉，景帝時出為楚相，武帝時，求賢良，馮唐被舉薦，但年已九十多，不能任職。
3. 李廣：西漢將領，多次抗擊匈奴有功，但始終沒有封侯。
4. 竄：逃隱。
5. 梁鴻：東漢人，作《五噫歌》，漢章帝聽了很不高興，四處找他，他便改名易姓，與其妻逃居於齊魯濱海之處。
6. 海曲：海濱之地。

唉！我的時運欠佳，命運又不順。難道我終究要像馮唐那樣老了而無法應舉，或是像李廣那樣一生征戰沙場，卻永遠與封侯擦身而過。賈誼雖然被貶至長沙，但還是能有聖明的君主召見；梁鴻逃到海濱，但那也是一個清明的時代啊！正所謂君子要安於貧困，通達事理的人就能知道自己的天命。我就像馬援一樣，即使滿頭白髮也不改變我的心意，愈窮愈堅強，不會失去我高亮的志節。

名句的故事

這段文章可說是字字珠璣、句句用典，短短的幾句話裡用了馮唐、李廣、賈誼、梁鴻、馬援五個歷史人物的故事，來說明王勃自己的心情。多用典故是駢體文的特色之一，優點是文章可以藉由典故背後的故事表現許多意涵，而不需長篇大論，達到精簡的效果；缺點是如果對這些歷史典故不夠熟悉的讀者，難免會有霧裡看花的感覺，不知道作者到底想表達什麼。（當然，這個缺點其實應該算在我們讀者的頭上，讀者不用功的話，什麼文章都看不懂，又何只是駢文用典呢？）

王勃在這段文章中，先藉用馮唐到老才被舉薦、李廣始終無緣封侯的故事，感歎自己年歲漸長，卻仍未建功立業。但王勃又怕如果文章傳到在上位者的耳裡，會以為王勃是在數落當道者不懂賞識人才，因此他趕緊又用賈誼雖被貶為長沙太傅，但後來又被文帝召見，以及梁鴻在清明時代隱居海濱的事情，以「非無聖主」、「豈乏明時」這種「負負得正」的說法，來對當道歌功頌德一番。當然，王勃的目的還是希望能回到朝廷，而且他在滕王閣宴會的達官貴人面前也不能示弱，因此他用了馬援的典故來說明自己的志向與決心。

馬援是東漢一位有名的大將。王莽時，他曾做過扶風郡的督郵，有一次，他在押解犯人的途中，因心軟而把囚犯放了，馬援也就逃亡到北方地區。後來遇到大赦，馬援就在北地經營起畜牧業，這個事業作得相當成功，但馬援卻說：「凡殖貨財產，貴其能施賑也，否則守錢虜耳。」馬援認為有形的資產，最可貴的是要能接濟他人，否則只是守財奴罷了，於是他就把錢財分給所有的親戚朋友，自己仍然過著簡約的生活。

王莽失敗後，馬援投奔漢光武帝，立了很多戰功。在馬援五十八歲的時候，匈奴、烏桓寇邊，大家都勸馬援休息吧，不要再打仗了，但馬援說：「男兒要當死于邊野，以馬革裹屍還葬耳，何能臥床上在兒女子手中邪。」「馬革裹屍」這句成語就是從此而來。

馬援六十二歲時，南邊五溪有一個部族，打到了臨沅縣，漢光武帝兩次派兵征討，都被五溪部族打敗。馬援此時又再度向光武帝申請披掛上陣，光武帝看他這麼老了，就沒有答應他。馬援便在光武帝面前穿上鎧甲，跨上戰馬，雄赳赳地來回跑了一轉。光武帝讚歎道：「矍鑠哉是翁也！」（多麼硬朗的老人家啊！）於是就又派他帶幾個將領去討伐五溪，而馬援就在這個征討的過程中實現了他「馬革裹屍」的理想。後來曹操便用馬援的這個典故，有詩〈步出夏門行〉曰：「老驥伏櫪，志在千里。烈士暮年，壯心不已。」

歷久彌新說名句

與馬援有關的故事還有「薏苡明珠」或「薏苡之謗」這段冤案。

馬援征討五溪部族時，因為南方地多瘴癘之氣，而得了風濕症，馬援就常服用薏苡仁（薏苡的果實，又稱為薏米），認為薏苡仁有「輕身省欲，以勝瘴氣」的功效。南方的薏苡又大又好，馬援想把這些薏苡引進家鄉，所以就載了滿滿的一車薏苡。當時的權貴不認得薏苡，還以為馬援車中載的是私掠的珍珠，由於當時馬援還很受光武帝的寵信，所以權貴們敢怒不敢言。等到馬援死後，監軍梁松及與馬援一同去南方打仗的馬武就上書誣告馬援搜刮了大量的明珠寶物，據為己有。光武帝信以為真，龍顏大怒，轉旨追回馬援的「新息侯印」。使得馬援的夫人不敢報喪，偷偷把馬援的棺材埋在城外，親戚朋友也都不敢上門弔唁。馬夫人親自到宮裏向光武帝請罪，光武帝怒氣衝衝地把梁松的奏章扔給她。馬夫人一看到奏章，才知道她丈夫受了天大的冤屈。後來馬夫人一連六次向漢光武帝上奏章申訴。還有一個名叫朱勃的人，聽到馬援的冤屈，也大膽地上了奏章替馬援申冤。漢光武帝看了馬援夫人和朱勃的奏章，才准許馬家把馬援安葬，也不再追查馬援的罪。

後來「薏苡明珠」或「薏苡之謗」便用來比喻未收賄賂卻遭誣謗。唐代柳宗元〈為南承嗣上中書門下乞兩河效用狀〉便云：「首級之差，今復誰辯，薏苡之謗，不能自明。」南承嗣與柳宗元一樣被貶至永州，他也是因被刀筆之吏誣陷，而以「禦敵無備」的罪名貶至永州，柳宗元便以「薏苡之謗」來形容南承嗣的無端遭謗一事。詩人杜甫也曾有詩詠其事：「稻粱求未足，薏苡謗何頻。」白居易詩：「薏苡讒憂馬伏波。」明末清初大文學家朱彝尊亦有「梧桐夜雨詞淒絕，薏苡明珠謗偶然」的詩句。以後，人們就把蒙冤受屈的誹謗，稱為「薏苡明珠謗」。

醉翁之意不在酒，在乎山水之間也

名句的誕生

太守[1]與客[2]來飲於此，飲少輒[3]醉，而年[4]又最高，故自號[5]曰醉翁也。醉翁之意[6]不在酒[7]，在乎山水[8]之間也。

～宋・歐陽修〈醉翁亭記〉

完全讀懂名句

1. 太守：一郡之長，當時歐陽修在滁州任太守的官職。
2. 客：賓客、客人。
3. 輒：立即、就。
4. 年：年齡、年紀。
5. 自號：自稱。
6. 意：心思。
7. 酒：喝酒。
8. 山水：遊山玩水。

太守帶著客人到這裡喝酒，每次才喝一點酒便醉倒，而且他的年齡又比客人大，所以自稱為「醉翁」。「醉翁」的心思不在於喝酒，而是在遊山玩水之間。

文章背景小常識

歐陽修在宋慶曆六年（西元一〇四六年）因為聲援范仲淹的政治改革而被朝廷貶至滁州（即現在安徽省滁縣）擔任太守時寫出這篇〈醉翁亭記〉。歐陽修自號醉翁，而且常和賓客在這亭子裡喝酒，因此把這座亭以自己的稱號命名為「醉翁亭」。本文屬於「記」，在古文中屬於雜記類的散文。

全篇文章極生動的描寫了「醉翁亭」附近的秀麗環境和多姿多采的自然風光，並且在文章中勾勒出一幅太守與民同樂的圖畫，也拉近了官與民之間的距離，更抒發了作者的政治理想和山水娛情以排遣心中抑鬱的複雜情感。全篇文章將寫景、敘事、抒情等融為一體。前人曾說這篇文章為：「句句是記山水，卻句句是記亭、句句是記太守。」這是很中肯的。

歐陽修為北宋的文壇領袖，他帶動了北宋詩文的改革運動。〈醉翁亭記〉為其傳誦千古的名篇，全文不但語言優美精練，而且意境深遠，所以，歷來都被譽為「歐陽絕作」。歐陽修在文學創作上的成就以散文為最高。宋朝大文學家蘇軾曾評其文說：「論大道似韓愈，論事似陸贄，紀事似司馬遷，詩賦似李白。」由此可見他的文學造詣之高。而且他的散文既精練又流暢，無論是敘事或說理，都娓娓動聽；無論抒情或寫景，都引人入勝。

名句的故事

從「醉翁之意不在酒，在乎山水之間也」此句，與〈醉翁亭記〉文中的「四時之景不同，而樂亦無窮也」相對照，即可看出歐陽修任滁州太守時的政通人和、百姓安居樂業的境況。由此句參照作者被貶抑後的心情來看，此句不僅可讓我們體會到「官與民同樂」的境界，又可藉此抒發被貶的心情，所以，我們也可以從這段文字中體會到另一種貶謫文學的風格。

歐陽修因貶謫而抒發的〈醉翁亭記〉，這種官場不如意，轉而縱情山水的意念，在中國古代文人中可說是所在多有。從最早屈原以降，多少仕途不順遂的文人因窮愁困頓而激發出靈感，寫就傳世名作。同為唐宋八大家的蘇軾就是這麼一個文人，蘇軾藝術天分極高，其詩作、文章、書畫獨具風格，汪洋肆意、清新豪邁，詼諧中又帶新意，與父親蘇洵、弟弟蘇轍，合稱為「三蘇」。然而蘇軾曾因「烏臺詩案」被貶黃州，最遠甚至被貶至今日的海南島，其仕途諸多不順。就是在黃州期間，蘇軾寫出了〈赤壁賦〉等千古佳作，亦為中國貶謫文學更添一筆。如同歐陽修般，蘇軾寄情於遊覽與山水，可說是多少平撫了貶謫後落寞的心情。

歷久彌新說名句

「醉翁之意不在酒，在乎山水之間也」，這個句子在歐陽修寫就後，就常常被後人套用，直到二十一世紀的現今仍然不曾間斷。

日本首相小泉純一郎曾到俄羅斯進行為期四天的正式訪問。其中最引人關注的就是日方對鋪設從俄東西伯利亞的安加爾斯克至遠東港口納霍德卡的輸油管道表現出極大的興趣。因為在海灣局勢日趨緊張的情況下，如果日本能減少對中東地區石油來源的依賴，使石油來源多元化，對日本的能源供應會有重要的戰略意義。所以有「醉翁之意不在酒，小泉訪俄意在『油』」。

近幾年來，每到中秋節，月餅就賣得越來越貴。也許它的昂貴顯示一種高格調化，但從另一方面來說，又有「豪華月餅，醉翁之意不在酒？」的嫌疑。因為，過節送禮是中國人的常情與禮數，所以，送豪華月餅給人也可以是方便行賄，光明正大的好方式；也可以是收受廠商回扣的好「規矩」，這真是「醉翁之意不在酒」啊！

中國大陸的溫州房價指標新城，在炒房地產者的大肆熱炒之下，房價一夜走高。但是在房價迅速竄升之際，卻出現「有人買，沒人住」的窘境。而這種在房價飆漲之際，新城卻出現「空置率」偏高的現象，就顯示「溫州炒房，醉翁之意不在酒」，所以，溫州人是以炒房為樂，而不是以購屋居住為樂。

士之有道，固不役志於貴賤

文章背景小常識

芝閣就是收藏靈芝的樓閣，靈芝是一種菌類植物，古人視為瑞草。芝閣是太丘（古縣名）某位陳君（生平不詳）所建，此人習文而又喜歡珍奇異物。宋真宗時代，靈芝被大量晉獻給皇帝，然而到了王安石作這篇〈芝閣記〉的宋仁宗時代，皇帝對靈芝已經沒有興趣了。陳君遺憾靈芝雖然可以晉獻，朝廷卻不接受，所以就在自己住處偏東的一角建了芝閣來收藏。

時勢造就靈芝的貴賤，也造就人的貴賤，王安石因為神宗的賞識得以入朝為相，地位在一人之下萬人之上，最後亦是由於神宗逐漸失去對王安石的信任，准許其辭官去鄉。王安石藉由芝閣興建的背景，感歎帝王一時的好惡，竟能造成天下的時尚，人才的貴賤常常出於偶

名句的誕生

噫！芝一也，或貴於天子，或貴於士，或辱[1]於凡民，夫豈不以時乎哉？士之有道，固不役志於貴賤，而卒所以貴賤者，何以異哉？

～宋・王安石〈芝閣記〉

完全讀懂名句

1. 辱：輕視

唉！同樣是靈芝，或在天子那裡身價貴重，或在士大夫那裡身價百倍，或在凡夫平民那裡受到屈辱而不被看重，這難道不是時勢的原因嗎？士能心懷道義，本來不必心繫於顯貴或貧賤，但最終地位卻有貴賤之別，這又與靈芝的遭遇有什麼不同呢？

然。文章雖然題為〈芝閣記〉，其實是藉由靈芝的遭遇，抒發人才興廢的感歎。此文作於神宗熙寧變法之前仁宗還在世的時候，後來竟成為王安石親身遭遇之寫照。

名句的故事

本文以靈芝的貴賤來比擬士之貴賤，但究竟靈芝的遭遇是如何呢？

《續資治通鑑》裡記載，祥符元年，宋真宗下詔將赴泰山封禪，其實是為了粉飾太平，但此時為了討好皇帝，各地拿靈芝來獻的人卻數以萬計。其中有做大官的，皇帝就親自頒下詔書，賜給他們恩寵和嘉獎；對於小官和老百姓，就賞賜一些金錢布帛。於是一些附和世俗、有錢有勢的臣子派人到遠方採集靈芝；山野裡的農夫老人也為了找尋靈芝翻山越嶺，深入險地，甚至人跡罕至之處也常常去尋找，於是天下各地的靈芝幾乎被採光了。

到了仁宗時，由於皇帝謙讓不以德自居，大臣就不敢建議封禪的事情，仁宗並且下令對來獻祥瑞的人不予理睬，頓時天下對靈芝的熱情冷卻了，不再有人認為它是祥瑞之物，於是靈芝便慢慢地消失在荒煙蔓草裡。

類似的故事戰國時代亦有，《左傳》中記載：「吳王好劍客，百姓多創瘢；楚王好細腰，宮中多餓死。」吳王喜愛劍客，百姓便一味地崇尚劍術，由於喜好練劍，身上難免有練劍受傷的痕跡；楚王喜歡細腰的美人，於是後宮嬪妃為了博得楚王的歡心，拼命地減肥減到餓死。而到了唐朝審美觀改變，天下也隨著皇帝喜好豐滿的女子。君王的喜好影響甚鉅，因此道家才會提出「絕聖棄智」這樣的理念，因為天下不具有聖人和智者的襟懷，卻假裝自己是聖人智者來迎合上位者的人實在太多了。

歷久彌新說名句

宋代許多以物為題的詩文常會使用一個技巧叫「藉題發揮」，本篇〈芝閣記〉就是很好的例子。宋人好議論，常以議論入詩，「藉題發揮」雖然不是宋代才有的技巧，卻在宋代發展成熟。蘇東坡的〈荔枝歎〉有以下的句子：「十里一置飛塵灰，五里一堠兵火催。顛阬僕谷相枕藉，知是荔枝龍眼來。」荔枝是兩廣一帶溫暖的南方才有的物產，但京城卻在北方，古時沒有低溫宅配，為了不讓荔枝失去鮮度，經常是夜以繼日地快馬運送，運送荔枝的驛使常因為不能休息而活活累死。這首詩以荔枝為題，表面上看來似乎要詠歎荔枝，但其實卻藉由運送荔枝的慘況來點出宮中的享受經常是建築在臣民的疾苦之上，以此來諷刺競相進貢稀有物品的媚臣。

東坡的另一首〈食荔枝〉亦有名：「羅浮山下四時春，蘆橘楊梅次第新，日啖荔枝三百顆，不辭長作嶺南人。」當時蘇東坡一再遭貶謫，此時已到了廣州，因而得以吃到兩廣盛產的荔枝。此詩亦以荔枝為題，表面上盛讚荔枝之美味，其實由「不辭長作嶺南人」一句抒發了遷謫之感。

唐代柳宗元的〈捕蛇者說〉，以文章的內容來看是記載捕蛇的人所說的話，「君將哀而生之乎？則吾斯役之不幸，未若復吾賦不幸之甚也。」意思是說，您哀憐我，要使我活下去嗎？我做這種工作的不幸，其實還沒有恢復我的賦稅那樣不幸。透過文中蔣氏三代冒死捕蛇以抵償租稅的痛苦經歷，及其鄉鄰十室九空的記述，事實上旨在揭露賦稅之毒甚於毒蛇的社會現實，寓意深刻。

同樣是藉題發揮，用起來卻有不同的效果，寫作以物為題的作文，若是能運用這樣的技巧，文章便多了許多可發揮的空間。

當思帝德如天

名句的誕生

逢掖[1]之士[2]，有登斯樓而閱[3]斯江者，當思帝德如天，蕩蕩[4]難名，與神禹疏鑿之功，同一罔極[5]。

～明・宋濂〈閱江樓記〉

完全讀懂名句

1. 逢掖：大衣，古儒者之服。
2. 士：指儒士。
3. 閱：眺望。
4. 蕩蕩：浩大。
5. 罔極：沒有窮盡。

穿上了儒服的士人，有登上此樓而眺望大江的，應當想到聖德如天，浩大得無法形容，與神禹疏鑿開導的功勞，是同樣沒有窮盡的。

文章背景小常識

這一篇文章是選自《宋學士文集》，為雜記類的古文。宋濂奉明太祖的聖旨，作〈閱江樓記〉，文中記敘建造閱江樓的意義，在君王能與民同樂。閱江樓位在南京的西北，獅子山上，站在樓上，可以俯視長江，感受山川的博大。同時宋濂點出閱江樓有別於前代金陵所建的宮樓，只是帝王享樂的地方，而閱江樓是供天下人士登覽的，希望大家能瞭解到皇恩的浩蕩。全文的結構，首先點出「金陵為帝王之州」，開頭即別出心裁，接著指出「閱江樓」的地點及得名的由來，繼而運用情景交融的手法，觀景動情，以情寓景，最後列舉前代金陵所建的宮樓，只是帝王享樂的地方，而閱江樓是供天下人登覽，提醒人應思忠臣報國之心，結語指出寫刻石的用意，點出「記」字。

這篇文章的作者宋濂，自小即十分聰明，英敏強記，喜歡讀書，書本時時刻刻不離手，元朝末年隱居在龍門山有十多年，明太祖召他，他才出來做官，教皇太子、修元史。他的文章醇深渾穆，自中節度，是明初的大家。〈閱江樓記〉這一篇文章首尾圓合，可與范仲淹的〈岳陽樓記〉媲美，不僅寫江山美景，還融有憂國憂民的思想，十分精彩。

目前獅子山閱江樓已經重新整修完畢了，內部佈局，圍繞明太祖朱元璋和明成祖朱棣兩代帝王的政治主張展開，有五大特色最得注意：石獅子、漢白玉碑刻、閱江樓鼎、鄭和下西洋瓷畫和青銅浮雕，其中漢白玉碑刻上正面和背面分別刻有朱元璋撰寫的〈閱江樓記〉，和宋濂所寫的〈閱江樓記〉，十分值得一看。

名句的故事

「當思帝德如天，蕩蕩難名，與神禹疏鑿之功，同一罔極」，這句名句是宋濂讚揚明太祖的話，他將皇恩的浩蕩比擬作大禹的疏鑿之功，並稱大禹為神禹，可見他對於大禹是極其推崇的，但大禹的疏鑿之功究竟是怎樣呢？

「大禹治水」是中國民間傳頌了好幾千年的神話故事。在這些美麗動人的故事裡，大禹是一尊威力無比的天神。他駕馭巨龍，衝開重重高山峻嶺；他化為黑熊，一夜間拱通千里河道；他驅動鬼神，制服了一個個興風作浪的妖怪，終於平息了為害二十多年的洪水災害，使大地恢復了生機，人民過著安居樂業的日子。大禹在治水的十三年中，曾經三次路過自己的家門口，都沒有進去看一看。第一次帶人修渠，路過自己的家門口，他的兒子剛剛出生，正在呱呱啼哭。他第二次路過家門，他的妻子看到他一副疲憊的樣子，心疼地要他回家休息休息，他卻只是安慰了妻子幾句話，接過孩子親了親，便又追趕隊伍去了。大禹第三次經過家門口的時候，已經十多歲的兒子，使勁把他往家裡拉，邊拉邊叫他母親過來接父親。大禹深情地摸摸兒子的頭，叫兒子告訴母親，治水的大業完成，一定回家來陪伴她們，又匆匆地離開了。大禹三過家門而不入的事傳遍了各地，感動了跟隨他治水的民眾，更加齊心協力地工作。

歷久彌新說名句

宋濂說：「當思帝德如天。」是為了讓登上閱江樓而眺望大江的人，能感懷明太祖的恩德，其實當時能登上此樓已經是一件幸運的事情了。不過宋濂說這話其實也是極盡奉承，把明太祖捧得像天那麼高。

古代對帝王的奉承話各式各樣，最常聽到的該是「吾皇萬歲萬萬歲」了吧！電視上常有大臣稱頌皇帝「萬歲」，其實「萬歲」本來不是皇帝專用的。很久以前「萬歲」只是表示人們內心喜悅和慶賀的歡呼語，秦漢以後，臣子朝見國君時常呼「萬歲」，但這個詞仍不是皇帝專擅的稱呼，稱呼他人為「萬歲」，皇帝也不管。到了宋朝，皇帝才真正不許稱他人為「萬歲」。

至於「萬萬歲」，則是相傳武則天稱帝後，特別喜歡別人吹捧她。一天，她在金鑾殿召集翰林院眾學士，出題作對聯。她脫口出了上聯：「玉女河邊敲叭梆，叭梆！叭梆！叭叭梆！」眾學士對答了幾十句，武后都不滿意，直覺掃興。這時，有位慣於奉承的學士看出了她的心思，忙吟道：「金鑾殿前呼萬歲，萬歲！萬歲！萬萬歲！」武后興高彩烈，推為傑作。從此，「萬萬歲」一詞便流傳於朝野之上了。

現在我們也常會呼喊萬歲，例如地球萬歲、愛情萬歲、青春萬歲等等，不過這些都不是對誰的奉承語，而只是回復到從前表示人們內心喜悅和慶賀的歡呼語。

經正則庶民興

名句的誕生

曰：「經正則庶民興，庶民興，斯無邪慝[1]矣。」閣成，請予一言，以諗[2]多士，予既不獲辭，則為記之若是。

～明・王守仁〈尊經閣記〉

完全讀懂名句

1. 邪慝：邪惡。
2. 諗：告。

說道：「六經被辨正後，百姓便會振作起來，便沒有邪惡的想法了。」經閣落成時，要我說一些話來告訴諸多士人；我既然推辭不掉，便寫了一篇這樣的記。

文章背景小常識

這一篇文章是選自《王文成公全書》，是一篇雜記類的古文。在浙江省紹興縣，以前有一座稽山書院，明代的時候曾經重新整修，並且在書院的後面增建一座尊經閣，請王陽明來撰寫〈尊經閣記〉以記錄這件事。王陽明藉由這一篇文章來闡發他「致良知」、「知行合一」的思想，全文以「吾心」二字為樞紐，表明心、性、命為善端，六經皆是訴說根源於心的常道，既然經是說明常道，所以要尊經，但是經是根源於本心的，所以如果從六經的文義、外在去追求的話是徒勞無功的，必須要訴諸於我們的本心才能真的領會到六經傳達的道理。

王陽明是繼朱熹和陸九淵之後，另一個最有創造力的思想家。他的思想上承陸九淵，遙契孔孟，深得簡易之教之旨，故在明代這個程朱的理學時代來說，可以說是一種反動，也是一種革命。王陽明的思想是繼承了南宋陸九淵的心即理的思想，而以知行合一及致良知為主要的思想內容。天理在人心的發露，就是良知，是人生來就有的一種知善知惡的天賦本性，王陽明認為為學之道，主要是向內反省，時時體察這個人心中之理。這種除去私欲、恢復本然就是致良知，這是一種工夫，一種實踐。王陽明不同意朱熹所謂「先知後行」的說法。他認為知而不行，是因為還沒有真正地知，如能真正地知，就必然能夠行。如孝道，如人真的知道要孝，便必然行孝了，相反，即使是熟讀〈孝經〉，然而未真知道孝，也是不能行孝的。所以王陽明說：「知是行之始，行是知之成。」知行是合一的。

名句的故事

「經正則庶民興；庶民興，斯無邪慝矣」，這句話是在強調六經對於人的作用，讀了六經之後會對人心有所影響、啟迪，就不會有邪惡、不良的想法了。這是因為六經都是在傳達做人做事的道理。所謂「經」，不就是取其經常不變的意思嗎？表示所記載的內容都是千古不變道理，孔子也是熟讀經書才能成為一代聖人的，六經可以說皆是聖賢書。但是讀歸讀，重要的還是要能體會其中含意，文天祥有一句名言：「讀聖賢書，所學何事？」就是這個意思。

文天祥被元軍捕獲後，在獄中待了三年，始終不肯投降，最後元世祖召見文天祥，親自勸降。文天祥回答：「但願一死足矣！」元世祖十分氣惱，於是下令立即處死文天祥。第二天，文天祥被押解到刑場，臨刑前，從容不迫地問明了方位，向著南方故國和苦難的百姓恭敬地行了跪拜之禮，說：「臣報國至此矣！」然後引頸就戮，從容赴義，死時年僅四十七歲。燕人見者無不流涕。死後有人發現一首詩：「孔曰成仁，孟曰取義，唯其義盡，所以仁至。讀聖賢書，所學何事？而今而後，庶幾無愧。」忽必烈也稱讚他是「真男子」！可見文天祥不但身體力行了聖賢書的教誨，而且，做到了連敵人都尊敬他的境界。他會被人千古稱頌，不是沒有道理的。

歷久彌新說名句

若是以六經教導人，人就可以免除邪惡，而走向正途，但是若以邪魔歪道教導人的話，人自然也會走到歪路去，所以「經正則庶民興；庶民興，斯無邪慝矣」，這一句名句除了告訴我們聖賢書的寶貴外，同時也提醒了我們教育的重要，一個人會成為好人或是壞人，與教育有著密不可分的關係。

有一句話說：「十年樹木，百年樹人。」栽植樹木需要十年，培養人才卻需要百年。這句話是出自清朝梁章鉅的《楹聯叢話．卷五．廨宇》：「剛日讀經，柔日讀史；十年樹木，百年樹人。」還有另外一個地方也有類似的句子，《管子．權修》：「一年之計，莫如樹穀；十年之計，莫如樹木；終身之計，莫如樹人。」培養一棵穀需要一年，養大一棵樹需要十年，而教養一個人則是需要一輩子的時間，可見人才的培養是多麼不容易，又是多麼地重要，需要花上一輩子，甚至一百年來作這個工作，現在人們常說：「教育工作是百年大計。」就是這樣的意思，教育政策一旦推行，影響深遠，所以更加需要縝密的籌備與計畫。

在王陽明的時代，他認為用六經來做為教材是最好的，而對現代人來說，只學六經則是遠遠不夠的，但是透過教育來教化民風，使得大家都成為好人，社會無邪慝，則是亙古不變的。

古文觀止100 人生志氣

士爲知己者用，女爲說己者容

名句的誕生

諺曰：「誰為為[1]之？孰[2]令聽之？」蓋鍾子期死，伯牙終身不復鼓琴[3]。何則[4]？士為知己者用，女為說[5]己者容[6]。

～西漢・司馬遷〈報任少卿書〉

完全讀懂名句

1. 為：前一個「為」是介詞，四聲；後一個「為」是動詞，二聲。
2. 孰：誰。
3. 鍾子期、伯牙：都是春秋時代楚國人。伯牙善鼓琴，而鍾子期是最能理解並欣賞他琴音的人，因此兩人成了知己。鍾子期死後，伯牙認為世界上再也沒有人能明白他的琴音，於是破琴絕弦，終身不再撫琴。
4. 何則：為什麼呢。
5. 說：「悅」的假借字，喜悅、寵愛之意。
6. 容：容貌，這裏用作動詞，裝飾、打扮的意思。

諺語說：「為了誰這麼做呢？又想讓誰聽呢？」鍾子期死後，俞伯牙就不再彈琴，這是為什麼呢？全是因為有志之士只想與瞭解自己的人共同奮鬥，而女人們只想為寵愛自己的人去打扮。

文章背景小常識

〈報任少卿書〉是司馬遷寫給其友人任安的

一封回信。任安，字少卿，西漢滎陽人。他年輕時比較貧困，後來做了大將軍衛青的舍人，並在衛青的薦舉下當了郎中，後遷為益州刺史。西漢征和二年，朝中發生震驚一時的「巫蠱案」，江充乘機誣陷戾太子劉據，而戾太子在忍無可忍之下發兵誅殺江充及其同黨，並與丞相劉屈氂的軍隊大戰於長安。當時任安適巧擔任北軍使者護軍，因此戾太子便下令要他發兵，任安雖接受了這個命令，但卻一直按兵未動。戾太子事件平定後，漢武帝認為任安「坐觀成敗」、「懷詐，有不忠之心」，因此判了他腰斬之刑。

任安在下獄之前曾寫信給司馬遷，希望他能「盡推賢進士之義」，但司馬遷先前由於李陵之禍被處以宮刑，出獄後雖擔任了中書令，表面上看起來是皇帝的近臣，但實際上他的地位卻接近於宦官，因此相當受朝中大臣及士大夫的輕賤。由於處在這種尷尬的環境與氣氛中，司馬遷對任安的要求著實感到有些為難，所以遲遲沒有答覆，一直到任安臨刑前，才終於寫下了這封著名的回信。在這封信裏，司馬遷以無比激憤的心情，描述了自己曾遭受的恥辱，盡情宣泄內心的痛苦與不滿，並也說明自己「隱忍苟活」的原因，以及堅持完成《史記》的決心。

這篇文章不僅在研究司馬遷的思想，以及《史記》的寫作動機和完成過程上有極其重要的價值外，在文學史上也是不可多得的散文傑作。古人早將它視為天下奇文，與《離騷》同等視之。此文之奇一在其表現出的磅礡氣勢上；作者將心中長久鬱積的悲憤，借此文噴發而出，有如滔滔江河、一洩千里，氣勢之壯闊，令人驚歎。此文之奇二，在於文章的縱橫開闔、起伏跌宕。作者時而慷慨激昂、時而如泣如訴；時而旁徵博引、時而欲言又止。曲折反復，一波三折，充分表現出筆力的雄健。此外，作者行文流暢、語言生動，駢句、散句自然錯落，排句、疊句時有穿插，使本篇散文具有獨樹一格的藝術魅力。今天，當我們讀這篇不朽的名文，遙想著司馬遷當時寫作的艱辛與堅毅時，怎能不對他的崇高精神感到無比的敬佩呢？

名句的故事

「士為知己者用，女為說己者容」其實並不是司馬遷的「原創」，《戰國策》中便曾說過一個「士為知己者死，女為說己者容」的「豫讓」故事。

豫讓是晉國人，晉國大臣智伯非常尊寵他，稱他為國士，並且待他極為禮遇。後來智伯討伐趙襄子沒有成功，戰敗身亡，身為國士的豫讓便逃到山中，慨然長歎：「唉，有志之人只希望和瞭解他的人共同努力，知伯是那樣的瞭解並重用我，如今他被人殺了，我豈能無動於衷呢？」

由這時開始，豫讓便決定一定要為智伯報仇，因此便改名換姓，躲在趙襄子分封的邢邑（即今邢臺市）以等待機會。

有一回，他攜帶著匕首，躲在襄子的茅廁中，意欲行刺，但卻被趙襄子發現了。襄子念他忠於故主，是個忠義之士，因此就把他釋放了。但豫讓行刺的決心依然沒有改變，這回他不僅遍體塗漆，讓渾身都起瘡癤，還刻意吞炭，破壞自己的嗓音，並滅去鬍鬚剪去眉毛，改變了自己的容貌，隻身潛藏在邢邑之北的蘆蕩中。終於有一天，豫讓得知襄子將騎馬到這裏巡遊，於是便悄悄地藏在板橋下伺機下手。但當襄子的馬到橋頭時，卻驀地驚叫起來，襄子立即驚呼：「必定是豫讓來行刺了！」並且趕緊令手下的衛士搜索橋下，而豫讓的行刺之舉又再度宣告失敗。

當豫讓被捉至襄子身前時，襄子望著他仰天長歎、流著淚說：「我一直念你是忠義之士，因此你第一次殺我，我不忌恨，把你放了。但這次你又來殺我，我怎麼好再放過你呢？」聽了襄子的話後，豫讓明白趙襄子是一位寬宏大量的賢明君主，便對他說：「我聽說明主不掩人之美，而忠臣有死名之義。過去你赦免了我，天下沒有不稱讚的。今天我罪當處死，只請求把你的衣服用劍砍幾下，以滿足我為智伯報仇的願望，我便死而無憾了。」襄子聽完豫讓的話後，二話不說便脫下上衣交給豫讓，而豫讓便奮起舉劍，跳起來連砍幾下，大呼一聲：「我終於可以到九泉之下向智伯回報了！」而說完這句話後，豫讓便伏劍自殺。

歷久彌新說名句

中國自古是仁義之邦，講究對朋友忠誠不二，甚至可以放棄自己的生命。魯迅也曾經說過：「人生得一知己足矣，斯世當以同懷視之。」這句話一點也不錯，在人生的旅途中，有了知己，你將受益無窮。知己是何等珍貴，如果你有一位知己，更應當好好的珍惜，畢竟你失去了這樣一位好知己，就很難再遇到一位貼心的知己了，因為知己在你的生活中對你會有很大的幫助。

「士為知己者用，女為說己者容」，這兩句話流傳至今，無論是在書面上還是口語中，無論是兩句連用還是只取其一，都經常被人廣泛地使用著。有一篇談及三國人士姜維的文章，作者便是用「士為知己者用」來概括姜維的一生，因為當年蜀國亡了之後，姜維並非只為自己成了亡國之將而沮喪，更是為辜負了諸葛亮的信賴而傷懷、自責不已。

而如今，面對著人才爭奪戰頻繁的新世紀，有的管理者便提出了「士為知己者用」的理論，不僅稱讚司馬遷是一位優秀的人力資源專家，還認為現今的管理者必須學會平等地與人溝通、交心，然後運用尊重人、愛護人、理解人的心態去對待下屬，對待同事，下屬、同事感恩圖報，自然「士為知己者用」。有趣的是，飯桌、酒桌上，或是聚會場所也常常可以聽見「士為知己者醉」、「女為說己者唱」這樣的俏皮話呢！

人固有一死，或重於泰山，或輕於鴻毛

名句的誕生

僕之先，非有剖符丹書[1]之功，文史星歷[2]，近乎卜祝[3]之間。固主上所戲弄，倡優所畜[4]，流俗之所輕也。假令僕伏法受誅，若九牛亡一毛，與螻蟻[5]何以異？而世又不與能死節[6]者比[7]，特以為智窮罪極，不為自免，卒就死耳。何也？素所自樹立[8]使然也。人固有一死，或重於泰山，或輕於鴻毛，用之所趨異也。

～西漢・司馬遷〈報任少卿書〉

完全讀懂名句

1. 剖符丹書：古代帝王賜予功臣的特殊憑信，凡是持有剖符及丹書的大臣，子孫犯罪均可獲得赦免。剖符，竹做的契約，將竹一剖為二，皇帝與大臣各執一塊，上面寫著永不改變爵位的誓詞。丹書，即將誓詞用朱砂寫在鐵製契券上，又稱「丹書鐵券」。
2. 文史星歷：文獻、史籍、天文、律歷，在漢代皆歸太史令所掌管。
3. 卜祝：卜，占卜者；祝，祭祀時唱贊詞的官員。
4. 畜：同「蓄」，蓄養之意。
5. 螻蟻：螻蛄和螞蟻，泛指微小的生物。
6. 死節：堅守自己的氣節而死。
7. 比：比肩、並列。
8. 所自樹立：自己用來立身的（工作及職業）。

我的先祖並沒有被賜予過丹書鐵券之類的特

大功勳，只是掌管文史書籍、天文歷法，地位接近於占卜者與太祝之間，本來就是受到皇上戲弄、像樂工伶人一樣被豢養、並被世俗所輕賤的人。像我這樣的人受到法律的制裁而遭處極刑，與在九頭牛身上拔去一根毫毛，或殺死一隻螻蟻有什麼分別呢？世人是不會將我與那些因堅持節操而死的人同等看待的，他們只會認為我是由於想不出辦法，又罪大惡極、實在無法避免，才終於受死的。為什麼會這樣呢？這全是由於我平素所從事的職務以及所處的地位，造成了這樣的結果。人總歸會有一死，但有的人死得比泰山還要重，有的卻死的比鴻毛還輕，其不同是因為每個人應用死節的地方不同罷了。

名句的故事

史籍中雖然沒有司馬遷到過泰山的確切記載，但他對泰山的欽敬之情卻早躍然紙上，由他的名句：「人固有一死，或重於泰山，或輕於鴻毛」便不難得知，「泰山」早融於他的血液裡、沁進他的骨髓中了。

在司馬遷的心目中，泰山是一個威嚴、雄偉、可親、卻又意義重大的象徵，而之所以「泰山」會在他的心中佔有這樣重的份量，與他的父親司馬談有絕對的關係。

西漢元封元年，漢武帝第一次封禪泰山時，司馬遷的父親司馬談作為史官，本應參加封禪大典的，但卻因故留在洛陽無法前去。對此，司馬談感到非常遺憾和失望，以至於憂憤成疾，臥床不起。這時，恰好司馬遷由外地歸來，於是司馬談便握著他的手淚流滿面道：「我們的祖先曾是周朝的官吏，遠祖還有大功於夏，是百官之長，可到我時卻如此凋零，難道這是上天有意要滅絕我司馬家嗎？現在，漢朝的天子繼承了數千年來封禪泰山的大統，封禪于泰山，可我卻不能隨行，這難道還不是我一生中最大的遺憾嗎？孩子，我死之後，你一定會繼任太史官職的，等到那時，你千萬不要忘了我所渴望的著書立說的意願。」

由父親的言談話語之中，司馬遷看出了參加

泰山封禪大典對光宗耀祖是何等重要，而他也沒有辜負父親的願望，即使在受了宮刑之後，依然矢志不移，忍辱負重地完成了父親未竟的事業，為我們留下了文學史上最璀璨的瑰寶《史記》，並也留下了他的千古名句，被後人所詠歎。

歷久彌新說名句

當司馬遷的筆端流洩出「人固有一死，或重於泰山，或輕於鴻毛」這幾個字時，其實也同時道出了中國千百年來有志之士的心聲。中國人自古重視氣節更甚於生命，並以此堅定自己的信仰和追求，砥勵自己的情操和品格，成為數千年來支撐中華民族生生不息、弱而復強、衰而復興的靈魂和脊梁。正因為如此，「鴻毛泰山」成了家喻戶曉的成語，也成了千千萬萬為自己信念、理想而奮鬥、犧牲者的座右銘，或像是「人生自古誰無死，留取丹心照汗青」的文天祥，就像是「死生一事付鴻毛，人生到此方英傑」的秋瑾。

泰山之重、鴻毛之輕，雖然長期被人拿來當作對生命價值觀兩種不同體現的對應方式，但「生死」這個命題畢竟太沈重，因此到了現在，有許多人便開始在「鴻毛」與「泰山」二個名詞前作文章，巧妙地將這個沈重的命題改變得生動而又活潑，並且適合自己所用。例如用「責任重於泰山，烏紗輕於鴻毛」來砥礪自己的官員們，以及那些在情人面前說「愛情重於泰山，友情輕於鴻毛」的誓言，然後在被指責「見色忘友」的朋友前，將之改為「友情重於泰山，愛情輕於鴻毛」的俏皮小夥子們。

有趣的是，在二〇〇四年奧運會，中國奧運代表團在同一天取得了羽毛球及舉重的金牌，而「擊鴻毛之輕，舉泰山之重」便成了當日的頭條標題。拿「鴻毛」來象徵「羽毛球」，將「泰山」比做舉重選手所舉的重量，這種適如其分的比喻及巧思，你是否也感到佩服呢？

究天人之際，通古今之變，成一家之言

名句的誕生

僕竊[1]不遜，近自託[2]於無能之辭，網羅天下放失[3]舊聞，考其行事[4]，綜其終始，稽[5]其成敗興壞之紀[6]。上計軒轅[7]，下至於茲[8]。為十表，本紀十二，書八章，世家三十，列傳七十，凡百三十篇，亦欲以究[9]天人之際[10]，通[11]古今之變，成一家之言。草創未就，適會此禍，惜其不成，是以就極刑[12]而無慍色[13]。

～西漢．司馬遷〈報任少卿書〉

完全讀懂名句

1. 竊：私下裡。
2. 託：憑藉。
3. 放失：散失。
4. 行事：行為，指做過的事情。
5. 稽：考察。
6. 紀：規律。
7. 軒轅：即黃帝，傳說中我國遠古的君王，因居於軒轅丘，故稱「軒轅」。
8. 茲：此，指司馬遷所生活的時代。
9. 究：徹底推求。
10. 天人之際：天與人事的關係。
11. 通：通曉、明白。
12. 極刑：指腐刑、宮刑。
13. 慍色：憤怒的神情。

近年來，我私下不自量力，靠著拙劣的文字，收集、記載了散失於天下的舊說遺聞，考證其中的事件，推敲歷史上成敗、興衰的道理。上從軒轅黃帝開始，下到當今為止。共寫成表十篇、本紀十二篇、書八篇、世家三十篇、列傳七十篇，共一百三十篇的文字。我的目的只是想要探究天與人事的關係，弄明白自古至今事事物物的變化規律，而成為一家之言。只是草稿尚未完成，便遇上了這場大禍。我實在痛心這部書沒有完成，所以才會在受最嚴厲的刑罰時也毫無怨懟之色。

名句的故事

由於祖上好幾輩都是在宮中擔任史官的職務，再加上父親司馬談也是漢朝的太史令，因此司馬遷十歲的時候，就跟隨父親到了長安，並且研讀了不少書籍。

而為了搜集史料、開闊眼界，從二十歲開始，司馬遷更是告別長安，開始他周遊全國之舉。在此期間，他曾到過浙江會稽，看了傳說中大禹召集各部落首領開會的地方；也到過曲阜，親身拜訪「至聖先師」孔子當年講學的遺址；更曾到過長沙，在汨羅江旁憑弔愛國詩人屈原；當然，他也不會錯過到漢高祖故鄉的機會，親耳聽取沛縣父老講述劉邦起兵的情況。

這種「行萬里路，讀萬卷書」的「遊學」方式，讓司馬遷不僅獲得了許多以往不知道的知識，更從民間收搜了很多有用且不為人知的資料。而司馬談死後，司馬遷「子承父業」回到長安做了太史令，然後繼續秉持著司馬家的祖訓，堅定地要為歷史留下最真實的印記。

只可惜就在他正準備著手寫作《史記》時候，發生了「李陵事件」，讓他下了監獄，受了宮刑。這突如其來的巨劇，幾乎令司馬遷痛苦得無法自處。他是那樣的矛盾，既想自殺，可卻又放不下幾代史官該有的任務，以及自己一直以來「究天人之際，通古今之變，成一家之言」的宏志。

在牢中的歲月裡，讓他想起了從前周文王被關在羑里，卻寫出了一部《周易》；想到了孔子被困在陳蔡，可後來也編了一部《春秋》；更想到了屈原遭到放逐後，還寫成了曠世巨作《離騷》。司馬遷此時終於徹底地明白，這些長留傳於後世的名作，大都是古人在心情憂憤，或者是無法達成理想的時候，才寫出來的。既然別人行，他為什麼不行呢？

就是這種不服輸、不認命的心理，終於讓獄中的司馬遷憤著書，成就了中國第一部綜合性的紀傳體通史——《史記》，也讓他千古留名，完成了自己「成一家之言」的宏願。

歷久彌新說名句

「究天人之際，通古今之變，成一家之言」，既是修史的宗旨，也是一種思想的追求。這句話自司馬遷後一直流傳至今，成為許多學者追求真知灼見的座右銘。而當這個句子統合起來時，還可稍微改變其中幾個字，便可以有同樣的效果，例如有一位學者在討論「外交」事物之時，便使用了：「究天人之際，明『內外』之勢，通古今之變，成一家之言」的標題，是不是很一針見血且又擲地有聲呢！

而若將這三個句子分開看，則可以有更多種變化方式。例如「究天人之際」因涉及到「天」與「人」的關係，因此一些環保人士便將它拿來，並進一步地引申為探討「人與自然」的關係，更討論人應當怎樣對待自然等種種問題。

而「通古今之變」，也被有些人引用做為導引，來進行社會、企業等方面的改革，因為人們普遍地相信：歷史是一面鏡子，只有瞭解過去，才能夠放眼未來。而「成一家之言」的說法則更是常見了，例如報章媒體便常常報導：某某某「成一家之言」、某某某「立一家之說」；讓「成一家之言」幾乎成了「獨樹一幟」的代言詞。

班聲動而北風起，劍氣沖而南斗平

名句的誕生

海陵紅粟[1]，倉儲之積靡窮[2]；江浦黃旗[3]，匡復[4]之功何遠。班聲[5]動而北風起，劍氣沖而南斗平[6]。

～唐．駱賓王〈為徐敬業討武曌檄〉

完全讀懂名句

1. 海陵：古縣名，唐屬揚州，漢代曾在此設置糧倉。紅粟，陳年的米，米因久藏而發酵變成紅色。
2. 靡：無、不。
3. 江浦：長江沿岸，此處意指徐敬業以東南為根據地，很快就會匡復唐朝的天下。黃旗，天子頭上的五色雲氣，後用來指王者之旗。
4. 匡復：收復、挽救。
5. 班聲：馬嘶鳴聲。
6. 沖：直上。南斗，即斗宿，二十八星宿之一，是吳地天空的分野。

海陵的紅粟米多得發酵變紅，倉庫裏的儲存極為豐饒；王者之旗在大江之濱飄揚，光復大唐的偉大功業還會遙遠嗎？戰馬在北風中嘶鳴，寶劍之氣直沖向天上，幾與南斗星相齊。

文章背景小常識

駱賓王是初唐四傑之一，青少年時期落魄無羈，而這段生活經歷對他性格的形成有很大影響，也造成他成年後崇尚俠義、性格豪爽、富於反抗和冒險精神的個性。

〈為徐敬業討武曌檄〉是歷史上一篇很有名的檄文，顧名思義，內容是要討伐武則天。在西元六八四年時，武則天廢去剛登基的唐中宗李顯，另立李旦為帝，不僅自己臨朝稱制，行使天子的職權，並且還想進一步地登位稱帝，建立她的「大周」王朝。武則天此舉引起了一些忠於唐室的大臣遺老們的憤怒，其中，身為開國元勳「英國公」李績嗣孫的李敬業，便打著已故太子李賢的旗號在揚州起兵，建立匡復府，自任匡復府上將、揚州大都督。而才華揚溢的駱賓王便是在此時被他招羅至府內，並被任命為藝文令，〈為徐敬業討武曌檄〉便是他在此時完成的作品。

所謂的檄文，是一種很古老的應用文體，通常是官府用來曉諭、聲討、徵召的文書，相當於現在的政府文件或是戰爭宣言之類，最早則可以追溯到商湯伐桀所做的〈湯誓〉。而自駢體文產生以後，檄文一般便多用駢體文寫成，並且極為講求對仗。做為「聲討」檄文，最重要的就是必須具有「氣勢」與「感召力」，但古代眾多檄文不是疏於單調，便是流於冗長繁蕪，但駱賓王所作的〈為徐敬業討武曌檄〉不僅氣勢恢弘、先聲奪人，並且還極富文采、對仗工整，讀來音韻鏗鏘，是歷代傳誦的名篇。

只是，徐敬業起義不到四個月便被鎮壓，而駱賓王從此下落不明、死生不定，但是這篇檄文卻流傳至今，並被後人視為檄文之楷模，競相摹仿，甚至今天在狼山駱賓王的墓旁的石柱上，後人為他題刻的一副楹聯還寫道：「碑掘黃泥五山片壤棲，筆傳青史一檄千秋著。」大意是說，駱賓王的陵墓雖只占了狼山上一片小小的黃泥土壤，但他的作品卻名垂青史，特別是那一篇檄文，更是千古流芳。可見後人對他的這篇檄文評價之高。

名句的故事

駱賓王與王勃、盧照鄰、楊炯並稱初唐四傑，而其中數他留下的詩詞最多，並且不乏傳世名作與名句，「班聲動而北風起，劍氣沖而南斗平」就是其中之一。這句話將戰馬的嘶鳴聲與肅殺的北風置於同一幅畫面之內，同時帶給人在聽覺、感覺與視覺上的強烈衝擊。而後一句則是化用「劍氣沖斗牛」的故事做為典故。

魏晉時期，在南斗星附近經常有紫氣環繞，當時著名的占星家雷煥在觀察了多日之後，認定那道紫氣之所以產生，是因為某件寶物的精華之氣直衝於天，才會映顯出如此奇相。

又經過幾日的推算與觀察，雷煥終於算出寶物的所在位置應該就在豐城縣內。後來，雷煥將這件事的來龍去脈告訴了位居高位的好友張華，由於平素便信賴雷煥的為人及能力，因此張華毫不猶豫地就派遣他到豐城縣當縣令。

雷煥到任後，遍尋了整個縣的屬地，最後終於在豐城縣的監獄中挖出一個玉匣。打開玉匣後，雷煥得到了兩柄能削金斷玉的寶劍，他將寶劍取名為「龍淵」與「太阿」，並且小心翼翼地將它們珍藏了起來。

自此後，人們只要看到南斗星附近有紫氣環繞時，便會鼓掌笑說：「又有寶劍忍不住寂寞要出土了！」

歷久彌新說名句

「班聲動而北風起，劍氣沖而南斗平」這句話一直為歷代文人學者所鍾愛，像元朝人貢師泰便仿駱賓王的這個句子寫出了：「秋高劍氣沖南斗，天近綸音動北溟。」意思是說在秋高氣爽的夜晚，劍氣向上直沖天上星斗，天籟之音忽起，以致北海都為之震動。這句話的氣勢確實也夠宏大的，但卻始終不及駱賓王詩句裏的那份悲壯。

後人石敏若則又仿照此句寫出了：「吟聲起而百管動，劍氣沖而群怒張。」意思是說戰士們低吟的聲音就如同數百人在吹奏管樂，寶劍之氣向上直沖，兵士的士氣也隨之逐漸高漲。但這句話由於悲壯太過以至於顯得壓抑，甚至有點感傷，也及不上駱賓王的句子那樣悲而不傷、悲中帶壯。

而時至今日，許多記者、商人甚至連運動員都對這句話情有獨鍾。曾看過某候選人的傳單上一字未動直接套用「班聲動而北風起，劍氣沖而南斗平」二句；先不論這位候選人究竟實力堅不堅強，但至少先聲奪人、氣勢宏大，也將候選人「不到黃河心不死」的競選決心及個人信心表達得相當明白。

而某籃球隊員曾在向對手挑戰時說：「班聲動而北風起，劍氣沖而籃壇平。」雖然不明白為什麼籃球場上會有「馬」叫聲，並且打籃球也是用手而不用「劍」，不過此言一出，還真有種「捨我其誰」的氣勢，並且也讓人不得不對這位運動員的中文造詣鼓掌。

喑嗚則山嶽崩頹，叱吒則風雲變色

名句的誕生

喑嗚[1]則山嶽崩頹[2]，叱吒[3]則風雲變色。以此制敵，何敵不摧；以此圖[4]功，何功不克。

～唐・駱賓王〈為徐敬業討武曌檄〉

完全讀懂名句

1. 喑嗚：發怒的樣子，又作喑惡。
2. 頹：崩塌。
3. 叱吒：發怒的聲音
4. 圖：謀取

戰士怒容一現，山嶽因此而崩塌；怒喝一聲，風雲也為之變色。拿這樣的氣勢來對付敵人，有什麼敵人不能打垮；以這樣的魄力來謀取功業，還有什麼功業不能取得！

名句的故事

駱賓王幼年極為聰慧，有神童之名，七歲即能賦詩。他七歲那年，有一回隨著父親與父親的友人同遊於湖畔，由於那些朋友們皆曾聽聞駱賓王的才華，因此便起哄要他賦詩，而小小年紀的他便當著眾多賓客面前，語聲清亮地吟詠出：「鵝，鵝，鵝，曲頸向天歌，白毛浮綠水，紅掌撥清波。」這首詩至今仍是婦孺皆知的名篇佳句。但成年後的駱賓王卻不如幼年時無憂無慮，並一直對自己的懷才不遇有些慨歎，但其實他在詩文上依然是頗有成就的。

據說，當年駱賓王寫出〈為徐敬業討武曌檄〉一文後，立刻引起世人矚目，而武則天在輾轉取得，並閱讀完此篇檄文後，也立即為這篇文章的用字遣詞、恢弘氣勢驚豔傾倒不已，並且連忙詢問身旁的人這篇文章的作者是誰。而當得知寫就這篇文章的人是駱賓王後，武則天又歉疚又惋惜地說道：「讓擁有這樣才華的人飄零失意、不得重用，以至投入敵營的懷抱，這絕對是當朝宰相的過失，也是國家的損失。」

像駱賓王這種令敵人也情不自禁為之喟歎、欽佩的文采，又怎能不被後世的文人學者們津津樂道呢！

歷久彌新說名句

這篇文章中不乏佳句，「喑嗚則山嶽崩頹，叱吒則風雲變色」便是其中之一。駱賓王將形容人發怒時的「喑嗚」、「叱吒」與大自然頗具威力的「山崩嶽頹」、「風起雲湧」巧妙地結合在一起，造成一種強烈的視聽效果與感官震撼，成為後人爭相摹寫的典範，如宋陳珌〈禦戎〉中的「指麾而虎兕作威，感激而風雲變色」，〈行在重建都督府記〉中的「指撝而川陸回形，叱吒而風雲變色」，便是據此名句延展而來，只是「虎兕作威」與「穿陸回形」，終究不如「山嶽崩頹」氣勢宏大。

民國初年的新文化運動時期，《清華周刊》曾刊登一篇號召當時文人以筆為武器抵抗外侮、群起維護民族尊嚴之作，而其中不僅有「一言而山嶽崩頹，一呼而風雲變色」的豪邁，更有「舉筆則山嶽崩頹，抵掌則風雲變色」的波瀾壯闊。暫且不論文人們手中的筆是不是真的具有「山嶽崩頹」的氣勢，可以讓侵略者為之色變，但至少那股豪氣與鬥志絕對是一脈相承的。

而最讓人喝彩，並且覺得使用貼切的，莫過於中國「南拳」在為自己做廣告時所撰寫的廣告詞。南拳開宗名義便說其拳：「呼喝則風雲變色，開拳則山嶽崩頹。」這句廣告詞當真是將中國拳法的氣勢表達得淋漓盡致，讓人根本不想細究南拳究竟出於哪一宗派，又究竟具有何種威力，只覺得心中那股躍躍欲試的火苗不斷竄升，直想練練那可以令「風雲變色」的「呼喝」，以及令「山嶽崩頹」的「拳法」。

請看今日之域中，竟是誰家之天下

名句的誕生

若其眷戀窮城[1]，徘徊歧路，坐昧先幾之兆[2]，必貽後至之誅[3]。請看今日之域中[4]，竟是誰家之天下！

～唐．駱賓王〈為徐敬業討武曌檄〉

完全讀懂名句

1. 窮城：指孤立無援的城邑、城池。
2. 昧：不分明。幾（音同機），契機。
3. 貽（音同怡）：遺下，留下。
4. 域中：指中原地區。

如果仍舊留戀孤立無援的城池，在歧路上徘徊觀望，在關鍵時刻猶疑不決，錯過早已顯現出的吉利徵兆，必然會招致嚴厲的懲罰，甚至自取滅亡。請看明白，今天的世界，到底是誰家的天下！

名句的故事

駱賓王的一生是充滿曲折的，但是他在歷經挫折之後仍然不失鬥志，在他身陷牢獄剛獲釋後不久，又仕途失意的情況下還能寫出「請看今日之域中，竟是誰家之天下」這樣氣勢滂薄的句子，我們就可窺見其志氣。

「請看今日之域中，竟是誰家天下」這句話確實是相當有氣勢的，令人讀了之後，心中油然升起一股豪氣，也難怪被討伐的對象武則天讀後，也不得不佩服駱賓王的文采，惋惜竟沒有及早將駱賓王召至麾下。

明代顧憲成在評價當朝名臣李修吾時，便曾仿照此句寫出了「試思今日之域中，善類猶有所憑恃者誰人？」意思是說：試想一下，在當今之世，善良的人還能依靠什麼人呢？而其言下之意，能依靠的人當然就只有李修吾了。

歷久彌新說名句

「請看今日之域中，竟是誰家之天下」這句話發展到今日，仍然備受推崇，隨便翻翻報紙、雜誌就能找出一堆這樣當今天下「唯我獨尊」或「捨我其誰」的句子。如某商品在上市不久就連忙大聲的叫囂「請看今日之商海，究竟誰霸天下」。這位商家倒是信心滿滿，只是不知其商品到底怎樣。有人還在網上仿《討武曌檄》做了篇《為襪子兄討站務檄》，結尾高呼「且看今日炮轟站務，竟是誰主沈浮！」令看文者莫不搖頭微笑，至於這位兄襪子兄係何方神聖，其實也沒有人會真正去考證。

除此之外，「請看今日之棋壇，竟是誰家天下」、「請看今日之足壇，究竟何人稱霸」……此中各例，舉不勝舉，讓人不禁感歎：試觀當今之世界，誰願屈居人下？這麼多人都在「爭雄爭霸」，你肯定也不想屈居人後了，要不要也來稱霸一個什麼，跟他們一比高下呢？

生不用封萬戶侯，但願一識韓荊州

名句的誕生

白聞天下談士[1]相聚而言，曰：「生不用封萬戶侯[2]，但願一識韓荊州[3]。」

～唐・李白〈與韓荊州書〉

完全讀懂名句

1. 談士：士人。
2. 萬戶侯：漢代制度，指食邑一萬戶的王侯。
3. 韓荊州：指韓朝宗，唐玄宗年間曾任荊州長史，因此人多稱其為「韓荊州」。

我（李白）聽說天下間的士人在聚會交談時常說：「此生寧可不做享有萬戶采邑的王侯，只願能與韓荊州結識就心滿意足了。」

文章背景小常識

李白（西元七〇一～七六二年），字太白，祖籍隴西成紀。父親是富商，因此李白自小個性狂放、好劍術，有任俠之風，曾在大江南北遊歷。唐玄宗天寶初年，經由賀知章等人的推薦，任職翰林供奉。但因為得罪了高力士及玄宗的寵妃楊貴妃，不到三年便被排擠出京。

〈與韓荊州書〉是李白在唐開元二十二年（西元七三四年）所作，這一年，李白尚未被賀知章舉薦，但因懷有高大的志向，因此在漫遊荊、襄，並得知韓荊州的聲名後，特地帶著高高的帽子，佩戴著長劍，以及一顆恭敬的心去拜訪他。

韓荊州即韓朝宗，當時任荊州大都督府長史，相當於現在湖北、湖南兩省的省長，向來以善於識人及提拔賢士而出名。李白的〈與韓荊州書〉是他拜見韓朝宗時的一封自薦書。

這篇文章開頭借用天下談士的話——「生不用封萬戶侯，但願一識韓荊州」，來讚美韓朝宗能禮賢下士、拔擢人才。接著毛遂自薦，介紹自己的經歷、才能和氣節。有人認為李白乃一代詩仙，不敢將這麼庸俗的思想加諸在他頭上，其實不然，李白向來抱負很大，對仕途也很有興趣，但因生性高傲，所以在拜訪韓朝宗之前，一直過著隱居的生活。但他明確地表明自己的隱居是「養賢」，是為等待出世的機會，並不是為了「遁世」，即不是逃避世俗。

但由於本身的傲骨，因此李白這封信可說是寫的有禮有節、不卑不亢，並具備一股咄咄逼人的氣勢，著實不同凡響。

名句的故事

李白人稱「詩仙」，有「斗酒詩百篇」的奇才。他一生留下來的名句非常多，開個小玩笑來說的話，那就是連他奉承別人的話語也與眾不同，像「生不用封萬戶侯，但願一識韓荊州」就是其中之一，並且還成了詩史上的一個典故，成為歷代詩人們詩文素材的來源。

宋朝時，蘇東坡在送一位張姓朋友去四川做官時，就曾寫道：「少年不願萬戶侯，亦不願識韓荊州。頗願身為漢嘉守，載酒時作凌雲遊。」意思是說他不願意做萬戶侯，也不願意認識什麼韓荊州，只要能像他朋友一樣去四川做個小官，平時可以喝喝小酒、遊山玩水，他就心滿意足了。雖然蘇東坡看起來似乎不像李白那樣在意韓朝宗，但在詩的選材上，終究也逃不脫李白在幾百年前就給後世文人設好的圈套。

有趣的是，蘇東坡的女婿秦觀可能不怎麼敢忤逆岳父大人，因此也沒敢公然表示對韓朝宗的傾慕，但卻利用李白的詩大大吹捧了岳父一番。因為有一回，秦觀在給蘇東坡的送行詩中，竟是如此寫道：「我獨不願萬戶侯，惟願一識蘇徐州。」這個「蘇徐州」指的當然就是蘇東坡，可見古人拍起馬屁來，比起現代人而言也是不遑多讓的，並且，也更具有文學氣質。

歷久彌新說名句

說到「生不用封萬戶侯，但願一識韓荊州」這句話，今人可實在應該好好的感謝李白一下，因為這句話不但好用，而且也非常管用。例如北京有一個專賣湯包的餐廳在為自己做廣告時，便說「生不用封萬戶侯，但願一品蟹黃包」；結果廣告文一出，店裏的湯包剎時風靡北京，幾乎供不應求。而另一篇稱頌「黃鶴樓」的文章中也如此寫道：「生不用封萬戶侯，但願一上黃鶴樓。」讓人也不由得對黃鶴樓產生了無限嚮往。除此之外，日常生活對話，甚至現代文人騷客筆下，都出現有「生不用封萬戶侯，但願一識余光中」、「生不用封萬戶侯，但願一識張藝謀」……等等句子。

這個年代看似不願做萬戶侯的人是越來越多了，如果李白復生，不知道會不會有無數的人寫出：「生不用封萬戶侯，但願一識李太白。」的句子來。如果真有這麼一天，到時李白也許會仰天大笑道：「此乃鄙人當年拍馬屁之雕蟲小技也，汝輩小生後輩豈可於太白門前舞文弄墨？」

坐井而觀天，曰天小者，非天小也

名句的誕生

故道有君子小人，而德有凶有吉。老子之小[1]仁義，非毀之也，其見[2]者小也。坐井而觀天，曰天小者，非天小也。

～唐・韓愈〈原道〉

完全讀懂名句

1. 小：輕視之意。
2. 見：察見。

道有小人與君子的分別，德性也有吉凶之差。老子輕視仁義，不是為了要毀謗，而是他見識到的很淺短。如同坐在井中說天很小，這不是天空真的很小。

文章背景小常識

韓愈字退之，生於唐代宗大曆三年，死於唐穆宗長慶四年，河南河陽人，郡望昌黎，所以世稱韓昌黎；又因官至吏部侍郎，故稱韓吏部或韓侍郎；死後追贈禮部尚書，諡號「文」，又稱韓文公。韓愈是唐代古文運動的積極倡導者，所謂古文運動，就是改變漢魏六朝以來的駢體文，恢復先秦時代的散文體。韓愈推動古文運動的決心就如同他在〈答李翊書〉中所說：「非三代兩漢之書不敢觀，非聖人之志不敢存。」

韓愈之前有陳子昂，他自己則是把古文運動推向了一個新的里程。宋代文豪蘇軾在〈潮州韓文公廟碑〉對他讚歎道：「匹夫而為百世師，一言而為天下法。」又推崇他是：「文起八代之衰，道濟天下之溺。」足以可見韓愈的歷史地位及其對後世的影響之大。韓愈行文遍及論、說、書、序、記、傳、表、狀、頌、贊、賦、銘、哀辭、祭文、碑誌、雜文等等，內容豐富、形式多樣；但是無論是哪一種體裁，其間論述的實力讓人無法輕視，〈原道〉便是這樣的一篇佳作。

唐永貞時期王叔文黨禍，多人遭到貶謫，韓愈的好友柳宗元、劉禹錫亦在其中。三十八歲的韓愈選擇沉潛著述，〈原道〉就是在這段期間的成果。所謂「原」就是探本溯源，「道」淺義來說就是指儒家所談的「道」，主要是與佛道區隔。在佛教勢力日益融入中國，並中國化的同時，韓愈寫了〈原道〉，很像是一篇「儒家主權宣言」。這篇文章是「五原」之一，「五原」即是〈原道〉、〈原性〉、〈原毀〉、〈原人〉、〈原鬼〉等論述文，這些文章表徵韓愈年過三十後，思想見解更為成熟、獨立的證據。

名句的故事

「坐井觀天」是我們現代人常用的成語，此語便是由韓愈的這句話精練而成。韓愈說：「坐井而觀天，曰天小者，非天小也。」意思是比喻一個人眼界若受到限制，所見所聞必定有限。因為當時的佛教徒到處宣傳，說孔夫子曾經是老子、佛祖的弟子，這些現像讓韓愈非常憂心。韓愈為了區隔佛家的「道」不同於儒家的「道」，並且強調儒家的「道」才是正道，所以寫了這篇文章，指出那些會把佛家的「道」當作是儒家的「道」的人，都是坐井觀天者。

只是韓愈的排佛似乎已經到了偏激的地步。他認為，如果不去禁止佛教、老子的思想，這個聖人之道就無法流傳，所以要讓和尚、尼姑通通還俗，燒掉佛經道書，將寺廟改成民舍，並且重新用儒家的道來教導他們。到底有什麼原因會讓韓愈一定要做到如此境地？

事實上唐代的佛教信仰幾乎是一種全民運

動，尤其武則天還藉由佛教之力，登基為皇、改朝換代。只是，大興佛寺所造成的不只是府庫財竭，百姓為了圖利，還放棄正常的農事，跑去幫忙蓋廟，導致來年有飢荒情事出現；而沙門中人不守僧道、敗壞社會風俗，又是另一個重點。這應當就是韓愈提出這麼激烈的解決方式的原因了。

歷久彌新說名句

《莊子》裡面有兩個類似的說法。第一是《莊子．秋水》篇記載：「井龜不可以語於海者，拘於虛也。」一隻活在井裡的烏龜，是無法跟牠談論大海的事情，因為牠從未看過海洋之大呀！第二是同一篇的：「夏蟲不可以語於冰者，篤於時也。」夏天的昆蟲進入秋天的時序就死了，不可能和牠談論冰雪的事情；這是形容一個人見識淺短，無法跟他談大道理的意思。因此，不是天小，而是識者的眼光窄小，看不出天之大；夏蟲不可以和牠談論冰雪的事情，是因為牠從未見過冰雪呀！

當然，人並不見得需要親眼所見，才能夠產生知識。例如《莊子》的〈逍遙遊〉中說：「北冥有魚，其名為鯤。鯤之大，不知其幾千里也。化而為鳥，其名為鵬。鵬之背，不知其幾千里也。」莊子不一定見過鯤，可能也沒有見過鵬，但是莊子運用人所具備的推理能力，跳出「坐井觀天」的障礙，去認識世界。佛家也說：「一花一世界，一葉一如來。」人心智所被賦予的能力，是可以被開發而發展出更驚人的智慧。

我們也常道：「秀才不出門，能知天下事。」知識要能透過觀察、推理、研究來取得，就像「大海之水，只取一瓢飲」，取一瓢海水就可以嚐到大海的味道，又何須把大海的水全部飲盡，才會知道海水的味道是鹹的呢？又例如成語「一葉知秋」、「聞一知十」、「見微知著」，如果我們看著框框就只能認識框框裡面的事物，而無法用人的心智去推演而獲得更多，那麼就真的是「非天小也，其所見小也」。

擇焉而不精，語焉而不詳

表達得也不夠精詳。

名句的誕生

堯以是傳之舜，舜以是傳之禹，禹以是傳之湯，湯以是傳之文武周公，文武周公傳之孔子，孔子傳之孟軻。軻之死，不得其傳焉。荀與揚[1]也，擇焉而不精，語焉而不詳。

～唐．韓愈〈原道〉

完全讀懂名句

1. 揚：指揚雄，字子雲，西漢儒者。

堯把這個道傳給舜，舜把道傳給夏禹，禹把道傳給商湯，商湯把道傳給了文王、武王、周公，文王、武王，周公則是傳給了孔子，孔子將道傳給孟子，孟子過世之後，這個道就無法傳下去了。荀子跟揚雄對道的選擇不夠精確，

名句的故事

不意外地，韓愈在〈原道〉中採取了「尊王攘夷」的觀點，將佛家視為夷狄之列，試圖突顯儒家為中國正統的價值體系。韓愈在文章末申明：「由周公而上，上而為君，故其事行；由周公而下，下而為臣，故其說長。」周公以前的道統是由國家的君主來傳承，就是堯、舜、禹、商湯、周文王、周武王，然後就是周公；周公之後承接道統的就是知識份子。「知識份子」的位置被擺出來了，韓愈不慍不火地讓自己的角色出現在舞台上。

他批評荀子、揚雄對於儒家的道統，根本是「擇焉而不精，語焉而不詳」，亦即這兩個人並

沒有掌握儒家的精髓，也無法清楚表達儒家的學說。韓愈的說法受到宋代理學家的肯定。朱熹與呂祖謙編選的《近思錄・聖賢》便稱讚韓愈是「近世豪傑」，是自孟子之後有大見識者，因為有韓愈的真知灼見，所以才能在千年後發現荀子與揚雄的論調「擇焉而不精，語焉而不詳」。

那麼，現在得以傳承儒家的就是韓愈自己了，這或許就是他寫〈原道〉的目的，因為他可以做到「擇焉而精，語焉而詳」的任務。韓愈不僅將自己搬上舞台，而且是歷史道統的舞台。以韓愈仕途演進的屢次頓挫，他此時此刻恐怕是不願屈就於唐朝歷史中的位置了。再者，韓愈的道統之說，也順勢提高了知識份子地位。歐陽修在《新唐書・韓愈傳》中便贊道：「自愈沒，其言大行，學者仰之如泰山、北斗云。」而道統的說法也廣為被宋代文人所接受，但很有趣的是，宋代文人悄悄地把韓愈置於一個象徵性的位置，自認為跳脫漢唐，直接承繼孔孟，創造出「新儒學」，亦即造就了宋代理學的輝煌。

歷久彌新說名句

宋朝儒生對於韓愈批評荀子、揚雄「擇焉而不精，語焉而不詳」，大體上相同。根據朱熹的《孟子集注》記載，程子說：「韓子此語，非是蹈襲前人，又非鑿空撰得出，必有所見。若無所見，不知言所傳者何事。」這倒是提醒我們，韓愈到底覺得荀子、揚雄，對於儒家的道理是哪些地方說不清楚了。緊接著程子又說：「韓子論孟子甚善。非見得孟子意，亦道不到。」程子說，韓愈把孟子的學說詮釋得很好，如果不是韓愈能體會到孟子的真義，也說不出這樣的話。

「擇焉而不精，語焉而不詳」，流傳至後世，多半使用由其演變出的成語「語焉不詳」，用來形容某些事、某些話說得不夠詳盡，以致難以理解。其實現在的政治人物都很懂得運用「語焉不詳」的手法，為自己留下轉圜的空間。特別是在選舉的時候，各個候選人有琳瑯滿目的選舉口號、選舉花招，常常有「語焉不詳」的狀況發生，也讓我們這些選民在選舉結果出現之後，有「擇焉不精」的遺憾。這或許是個社會的怪現象，話如果要說出去之後，預期還有機會可以收回來的話，就千萬不能說的太清楚，尤其是公眾人物。

古之君子，其責己也重以周，其待人也輕以約

名句的誕生

古之君子，其責[1]己也重以周[2]，其待人也輕以約[3]。重以周，故不怠；輕以約，故人樂為善。

～唐・韓愈〈原毀〉

完全讀懂名句

1. 責：要求。
2. 重以周：嚴格而且周全。
3. 輕以約：寬容而且簡單。

古時候的君子，嚴格而且全面地要求自己，對待別人卻寬容而且簡約。嚴格而全面，所以自己不會怠惰；寬容又簡約，所以人家就高興去做好事。

文章背景小常識

本文是「五原」當中的一篇，主旨在於推論「毀謗」的原由。韓愈這個人非常照顧自己的家庭以及他的親戚，更可以從他的各類文章中發現他對朋友的情義，溫厚篤誠，讓人無法忽視。《舊唐書・韓愈傳》就記載，他認識孟郊、張籍的時候，這兩個人還默默無名，但是韓愈「不避寒暑，稱薦於公卿間」，而且「誘厲後進」，對於提攜後進不遺餘力；這種直率的作風與當時士大夫往往妒忌賢能、罷黜異己，真是大相逕庭。

然而，像韓愈這樣的君子，不諳世務以及在朝廷中的應對進退，屢次遭受貶謫，讓他充滿挫折感；尤其是三上宰相書後，當朝宰相趙憬、賈耽、盧邁等，沒有一個人賞識他的才

華。又如韓愈反對唐憲宗迎佛骨而被貶謫潮州，旋即唐憲宗後悔，想要再度重用韓愈時，卻被人奏述「終大狂疏」（《舊唐書・韓愈列傳》）。韓愈生性狂狷，對於官場的進退應對總是不屑順從，所以屢遭毀謗而不得志，即使他是個勤政愛民的好官。

韓愈也知道因為有人妒忌他、暗中毀謗他，所以才會有這樣坎坷的仕途，因此寫下〈原毀〉一文。〈原毀〉先從表彰古代君子的做人與待人的原則談起，再直接切入當時唐代士族階層的社會現象，諷刺當時士大夫詆毀後進、嫉賢忌能的風氣，韓愈並且很仔細地剖析一般人對權勢的攀附心態，語詞平易近人，卻可說是批評得淋漓盡致。這篇作品獨到地方是韓愈不引經據典，算是古代散文創作中的一種新形式。整篇文章也採用對比的方式，藉由「古之君子」與「今之君子」的對比，「責己」與「待人」的比較，來暢所欲言。

名句的故事

韓愈在本文中的最後一句話說：「將有作於上者，得吾說而存之，其國家可幾而理歟。」意思是說，那些在上位而準備有所作為的人，聽到我這一番言論，那麼這個國家或許可以治理的很好吧。回頭再去看本文的開頭「古之君子」，這個君子就是指國家的執政階層，特別是他行文當中屢稱堯、舜、周公。所以，韓愈實則是透過論述士大夫的德行問題，告訴執政階級要如何挑選真正的人才。

古時候的君子「其責己也重以周，其待人也輕以約」，韓愈稱讚古代的君子嚴以律己、寬以待人的風範，正如孔子說：「躬自厚而薄責於人。」（《論語・衛靈公篇》）「厚」就是「重以周」；「薄」就是「輕以約」，即要求自己多於別人的意思，要求自己要事事周全，對於別人則是儘量從寬。由於「輕以約」，所以韓愈認為這就是堯、舜、周公的子民都樂於去做善事的原因。

其實，光是韓愈所說的「輕以約」，君子應該還不足以讓人樂於為善，主要還是在於：「君子不以其所能者病人，不以人之所不能者愧人。」（《禮記・表記篇》）君子待人的寬容在於不會用自己所會的才能去挑剔別人，不會用別人所不會的地方去羞辱別人，這就是君子令人景仰的風範，因此平民百姓才會願意樂於為善。由此可見，韓愈認為，只有為自己樹立高標準，從各方面嚴格要求自己，不怠惰，不鬆懈的人，才是國家選材的真正目標，才能有風行草偃的效果。

歷久彌新說名句

「古之君子，其責己也重以周，其待人也輕以約」，說的是做人的標準，表現出一種容人的器度，讓人樂於與之相處。和這句名言相反的態度則是：「水至清則無魚，人至察則無徒。」（《漢書・東方朔傳》）意即水如果太清澈則魚兒無法生存，對待他人如果太苛求就會沒有朋友；換句話說，如果對待自己的標準是「輕以約」，對待別人的標準是「重以周」，我們就會漸漸失去朋友。

每個人的能力不同，可以達到的標準也不同；我們努力地要求自己，是提昇自我，我們寬容地要求別人，也是訓練自己。西方有句諺語：「世界上最寬闊的東西是海洋，比海洋更寬闊的是天空，比天空更寬闊的是人的心靈。」人的心靈可容納至小與至大之物，能不能容得進去，端看人的修養與器度。因此，要如何在「重以周」、「輕以約」之間作選擇，就端看各位的智慧了。

師者，所以傳道、受業、解惑也

名句的誕生

古之學者必有師。師者，所以[1]傳道[2]、受[3]業[4]、解惑[5]也。人非生而知之者，孰能無惑？惑而不從師，其為惑也，終不解矣。

～唐．韓愈〈師說〉

完全讀懂名句

1. 所以：用來。
2. 道：指儒家孔子、孟軻的修己治人之道。
3. 受：通「授」，講授。
4. 業：學業，泛指古代經、史、諸子之學及古文寫作。
5. 解惑：解釋「道」、「業」上的疑惑。

古代追求學問的人一定要有老師。老師是傳授道理、講授學業、解答疑惑的人。人不可能生下來就知道一切的道理，誰能沒有疑惑？有疑惑而不請教老師，那疑惑就永遠無法解決了。

文章背景小常識

韓愈在古文運動中強調的重點是「文以載道」，文章應以弘揚儒道為理想，〈師說〉即相當符合這些原則。〈師說〉全文一開始就強而有力地提出「古之學者必有師」，說明「師」是人類文化傳承中不可或缺的重要角色；其次感慨師道之不傳已經很久了，唐朝人也不能例外，但是讀書人不懂得尊師，百工之人反而保留對老師的敬重，這怎能不讓人汗顏呢？最後點出「聖人無常師」，凡人當然更應該要尊師了。韓愈以「師道」為中心，運用正反對比的論述，前後照應，環環相扣，文章寫得鏗鏘有力。

孔子可以說是開「私人講學」風氣的先趨者，主張「有教無類」，弟子三千，賢者七十二，那時的師道可以說是非常尊崇的。漢朝重視師法與家法，老師的地位也很尊崇。漢魏以降，社會門第之風興盛，「上品無寒門，下品無士族」，當時的社會非常重視「門弟」，有恥於從師的風氣，這迥然異於孔門所遺留的學風，世道當然就漸漸衰微了。隋唐承其後，雖然好一點，但顯然不如周秦，尤其在安史之亂後，學子對於從師學習這件事情，更加排斥。

在韓愈擔任國子監祭酒時，對這樣的狀況深感痛心。韓愈的思想淵源於儒家，也以儒家正統自居，因此唐德宗貞元十七年，他作〈師說〉一文。柳宗元就曾在〈答韋中立論師道書〉中說：「今之世不聞有師，有輒嘩笑之以為狂人。獨韓愈奮不顧流俗，犯笑侮，收召後學，作〈師說〉，因抗顏為師。」反映出韓愈在當時逆風氣而行，定然具備卓然不凡的慧智與勇氣。

名句的故事

韓愈說：「古之學者必有師。」「師」就是教授學問、知識的人，又稱為「夫子」、「先生」或稱為「師傅」，韓愈並且為老師在傳道、受業的兩個工作後，又添加了一項「解惑」的工作。為什麼要從師學道？因為「人非生而知者」，人並不是一出生就具備知識，即使貴為帝王也必須要「入太學，承師問道」（《大戴禮記》），方能經世濟民；又誠聖人如孔子，也曾經向老聃問禮、向萇弘問樂。

老師的第一個工作是「傳道」，道主要是指孔孟儒家的修身、為學、治國的道理；第二個工作是「受業」，業是指古代經、史、諸子之學及古文寫作等等；第三個工作是韓愈特別提出來說的「解惑」，也就是解決學習過程中的疑惑。有趣的是這個道要怎麼「傳」？這個業要怎麼「受」？古代拜師要獻上「束脩」，古代人以肉脯十條紮成一束，就叫做束脩，再加上酒一壺、杉布一套，作為拜師的見面禮。

韓愈在當時便打破常規，召收學生，如李蟠、皇甫湜、張籍等都拜師韓愈，《新唐書．韓愈傳》便記載：「成就後進士，往往知名。經愈指授，皆稱韓門弟子。」皇甫湜在韓愈過世時寫了〈韓文公墓誌銘〉，他在文中便稱讚他的老師講學論說時非常忘我，還會用笑話及吟誦詩歌的方式，讓學生可以沉浸在書中的義理。其可見韓愈力作〈師說〉，不只是寫，而且身體力行。

歷久彌新說名句

明朝的王世貞也寫了〈師說〉一文，在文中他提到：「天下有道而師者，有業而師者，有利而師者。」每個人從師學習的目的其實都不一樣，但是師者的角色，依然還是傳道、受業、解惑。清朝的方東樹就這樣評斷：「自退之作師說，後來學人多有續為之說者。雖意恉各殊，而皆得一義，於以輔世翼教，至為宏益，不可廢也。」（方東樹〈與友人論師書〉）因此，不論人們對於「師者」的定義如何，師者扮演的角色與功能，對於世世代代教化社會，都有莫大的影響力。

而現代呢？打開電視新聞，新一代的老師不僅傳道、受業、解惑，還開神壇、選立委、玩股票，真不禁令人唉歎師道的墮落，能像孔子那樣「有教無類」、「因材施教」的老師已經不多。事實上老師的地位其實已不若傳統受到尊重，除了外在因素對學生的吸引力實在太多，有時還必須化解學生可能玩出的各種花樣。看來除了傳道、受業、解惑等三個工作外，老師還必須加上第四個工作，就是「見招拆招」。

聞道有先後，術業有專攻

名句的誕生

孔子曰：「三人行，則必有我師[1]。」是故弟子不必不如師[2]，師不必賢[3]於弟子。聞道有先後，術業有專攻，如是而已。

～唐・韓愈〈師說〉

完全讀懂名句

1. 師：老師，學習的對象。
2. 師：這裡指老師。
3. 賢：高明之意。

孔子說：「三個人當中，一定有值得我學習的人。」所以，學生不一定比不上老師，老師也不一定比學生高明。因為懂得道理有先有後，技能專業各有鑽研與擅長，不過是這樣罷了。

名句的故事

韓愈這句耳熟能詳的名言，其實是提倡能者為師、不恥下問、教學相長的學習精神。本句話的語源是出自孔子。《論語・述而》記載，子曰：「三人行，必有我師焉。擇其善者而從之；其不善者而改之。」孔子主張我們應當多從別人身上取經，選擇學習別人的優點，看到他人的缺點也能反省自己，並改過。

而韓愈更延伸了孔子的意思，所謂「弟子不必不如師，師不必賢於弟子」，學習的早晚面向與學問多寡並不是完全相等的，因為「聞道有先後，術業有專攻」。懂得道理有先有後，只是因為早學或晚學；而技能專長則是因人而異，學問大的人不見得就會修理機械，會修理機械的人不見得知道如何作木工，這都是因為各人專長不同之故。所以韓愈在文末說：「聖人無常師。」其意義即在於此。

為什麼韓愈會在這個時候提出〈師說〉？其中一個真相在於：古代科舉與出仕結合在一起，讀書人的求學目的在於做官，這只要熟讀詩書就可以達到了，與孔孟傳道受業的目的顯然有一段距離。孔孟講求「修身、齊家、治國、平天下」的一貫教育，豈是僅僅博覽群書就夠了的？因此韓愈重新強調「師者」的重要性，目的在要矯正當時的社會風氣，而他更擴張了「師者」的意義，提出「聞道有先後，術業有專攻」的見解，讓我們在學習的領域上更為謙虛。

歷久彌新說名句

「弟子不必不如師，師不必賢於弟子。聞道有先後，術業有專攻，如是而已」，簡單來說就是：「長江後浪催前浪，一代新人換舊人。」所以為人師者不見得終身可為人師，說不定有一天學生也會變成師者的老師。

張有恆教授寫了一篇文章〈清涼小品〉，文章中是這麼說的：「事實上，在學校從事教育工作的老師，應當了解『師不必賢於弟子，弟子不必不如師』，這才是社會進步的原動力，當老師的看學生，要有這樣的胸襟；當學生的看老師，也要有這樣的氣魄。這也是俗話所說的『有狀元學生，無狀元老師』的道理。」這個說法和韓愈的意思有異曲同工之妙。

西方有句名言說的好：「吾愛吾師，吾更愛真理。」當真理凌駕老師之上時，就要遵守韓愈所說的「術業有專攻」法則，尊重真理。例如現代的電腦科技，由於每個人學習電腦的年齡不一樣，即使小學生的電腦常識比自己的父母強，也不讓人意外，「聞道有先後，術業有專攻」而已。曾經有一個電腦的討論區標語是這麼寫著：「所謂聞道有先後，術業有專攻，我們摯盼經由這個討論版的互動能為國內的Java發展貢獻心力。」電腦專業是這樣，其他專業何嘗不是！因此，我們都有機會成為長江中超越前浪的後浪。

業精於勤，荒於嬉

名句的誕生

國子先生[1]晨入太學，召諸生立館下，誨[2]之曰：「業精於勤[3]，荒於嬉[4]。行成於思，毀於隨[5]。」

～唐・韓愈〈進學解〉

完全讀懂名句

1. 國子先生：就是國子博士，是韓愈的自稱。唐代中央設國子監，為最高教育機構，下設六學：國子學、太學、四門學、律學、書學、算學等，國子學有兩名國子博士。
2. 誨：教誨。
3. 勤：勤勉。
4. 嬉：嬉戲。
5. 隨：放任之意。

國子先生一早進入太學，召集所有學生站在館下，教訓他們說：「學業的精進在於勤奮努力，學業荒廢是由於懈怠；德行的修成是因為慎思，德行的敗壞是由於放任。」

文章背景小常識

唐獻宗元和初年，韓愈被召為國子監的國子博士，元和四年就被遷都官員外郎，後來因為華陰令柳澗的事情，韓愈再度被貶。事實上從貞元十九年十二月，韓愈被貶為陽山縣令後，韓愈的仕途就一直動盪不安，如果算到元和十四年被貶謫到潮州為止，韓愈在短短的十五年中，就已經四次遭到貶謫。終至元和十五年九月，唐穆宗召韓愈重新返回京城擔任國子監祭酒。由於多次的起落，讓韓愈深有懷才不遇、不被重用的感慨，他在唐憲宗元和八年寫下〈進學解〉，此時韓愈已經四十五歲了。

韓愈憑著多年讀書的經驗告誡學生：「業精於勤，荒於嬉。行成於思，毀於隨。」學問之所以能夠專精是因為勤於吸收知識，而德行的修養在於能夠慎思與明辨，例如朱熹說：「不奮發，則心目頹靡；不檢束，則心目恣肆。」（朱熹《朱子語類》）可見得我們做學問、修養德行，都要時保警覺，不能隨意放縱自己的心性，以免時間一久，就耽溺於遊樂，日趨怠惰。

〈進學解〉完成之後，當時的宰相看到了，對於韓愈數次被罷黜，也深表同情，因此任命韓愈為五品上的刑部比部郎中、史館修撰，後在元和十一年，被調任為中書省中書舍人。只是在元和十四年，韓愈因為佛骨事件得罪唐獻宗，又被貶謫到潮州當刺史。看來韓愈不是沒有遇到貴人，只是他的直率、不諳政務，要同情他，還真是有點困難。

名句的故事

根據《文心雕龍》卷三記載，「雜文」的發展，到了韓昌黎的〈進學解〉，才是「此體之正宗也」；洪邁也在《容齋隨筆》中批評，東方朔的〈答客難〉自是文章中傑出者，而韓愈的〈進學解〉，則是「所謂青出於藍而青於藍矣」。

韓愈是中國古代文人中非常擅用語言的巨匠，他不僅能夠將古代詞語翻新使用，還能夠吸收當代的語言，加以淬煉，創造出新的語詞。所以遍讀韓愈的文章，詞藻豐沛外，他的用詞不僅沒有疊床架屋的疑慮，而且絕對是有「唯陳言之務去」（韓愈〈答李翊書〉）、「詞必己出」（韓愈〈南陽樊紹述墓誌銘〉）的創造力。也就是說，他的文章少有重複濫調之詞，即使相同的字，他也能夠作出不同的表現。

〈進學解〉所用到的成語非常多，我們後人也從這篇文章中提煉出一些成語，例如「焚膏油以繼晷，恒兀兀以窮年」變成「焚膏繼晷」，「力挽狂瀾」就是「障百川而東之，回狂瀾於既倒」；而韓愈也從前人的經驗中，精簡出自己的語言，例如隨後會提到的「跋前躓後」。真可見韓愈「青出於藍而勝於藍」的實力了。

歷久彌新說名句

唐代的大書法家顏真卿也作有一首詩〈勸學〉：「黑髮不知勤學早，白首方悔讀書遲。」意思是說，我們一定要趁年少的時候勤快地吸收知識，如果我們總是「業荒於嬉」、「行毀於隨」，到白髮滿頭時一定會後悔太晚讀書。又例如唐代無名氏所作的〈金縷衣〉：「勸君莫惜金縷衣，勸君惜取少年時。有花堪折直須折，莫待無花空折枝。」這琅琅上口的名句，無非是勉勵我們要珍惜光陰、把握時間，勤於學習。

知名的戲劇家梅蘭芳就曾經說過：「我是個拙笨的學藝者，沒有充分的天才，全憑苦學。」郭沫若也說：「形成天才的決定因素應該是勤奮。」由此見得「業精於勤」對一個人成就高低的影響。而韓愈這裡所說的「業」也可以說是事業，或泛指我們生活中的事情。例如《左傳》卷二十三記載：「民生在勤，勤則不匱。」民生在這裡指農事，如果我們勤於農事，就會年年豐收、不虞匱乏。

「業精於勤，荒於嬉」，就是說明一分耕耘、一分收穫，只有努力耕耘的人，才能獲得豐碩的果實；「行成於思，毀於隨」的「行」，可解釋為執行、實踐，意即思考是理論知識轉化為實踐能力的橋樑，也是創造力量的來源。西方大發明家愛迪生也說：「成功是靠一分的天才，加上九十九分的努力。」可見人的知識與德行都需要「聚沙成塔」，有賴平日的累積與鍛鍊，方能通往羅馬之途。

焚膏油以繼晷，恆兀兀以窮年

名句的誕生

記事者必提其要[1]，纂言者必鉤其玄[2]。貪多務得，細大不捐[3]。焚膏油以繼晷[4]，恆兀兀[5]以窮年。先生之於業，可謂勤矣。

～唐・韓愈〈進學解〉

完全讀懂名句

1. 提其要：摘錄綱要。
2. 鉤其玄：鉤是探求之意，玄是精深的道理，探求其中的深切道理。
3. 捐：捨棄。
4. 焚膏油以繼晷：膏，油脂，指燈燭；晷，日影、日光；焚膏油就是點燈。夜晚點燈以繼續白天的工作，形容勤勉不怠。
5. 兀兀：勤勉不息的樣子。

凡是記事的書籍必定摘錄書中的綱要，凡是立言的書籍必定探求內容中的深義。讀書力求廣泛而有收穫，不論大小都不會捨棄。夜以繼日，終年勤奮不倦的學習。先生對於學問的追求，可說是夠勤勉的了。

名句的故事

韓愈的生活簡單，吃飯時把書拿來提味，睏了就把書當作枕頭，時時刻刻都帶著書；他曾描述自己：「問我我不應，饋我我不餐。退坐西壁下，讀詩盡數編。」（韓愈〈秋懷詩十一首〉）讀書這件事情和韓愈的生活是完全融合在一起。他讀到可以忘記時間：「閉門讀書史，窗戶忽已涼。」（韓愈〈此日足可惜贈張籍〉）讀到什麼事情都不管：「吾老著讀書，餘事不掛眼。」（韓愈〈贈張籍〉）此景就是「焚膏油以繼晷，恆兀兀以窮年」的真實寫照。

韓愈戮力學問，因為他總是秉持「讀書患不多，思義患不明」（韓愈〈贈別元十八協律六首〉）的學習態度，因此他「貪多務得，細大不捐」，對書籍「地毯式」搜索、對學問大小通吃的「貪心」，也不令人意外了。就因為這樣專注的功夫，讓韓愈行文流暢、說理引經據典、舉例左右逢源。這句名言表面上是學生對國子先生的訕笑，暗地裡則是韓愈假借學生的笑語，表達他對於學問追求之鍥而不捨的精神。

杜甫說：「讀書破萬卷，下筆如有神。」（杜甫〈奉贈韋左丞丈二十二韻〉）以韓愈在學問上所下的工夫，他閱讀書籍絕對超過一萬卷，所謂「口不絕吟於六藝之文，手不停披於百家之編」，所以他運筆有神，論文述理總是不凡，這也勉勵了我們後學對於追求知識當抱持非常的毅力，方能有所成。韓愈卒於唐穆宗長慶四年，享年五十七歲，諡號「文」，又稱「韓文公」，「文」之於韓愈的成就，真是再適切不過了。

歷久彌新說名句

「貪多務得，細大不捐，焚膏油以繼晷，恆兀兀以窮年」，相較於孔老夫子的「發憤忘食，樂以忘憂」，兩者都已經到達渾然忘我的境地。陸九淵曾經說過：「人之知識，若登梯然，進一級，則所見愈廣。」（陸九淵《陸象山集》）每多拓展一番知識，對世界的認識就更開闊一次，這或許就是韓愈夜以繼日讀書的目的，也是韓愈終生最大的收穫。

後人則通常用這句話形容一個人的慾望大、貪得無饜，例如宋朝胡仔的《苕溪漁隱叢話後集》卷三十六記載：「至貪多務得，晦而不出，幸人之不知，以成己之名者，此侯之所恥也。」當時有人多方援引，而不說明是別人的東西，只僥倖地希望別人沒有發現，來累積自己的名聲，這就是宋朝士大夫階級浮誇的風氣。

這句話還孕育出一個有名的成語，「焚膏繼晷」，就是從「焚膏油以繼晷」精煉出來。例如：「今學者焚膏繼晷，唯科舉是務。」（《臺灣文獻叢刊・諸羅縣志》）所謂「萬班皆下品，唯有讀書高」，學子們勤勉不懈，為的就是考上科舉。只是韓愈未到四十歲就已經老態盡出；學問要作，但是身體也要顧好才行。

現在的教育通常會根據學生的能力範圍，作適當的要求，「貪多務得」可能反而造成消化不良的後果；當然讀書「細大不捐」，對於瞭解事務的始末以及奠定學問的基礎，會有很大的幫助，只是這往往必須「焚膏油以繼晷」，否則是無法把書看完的！但畢竟這不是每一個人都能負荷的。對大部分人而言，讀書的要領，應該是不僅要勤快，也要有休閒活動，閱讀須持之以恆，「兀兀以窮年」，會日起有功，益臻精進。

跋前躓後，動輒得咎

名句的誕生

然而公不見信於人，私不見助於友。跋前躓後[1]，動輒得咎。暫為御史，遂竄南夷[2]。三年博士[3]，冗不見治[4]。

～唐・韓愈〈進學解〉

完全讀懂名句

1. 跋前躓後：跋是踩踏，躓（音ㄓˋ）是絆倒，比喻陷入困境。
2. 南夷：指廣東省一帶，在當時被視為蠻荒之地。
3. 三年博士：韓愈只在國子監擔任三年的國子博士，就又被調職。
4. 冗不見治：處於閒散之位，而不見任何治績。

然而在公的方面不被人家信任，私的方面得不到朋友的幫助。進退失據，往往獲罪。升任御史才不久，就被貶到南蠻荒遠之地。擔任三年的國子博士，職位閒散，沒有任何政績。

名句的故事

韓愈寫過一首詩〈從仕〉：「居閑食不足，從仕力難任。兩事皆害性，一生恆苦心。黃昏歸私室，惆悵起歎音。」當官對韓愈來說一直是力不從心。韓愈在〈答崔立之書〉說自己在十六歲時讀聖人之書，以為當官都是為了服務大眾。最後來到京城考科舉時，他才發現當上進士後可以為別人所「貴之」，而且做官可以改善自己的生活與社會地位。

韓愈不僅考試考得辛苦，當官更是當得辛苦，豈只是「跋前躓後，動輒得咎」所能夠形容。例如「王叔文黨禍」，韓愈並不是直接關係人，卻還是受到波及，最能讓人接受的理由應該是，他在當時勢必得罪權貴，讓人作了殃及池魚的牽連。後來韓愈回到朝廷，行文批評「永貞革新」的措施，可能是想與王叔文等人劃清界線，保住官位。無論如何，韓愈的努力都沒有讓自己飛黃騰達，因為他不諳世務，連求官都作的不夠漂亮。

韓愈讓學生來嘲笑他。文中藉由國子先生與學生的對話，特別是學生奚落國子先生的那一段，作為他自己的真情表白。就內容形式而言，本篇文章可視為自傳文學。韓愈高明之處在於，寫作手法上採取迂迴曲折的方式，不直接從自己的口中誇耀自己的才幹，而又適當地顯現出自身的優越。這篇文章可看出韓愈多年遭遇所歷練出的圓融，他採取用「消遣」的方式，發出自己的不平之鳴。

歷久彌新說名句

根據《詩經．豳風．狼跋》中記載：「狼跋其胡，載疐其尾。」疐音ㄓˋ，跌倒之意。這句話的意思是說，狼往前走的時候，便踩著頸下面的肉；往後走的時候，則會被尾巴絆倒。這是比喻陷入困境、進退兩難的意思。韓愈的「跋前躓後」就是從《詩經》來的，也就是「跋胡疐尾」，一有舉動就會犯過，受到責難；形容人的處境困難，很容易遭到罪責。

《清史稿．徐繼畬列傳》記載：「現行之條，苦於太繁太密，不得大體。……左牽右掣，動輒得咎。且議處愈增愈密，規避亦愈出愈奇。」法律如果訂得太過詳細，實施起來便會讓人覺得處處有所不合乎人常，很容易便讓人觸犯法規，而且細則越訂越多，只會讓人想更多的方法去規避。

李汝真的《鏡花緣》第七十八回中有一個有趣的橋段：「小廝因動輒得咎，只得說道：『請問主人：前引也不好，後隨也不好，並行也不好：究竟怎樣纔好哩？』」真是把這句名言活靈活現地說了個透徹。

又例如，現在當政治人物一定要有誠實為上的處世原則，否則「跋前躓後，動輒得咎」，官可能當不好，選民也可能放棄你；當演藝人員也要有犧牲私生活的準備，否則被人跟拍的話，「跋前躓後，動輒得咎」，很容易賠上自己的形象，甚至是演藝生命。

古之所謂豪傑之士者，必有過人之節

名句的誕生

古之所謂豪傑之士者，必有過人之節[1]。人情有所不能忍者，匹夫見辱，拔劍而起，挺身而鬥，此不足為勇也。天下有大勇者，卒然[2]臨之而不驚，無故加之而不怒。

～宋・蘇軾〈留侯論〉

完全讀懂名句

1. 過人之節：超過常人的氣度操守。節，氣度、操守。

2. 卒然：「卒」與「猝」通，突然之意。

古代所謂的豪傑，一定有過人的操守。凡在人情上所不能忍耐的，一個平常人受了這種侮辱，拔著劍跳起來，挺身出來打架，這不能算是勇敢。天下有大勇的人，突然遇到事故不會驚慌，無故加害他也不會生氣。

文章背景小常識

留侯，也就是張良。張良因輔佐漢高祖劉邦擊敗項羽，定天下，封為留侯，和蕭何、韓信，並稱為漢初三傑。根據《史記・留侯世家》的記載，張良一生近乎傳奇。其先五世相韓，皆為韓相。秦滅韓後，他便立志復仇，散盡家產求得勇士，在博浪沙狙擊秦始皇，卻誤中副車，改名換姓逃亡至下邳，在圯上遇到一老者。老者故意把鞋掉落橋下，命令張良拾回為他穿上，張良最初不快，念其為老人，照辦。老者認為張良「孺子可教」，令他五天後早上橋上相會。第一次，老者已在橋上等候張良，老者除責備張良，命他五天後再來。第二次，舊事重演；到第三次，張良前晚便在橋上等候老者。當老者到橋上見到張良時，甚喜，贈張良一書——《太公兵法》。並告訴張良：「十三年孺子見我濟北，穀城山下黃石即我矣。」十三年後，張良經過濟北，果真見穀城山下有一黃石，取來供俸祭祀。

世人對張良的論斷，泰半環繞圯上老人授書，但蘇軾卻認為「忍」才是張良建功立業的關鍵。

名句的故事

蘇軾寫作〈留侯論〉，時年二十四，正當意氣風發之時，一句「古之所謂豪傑之士者，必有過人之節」，立意翻新，要寫出他心中的豪傑張良是個忍者。

歷史人物中，要說忍還有一人，當之無愧，即蘇武。有歌歌頌蘇武，說是：「蘇武牧羊北海邊，雪地又冰天，羈留十九年，渴飲雪，飢吞氈……」人人耳熟能詳。在《漢書．李廣建傳》中，敘述蘇建時，亦部分敘述到其子蘇武。有段提到蘇武為了不想投降於單于，舉刀自盡，後康復後，單于又想用計脅降，「迺幽武置大窖中，絕不飲食。天雨雪，武臥齧雪與旃毛并咽之，數日不死，匈奴以為神。乃徙武北海上無人處，使牧羝：羝乳乃得歸」。這樣的苦刑要脅，還能數日不死，並在北海無人處放逐，還得「等公羊生小羊才能歸」，當然就是永不准歸了。但他就這樣在北海雪地中十九年，仍不變節，真是忍人所不能忍，就為愛國赤誠之心。

歷久彌新說名句

蘇軾長江大河似的行文風格，儘管本文是年少之作（寫於二十四歲），但這篇〈留侯論〉，立論新奇，名句俯拾皆是。

起首就氣勢如虹，蘇軾要把匹夫之勇和大勇一針見血的區隔開來：「古之所謂豪傑之士者，必有過人之節。人情有所不能忍者，匹夫見辱，拔劍而起，挺身而鬥，此不足為勇也天下有大勇者，卒然臨之而不驚，無故加之而不怒。此其所挾持者甚大，而其志甚遠也。」「卒然臨之而不驚，無故加之而不怒」、「忍小忿而就大謀」，蘇軾通篇說張良的過人之節就在「忍」，忍人所不能忍，才得成為漢初三傑之一，幫助劉邦立下大業。

中國歷史上，一向不乏勇士豪傑，區別只在大勇與小勇。勇士荊軻為報燕太子丹的禮遇，在地圖中藏匕首欲刺秦始皇。唐朝李翱〈題燕太子丹傳後〉，認為荊軻儘管是壯士、烈士，然而「惜其智謀不足以知變識機」，所以功敗垂成是意料中事。甚至在結尾中說：「軻不曉而當之，陋已。」荊軻不瞭解燕太子丹的心態，就承擔這項行刺的責任，實在是見識鄙陋。荊軻之勇或許只是小勇，因此在李翱的心中，荊軻似乎是稱不上豪傑吧！

倒是德國大文豪歌德，看待拿破崙完全把他視為不可多得的天才，在《歌德對話錄》中如此形容拿破崙：「無論什麼時候，他心裡總是明朗澄澈果斷，無論什麼時候，凡他認為有利而有必要的事情，他總有立時實行的充分勇氣。他的一生是從戰鬥到戰鬥，勝利到勝利的半神的闊步。」最重要的是，拿破崙是歷來最富生產力的人，也是他心中的軍事天才。而且在戰爭時，拿破崙帶去埃及的書中，赫然有歌德的作品《少年維特的煩惱》。兩人英雄惜英雄，西元一八〇八年十月二日，拿破崙會見歌德，歌德因而寫下〈與拿破崙談話〉一文，可說是文豪和英雄對話的少數紀錄。

忿必爭，爭必敗

名句的誕生

今無故而取[1]地於人，人不與[2]，而吾之忿[3]心必生；與之，則吾之驕心以起。忿必爭，爭必敗；驕必傲，傲必亡。

～明．方孝孺〈豫讓論〉

完全讀懂名句

1. 取：侵奪。
2. 與：給。
3. 忿：怨恨。

現在無緣無故去侵奪別人的土地，若別人不給，我必定會產生怨恨的心；別人給了我，我就會產生驕縱的心。怨恨必然要爭鬥，爭鬥必然會失敗；驕狂必然會傲慢，傲慢必然會亡國。

文章背景小常識

這一篇文章是選自《遜志齋集》，屬於論辨類的古文。在司馬遷的《史記》中有豫讓的傳，收錄在〈刺客列傳〉中。豫讓是智伯的臣子，因為智伯十分禮遇他，所以等到趙襄子將智伯殺了以後，豫讓就把自己的身體塗生漆長癩，來改變自己的外貌，又吞炭來破壞聲帶，使自己變成啞巴，別人認不出他之後，才去行刺趙襄子，雖然最後失敗身亡，卻留下了忠名。

方孝孺認為，豫讓如果真的是一個忠臣的話，為什麼不在智伯縱欲荒淫的時候加以勸阻，而要等到他被消滅了，再去以身殉仇，淪為刺客。方孝孺認為，豫讓的死雖算是忠義，但未能在亂前加以防患，不無遺憾。若豫讓能在事前死諫，「則讓雖死猶生，豈不勝於斬衣而死乎」？並因此認為豫讓不能算是個「國士」。

方孝孺這篇〈豫讓論〉可說是相當精彩的史論。宋代三蘇以史論為多，如蘇洵的〈孫武論〉、〈項籍論〉，蘇軾的〈留侯論〉、〈始皇論〉，蘇轍的〈六國論〉、〈漢文帝論〉等，都有其獨特的見解。而方孝孺的〈豫讓論〉譴責豫讓身為「濟國之士」，卻未能在智伯荒淫無道之時加以勸諫，其見解不同於世人，也算是別開生面，自成一家之言。只是方孝孺自己的下場也頗類似豫讓；建文四年，燕王棣攻陷南京，即帝位，為明成祖。方孝孺被捕下獄，後成祖派使請方孝孺擬寫詔誥，但卻不從，方孝孺因此被殺，並誅連十族。和豫讓的「捐軀殞命於既敗之後」頗有相似之處。

名句的故事

方孝孺說「忿必爭，爭必敗；驕必傲，傲必亡」，主要是要說明智伯在荒淫無度之後，自然會引起百姓的反對，最後也就必然會走向亡國之路了。有一句成語「驕兵必敗」就是在說明這種情況，這句成語是出自於《文子・卷上・道德》，裡面有提到：「恃其國家之大，矜其人民之眾，欲見賢於敵國者，謂之驕。……驕兵滅，此天道也。」這句話是說：凡是自恃國家廣大人民眾多，想要向敵國炫耀賢能的，就是驕傲，而驕傲的一方會被消滅，是很自然的道理。這句成語後來常用來比喻自負強大而輕敵的人必會打敗仗。

例如前秦王苻堅不顧王猛生前的忠告，也不理會眾多臣子的反對，執意要攻打東晉，還誇口說：「春秋時的吳王夫差和三國時的吳主孫皓，他們都據有長江天險，最後都不免於滅亡。現在朕有近百萬大軍，即使把馬鞭都投進長江，也足以截斷江流，還怕甚麼天險？」但是最後還是大敗於肥水之戰，苻堅自己中箭負傷，狼狽撤退。失魂落魄的前秦士卒日夜不敢停歇，聽到風聲鶴唳，都以為是晉軍追來了，加上凍餓、逃散者，損失十之七八，幾乎是全軍覆沒。這樣的慘敗，正是驕兵必敗的最好見證。

歷久彌新說名句

我們已經知道了「忿必爭，爭必敗；驕必傲，傲必亡」，但是應該如何去做才是對的呢？驕傲的相反不就是謙虛嗎？所以我們可以聯想到一句話：「滿招損，謙受益。」這是說明自滿會招致失敗，謙虛會得到好處。《書經．大禹謨》：「惟德動天，無遠弗屆，滿招損，謙受益，時乃天道。」德能動天是沒有距離限制的，滿招損，謙受益，正是天道的表現。由被動的「滿招損，謙受益」進一步，就是積極的「勝不驕，敗不餒」了，而這也正是運動家的精神。

羅家倫有一篇文章〈運動家的風度〉在這篇文章中，他提到：「有風度的運動家，不但有服輸的精神，而且更有超越勝敗的心胸。來競爭當然要求勝利，來比賽當然想創紀錄。但是有修養的運動家，必定要達到得失無動於衷的境地。運動所重，乃在運動的精神。『勝固欣然，敗亦可喜』。正是重要的運動精神之一。」並且舉出羅斯福的例子：「這次羅斯福與威爾基競選，在競選的時候，雖然互相批評；但是選舉揭曉以後，羅斯福收到第一個賀電，就是威爾基發的。這賀電的大意是：我們的政策，公諸國民之前，現在國民選擇你的，我竭誠地賀你成功。這和網球結局以後，勝利者和失敗者隔網握手的精神一樣。」是啊，他們二人真正表現了運動家的風度了。這比起僅僅不驕傲，可以說還前進了一大步呢！

方一食，三吐其哺

名句的誕生

愈[1]聞周公之為輔相，其急於見賢也，方[2]一食，三吐其哺[3]；方一沐[4]，三握其髮。

～唐・韓愈〈後二十九日復上宰相書〉

完全讀懂名句

1. 愈：就是韓愈。
2. 方：「正當」的意思。
3. 哺：在口中咀嚼的食物。
4. 沐：洗髮。

韓愈聽說周公作為輔佐周成王的宰相時，他為了趕快接見賢才，吃一次飯就三次吐出正在咀嚼的食物而去接見客人；洗一次頭就三次握著滿頭的濕髮跑出去招待來客。

文章背景小常識

根據《舊唐書・韓愈列傳》記載，韓愈這個人「發言真率，無所畏避，操行堅正，拙於世務」，他絕對是典型有理想、有抱負的讀書人。唐、宋時期舉人於應試前，預先將自己的作品呈送給當時的顯赫政要或有名文士，如蒙這些人的激賞，往往容易一夕成名而應考成功，這就是「溫卷」的風氣；韓愈雖然不喜歡這一套，但卻也不免俗這樣做。只是韓愈在二十五歲、第四次應考時，才考中進士；不僅如此，三試禮部的博學鴻詞科，也是同樣的命運。唐德宗貞元十一年，韓愈時值二十八歲，他三上宰相書以求仕進。

第一次上宰相書，韓愈很熱心地推薦自己，他說：「其業則讀書著文，歌頌堯舜之道……

其所著皆約六經之旨而成文，抑邪與正，辨時俗之所惑。」他確實以儒家正統自居。第二次上宰相書，韓愈就直接多了；他強調自己「強學力行有年矣」，由於愚昧而不知道前途是有險阻的，還不斷努力，以致把自己「蹈於窮餓之水火」當中，情況已經越來越危急，相信宰相也已經聽到這樣的呼救聲了。他甚至暗喻，如果沒有受到提拔，是因為時機不對，時機不對則是在上位者造成的。

第三次上宰相書，韓愈已經顯得著急，對於無法獲得拔擢，深感無奈，因此他期待有人像周公一樣，「方一食，三吐其哺；方一沐，三握其髮」，至少能夠接見他。事實上，韓愈除了遞書請託，還親自登門拜訪，只是被拒於門外。他誠惶誠恐，怕被拒絕，還很謙虛地說，山林是士人獨善其身的地方，像他這樣憂心天下的人，是無法在山林中處之泰然的。只是，韓愈舉周公之德，多少暗貶宰相無法廣納賢才，恐怕已經得罪人了。

唐代在考試之所以會有溫卷的風氣，主要也在於科舉考試時並沒有把考生的名字糊起來，所以讀書人要考上進士，就先得出名或讓在上位者認識他。韓愈單憑自己出身官階不高的家庭中，光是考試就夠辛苦了，更何況想要透過宰相舉薦、謀得一官半職，根本是希望渺茫。韓愈為了求取功名，必須離家、寄人籬下，以求自己衣食無缺，得以專心讀書。對於一個花費將近十年光陰求取功名的人而言，「三上宰相書」的失敗，打擊很大。後來韓愈在二十九歲終於到汴州任職，雖然不是京官，他已經有機會為國家做事了。

名句的故事

「方一食，三吐其哺；方一沐，三握其髮」的典故是周公勤奮問政的事蹟。周公奉命輔佐周成王時，他不僅夙夜匪懈、勤於政事，更是求才若渴。當他的兒子伯禽要前往封地魯國就任時，他便告誡說：「我文王之子，武王之弟，成王之叔父，我於天下亦不賤矣。然我一沐三捉髮，一飯三吐哺，起以待士，猶恐失天

下之賢人。子之魯，慎無以國驕人。」（司馬遷《史記‧魯周公世家》）

意思是說，周公我雖然是周文王的兒子、武王的弟弟、成王的叔父，有一個尊貴的身分，但是只要有人才求見，我曾經洗一次頭，三次握著滿頭的濕髮，去接見客人；我曾經吃一頓飯，三次吐出口中正在咀嚼的食物，出去接見客人，因為深怕一疏忽，就失去人才。周公用這個比喻鼓勵兒子伯禽能夠摒除驕奢之態，好好治理封地。

歷久彌新說名句

北齊顏之推所撰《顏氏家訓》中寫道：「昔者，周公一沐三握髮，一飯三吐餐，以接白屋之士，一日所見者七十餘人。」原來周公認真到一天可以接見七十多位人才，怪不得韓愈會對於請託作官，感到無比挫折。另外還有跟這句名言相類似的說法。《淮南子‧氾論》也有記載：「禹之時，以五音聽治，……一饋十起，一沐而三捉髮，以勞天下之民。」饋是進食之意。原來大禹為了治理天下，繁忙到不僅三過家門而不入，更是吃一頓飯要站起來十次，洗一次頭，也得三次握著滿頭濕髮，跑出去為天下人民服務。

「方一食，三吐其哺；方一沐，三握其髮」，不僅僅可用來形容求賢若渴，也是用來形容一個人勤於處理事務，甚至忙碌到連自己的日常生活都會必須放在最後。這二者通常是成就大事業的人物，在奮鬥過程中所必須付出的代價。而這句話即是我們熟悉的成語「吐哺捉髮」或「吐哺握髮」。台灣有許多著名的大企業，對於企業人才的尋找與養成，從層層的面試到在職教育的提供，莫不深切希望給予人才最大的發揮空間，也鼓勵員工能夠為公司舉薦人才，充分發揮周公「吐哺握髮」的精神，不斷選用人才，這也是企業邁向成功之途的關鍵。

以聖人觀之，猶泰山之於岡陵

名句的誕生

賢者之事如此，則可謂備矣；而猶未足以鑽聖人之堅，仰聖人之高[1]。以聖人觀之，猶泰山之於岡陵，河海之於陂澤[2]。

～宋・王安石〈三聖人論〉

完全讀懂名句

1. 鑽聖人之堅，仰聖人之高：語出《論語・子罕》：「顏淵喟然歎曰，仰之彌高，鑽之彌堅。」這句話是讚美孔子之品格學識。
2. 陂澤：陂，地；澤，低濕之地。

賢能的人若能做到這樣也就稱得上完備了，但這樣還不足以鑽研聖人堅實的內涵、仰望他高貴的品德。以聖人的角度來看這些事，就好比泰山和平緩的丘陵、浩瀚的河海和低濕沼澤的差別。

文章背景小常識

〈三聖人論〉源出《孟子・萬章》下篇，指的是伊尹、伯夷和柳下惠三個不同時代，而其時代各有相承的聖人。三個人中時代最早的是伊尹，伊尹輔助商湯打敗了夏桀建立周朝，於亂世中毅然出仕；伯夷是周朝建立後「不食周粟」而死的清高者；柳下惠處於春秋戰國時代，「不羞汙君，不辭小官……與鄉人處，由由然不忍去也。」是個完全不擺架子的人。這三個人對於治亂進退各有不同的選擇，卻都被稱為聖人。

文章的開頭王安石先闡述聖賢之別，猶如泰山之於崗陵這樣的觀念，襯托聖人之宏大，將其為聖的原因作了十分精闢的論述，最後歸結到聖人之所以為聖，是由於其親身匡救時弊，且其作為往往與當代的風氣相左。王安石欲為變法大業的神宗朝，其時守舊派一味強調靜以安民，但宋朝就是因為這種苟且的想法一直積弱不振，〈三聖人論〉或許可以視為王安石自明心跡之作。

名句的故事

「泰山之於岡陵，河海之於陂澤」，可說是由《孟子・盡心》篇脫胎而來：「孔子登東山而小魯，登泰山而小天下。故觀於海者難為水，遊於聖人之門者難為言。」意思是說：孔子登上東山，就覺得魯國小了，登上泰山後，就覺得天下也小了。對見過大海的人來說，天下的江、河就不在話下，對曾經在聖人門下學習過的人來說，那些庸俗、淺近的話，就不屑一談了。王安石以這番話來襯托聖人的宏偉，究竟是與何者相較？原來也是出於孔子和顏淵的問答。

顏淵向孔子問「仁」。孔子說：「克制自己的行為，使其合乎禮就是仁。」顏淵進一步問：「那麼詳細的項目是什麼呢？」孔子回答：「非禮勿視，非禮勿聽，非禮勿言，非禮勿動。」顏淵回答：「雖然我並不聰敏，但知道要照著這番話去做。」孔子所指出的四個項目，被王安石引述來表示這是賢者該達到的目標。

歷久彌新說名句

「泰山之於岡陵，河海之於陂澤」，除了可回歸到孟子的言論之外，最直接聯想到的就是唐朝詩人元稹為悼念亡妻韋叢所作的詩〈離思〉：「曾經滄海難為水，除卻巫山不是雲。取次花叢懶回顧，半緣修道半緣君。」這首〈離思〉可以說就是從孟子的句子變化延伸而來的；首先以「興」引出詩的主題，再以譬喻點出詩中主角的心情，其中「花叢」更有「花」

與「女子」的雙重意義。無論是花還是美人，我都失去了興趣，一方面是由於自我的修行，一方面也是因為妳呀！原本是探討聖人的嚴肅內容，到了元稹的筆下卻成了表達深情與思念的繾綣文字，且其知名度遠遠地超過了《孟子・盡心》的原文。

現代多用來表示經歷了一段刻骨銘心的戀情之後，難以再敞開心扉去接受另一段感情，或表示生命中一段難得的經驗，難以為其他經驗所取代。前者常出現於小說或是心情散文之中，多情的男女可用此句來表明心跡；後者運用的範圍較廣，舉凡各種美好的人生經歷都可以運用上此句。諸如：在飲食文學裡或許會有作者因為吃了道地的義大利披薩之後，對於其他披薩再也不屑一顧，而有「曾經滄海難為水」之感；住過英國愛丁堡The Witchery飯店可能再也看不上其他旅店，而產生「除卻巫山不是雲」的唏噓；台北建城一百二十週年網站的投稿篇章裡，亦有人以「曾經滄海難為水」為題，記載了台北市貴德街——曾經繁榮一時的老街風華。此句就好比古文中的玉貝，經歷歲月的沖刷仍不減其光彩。

聖人之所以能大過人者

名句的誕生

故伯夷不清[1]，不足以救伊尹之弊；柳下惠不和[2]，不足以救伯夷之弊；聖人之所以能大過人者[3]，蓋能以身救弊於天下[4]耳。

～宋・王安石〈三聖人論〉

完全讀懂名句

1. 不清：不清高。
2. 不和：不合於世俗。
3. 大過人者：較常人偉大。
4. 救弊於天下：挽救世俗的弊端。

伯夷若不清高，則無法挽救伊尹時代所產生的弊端；柳下惠若不合於世俗，則無法挽救伯夷時代所產生的弊端；聖人所以較常人偉大，就是因為他能親身去挽救世俗的弊端。

名句的故事

王安石〈三聖人論〉通篇可說是出於《孟子・萬章》下篇，裡頭探討了伊尹、伯夷、柳下惠三位聖人的故事。

伊尹是輔佐商湯伐紂的功臣。當時夏王桀暴虐殘忍，濫用民力，魚肉百姓，田地荒蕪，民不聊生。伊尹看出夏朝氣數已盡，於是用自己高超的烹調手藝，接近商湯，勸他高舉義旗取夏桀之位而代之。在伊尹的經營下，商湯的力量開始壯大，伊尹建議他停止向夏朝進貢，以探測夏的實力。夏桀果然非常憤怒，徵調九夷的兵力來伐商。伊尹於是勸商湯說：「夏桀還能調動兵力，我們討伐他的時機還未成熟。」

於是又向夏進貢，當伊尹看到時機成熟時，又一次停止向夏進貢，但因為夏桀已失人心，這次他未能調動軍隊了，於是伊尹就向商湯建議起兵。伊尹說過：「何事非君，何使非民？」沒有什麼不可以事奉的國君，也沒有什麼不可以使用的人民，伊尹是屬於治亦進，亂亦進的類型，以天下為己任。

伯夷是商朝末年孤竹國國君的長子，孤竹國國君想立叔齊為太子，他死後叔齊想把王位讓給兄長伯夷，伯夷說：「你當國君是父親的遺命，怎麼可以隨便改動呢？」於是逃走了。孟子描述伯夷「當紂之時，居北海之濱，以待天下之清也」，是屬於治則進，亂則退的類型。相較於伯夷對於國君道德的要求，柳下惠不因侍奉汙君而感到羞辱，也不因官職小而推辭；在位不隱其賢能，一定盡力做好；不受重用也不會抱怨，困窮也不感到哀憐；跟庸俗的人在一起，怡然自得不忍離去。

這三位人物面對治亂進退雖然有不同的想法，但同樣都是盡心盡性，因此孟子對他們的評價皆高，稱他們三人「伯夷，聖之清者也；伊尹，聖之任者也；柳下惠，聖之和者也」。

歷久彌新說名句

這句話是在說明聖人之所以較常人偉大，是因為在世局敗壞的時候，他能挽救世人於水火之中。這句話看來是在讚揚聖人的偉大，不過如果反過來想，假如沒有這敗壞的時局，聖人又何以能成為聖人，而為世人所稱頌呢？這讓我們聯想到一句話：「時勢造英雄，英雄造時勢。」因為時勢不好，所以需要有英雄出來拯救世人，又因為有英雄的出現，所以才能改善大環境而創造一個新的時勢，那麼究竟是時勢造英雄，還是英雄造時勢呢？

有路得，然後有新教的產生；有哥倫布，然後有新大陸；有華盛頓，然後有美國獨立；有俾斯麥，然後有德國聯邦。這些人都是英雄，或者當時所謂的聖人。如果把眼光放到今日的話，新加坡人或許會認為李光耀是一位「能以身救弊於天下」的英雄吧！在馬來西亞把新加坡踢出門外之後，新加坡面臨了前所未有的艱難情勢，李光耀克服了鄰國最初的敵意，彌合國內種族間的種種分歧。成年人平均收入從獨立時期的一千美元激增至如今的三萬美元。這個東南亞迄今最小的國家成了東南亞地區的商業樞紐、科研中心，在東南亞乃至區域以外的政治經濟領域，都扮演著舉足輕重的角色。所以如果以「聖人之所以能大過人者，蓋能以身救弊於天下耳」這句話來形容這位讓新加坡冒起成為新興國家的建國之父，應該也不為過。

古之君子，未嘗不以身化

名句的誕生

然古之君子，未嘗不以身[1]化也。故家人之義[2]歸于反身[3]，二南[4]之業本於文王[5]，夫豈自外至哉？

～宋・曾鞏〈列女傳目錄序〉

完全讀懂名句

1. 身：自身。
2. 家人：指《易經》裡的家人卦，彖曰：「女正位乎內，男正位乎外，男女正，天地之大義也。」意思是說，男女若都能各正其位，便是天地之間的大義了，家道若正了，天下就可以平定。家人之義，家人卦裡所言的道理。
3. 反身：語出象傳對家人卦辭的解釋：「威如之吉，反身之謂也。」反身，即修身。
4. 二南：指《詩經・國風》的〈周南〉、〈召南〉。〈周南〉、〈召南〉的內容多為稱頌周初聖賢之德，而周文王又是周人最為景仰的精神領袖，故曰「本於文王」。
5. 文王：周文王，西周的開國君王。

然而古代的君子，沒有不從自身修化起的。因此《易經・家人》卦所說的道理必須歸本到修身，《詩經》裡〈周南〉、〈召南〉所記載的功業必須追本到文王所留下的典範，這難道是向外求來的嗎？

文章背景小常識

《列女傳》為西漢劉向所作，傳中記載多位值得後代稱頌或警惕的女子事蹟，是中國史上少有的專為女子作傳的一本傳記。曾鞏為這本傳記做的便是今日所說的校訂工作，原來他不只文章寫得好，對於整理古籍、編校史書也投入很大的心血，還召集各方賢士，一起完成這個艱鉅的任務。歷史上有名的《戰國策》、《說苑》、《列女傳》、《李太白集》和《陳書》等都曾經過他的校勘。《戰國策》和《說苑》兩書，更是多虧他四處訪求採錄，才免於散失。

曾鞏每校完一本書便為該書作序，藉以「辨章學術，鏡考源流」。這篇〈列女傳目錄序〉自然是在校訂完《列女傳》之後所作。劉向認為《列女傳》是為了教育婦女，為婦女樹立典範而誕生的書，曾鞏則更認為「古列女善惡所以興亡者以戒天子」，藉由各個或善或惡的女子的故事，用來警惕天子必須記取歷史的教訓。曾鞏的校訂工作，使得《列女傳》從浩瀚的古代作品中脫穎而出，被視為適合婦女閱讀的「優良作品」。

名句的故事

「古之君子，未嘗不以身化」，這句話裡頭所指的君子，究竟是什麼樣的君子？「以身化」又是怎麼樣的化法？討伐商紂，推翻暴政的周文王，自然是這句話的最佳註解。

文王原本受封於周，稱西伯。當時商紂暴虐，文王仿效古公亶父、王季制定的法度，實行仁政。他先從自己做起，不但孝順父母，早晚請安，下對妻子兄弟也嚴加要求，為整個家族做出表率。進而以自己的大家庭為核心，靠它的凝聚力來團結族人，鞏固周的勢力。終於，文王的仁政奏效了，《詩經・大雅》裡頭記載文王動員民眾修築靈台，百姓像是為自己的父親工作一樣爭先恐後，靈台很快就修築完成，更有許多遠近賢士慕名而來。

於是紂王的親信崇侯虎進言：「西伯文王行

善積德，諸侯都爭先恐後地歸附他，這對您將是大大不利呀！」紂王因此囚禁文王，但文王沒有因此喪志，卻在這段被拘禁的時間裡完成了史上有名的《周易》。後來周人向紂王晉獻美女，文王被釋放，商紂也因他的荒淫無道而漸至眾叛親離，最後周武王繼承文王的遺志，推翻了商朝，建立了周朝。雖然實際建立周朝的是周武王，但周人認為是文王之德奠定了周朝開國的基礎，因為有文王的榜樣，才會有曾鞏所言的「二南之業」。

歷久彌新說名句

和「古之君子，未嘗不以身化」同樣起首的句子，如孟子：「古之君子，過則改之。今之君子，過則順之。」及孔子：「古之君子，忠以為質，仁以為衛。」由此可見他們對所謂「古之君子」的推崇。到了後世，「古之君子」一詞似乎也被應用在稱讚一個人的品德上。《儒林外史》：「『……遇著捨下窮困的親戚朋友，婁老伯便極力相助。先君知道也不問。有人欠先君錢的，婁老伯見他還不起，婁老伯把借卷盡行燒去。到而今，他老人家兩個兒子，四個孫子，家裡仍然赤貧如洗，小侄所以過意不去。』韋四太爺歎道：『真可謂古之君子了！』」見這些賢人及文學家屢屢提出「古之君子」一句來勸慰讚譽，直可令人感歎是否「世風日下，人心不古」，以前那些謹守禮教，行事得宜的君子都到哪裡去了？

而「古之君子，未嘗不以身化」，意為仁人君子多半是由己身的修行開始做起，如同禮記大學所言：「古之欲明明德於天下者，先治其國；欲治其國者，先齊其家；欲齊其家者，先修其身；欲修其身者，先正其心；……自天子以至於庶人，一是皆以修身為本。」這也是我們常言的修身、齊家、治國、平天下，唯有先從自身做起，才能往外推，一切都是由自身向內修來，才足以治理一家、一國。

所以，任何事先從自身做起，令人聯想到今日仍常用的成語「以身作則」。作家冰心於其作品中曾討論成年人的身教對子女的重要：

「……我們不曉得『以身作則』，我們不愛勞動，不注意公共衛生，不愛護公共財物，我們吵架拌嘴，我們說謊罵人。小孩子的心眼，像明鏡一樣，一切都看在眼裡，印在腦裡，等到有一天，他們把我們的一些不好的言行，在他們的言行中反映出來的時候，我們卻大吃一驚！種瓜得瓜，種豆得豆，痛苦是我們應得的還報。」由此可見身教的重要性，因此常說「身教重於言教」，這句話對父母、師長來說，可以說是永恆不變的金科玉律。

古文觀止 100 忠臣名諫

親賢臣，遠小人

名句的誕生

親[1]賢臣，遠[2]小人，此先漢[3]所以興隆也。親小人，遠賢臣，此後漢[4]所以傾頹[5]也。先帝[6]在時，每與臣論[7]此事，未嘗[8]不歎息痛恨[9]於桓、靈[10]也。

～三國・諸葛亮〈前出師表〉

完全讀懂名句

1. 親：接近。
2. 遠：離開、疏遠。
3. 先漢：指西漢。
4. 後漢：指東漢。
5. 傾頹：衰敗，和興隆相對。
6. 先帝：此處指劉備。
7. 論：談起、議論。
8. 未嘗：未曾；此處「未曾不」連用表示肯定的意味。
9. 痛恨：很不滿意；痛，很、非常；恨，遺憾、不滿意。
10. 桓、靈：指東漢末的桓帝及靈帝，他們在位時寵幸宦官外戚，捕殺賢能，致使朝政腐敗。

君王能親近賢臣，疏遠小人，這是先漢得以昌盛的原因；君王親近小人，疏遠賢臣，則是後漢落到衰敗的原因。先帝在世時，每次和我談論到這件事，沒有一次不感到可惜，並對桓、靈二帝深感遺憾。

文章背景小常識

〈出師表〉是諸葛亮於西元二二七年準備率軍北上征伐曹魏時，因感覺到劉禪的昏愚，國內頗有內顧之憂，所以特地上奏以示勸諫，希望劉禪能夠記取「桓、靈」二帝「親小人、遠賢臣」的教訓，而學會「親賢臣，遠小人」，如此才能使蜀國興隆，漢室復興。

當諸葛亮輔佐劉備建立蜀漢政權時，他的戰略目標始終是聯吳抗曹。在三足鼎立的局面形成後，他原來規劃了兩條進軍路線：一條是「將荊州之軍以向宛、洛」，另一條是「率益州之軍出於秦川」。這個由兩邊夾擊的「鉗形攻勢」的構想本來是可行的，但後來吳國在猇亭戰役中奪走了荊州，益州郡的豪強和南方夷族統治者又乘機發動叛亂。這時魏國已牢牢地控制著全國的中心地區即黃河流城，在政治、經濟、軍事等方面擁有明顯的優勢；吳控制了長江中下游，經濟力量也比較雄厚；只有蜀偏安於西南一角，處於不利地位。

這時，諸葛亮雖有好計，卻失明主，在劉備死後，他實在看不慣劉禪的昏庸無能，只得上表規勸劉禪要執法公允公正、用人唯賢，並推薦了一批德才兼備的將吏。而在文章的最後，諸葛亮表示，自己受劉備「三顧之恩」、「托孤之重」，所以一定會為「復興漢室」竭忠盡智、至死不渝。表文言辭懇切，讀後催人淚下。因此古代有「讀〈出師表〉不落淚者不忠」之說，本文感人之深，可以想見。

名句的故事

劉禪小名「阿斗」，是一位才智平庸、無所作為的皇帝。由於劉備比誰都明白自己的兒子並非是一個經世治國之才，因此臨終時對丞相諸葛亮說：「若嗣子可輔，輔之；如其不才，君可自取。」這意思是，如果劉禪還值得輔佐，那就幫幫他吧，如果他真不是那個料，諸葛先生你就取而代之吧。

雖然劉備說的如此直接，但諸葛亮依然一如既往、像幫助劉備一樣地幫助這個「扶不起的阿斗」。而年輕的阿斗雖無治國之才，但他即位之初，對諸葛亮還是非常信任和重用的，無論大小政事都交給諸葛亮去決策。

但待諸葛亮死後，蜀國漸露疲態，在魏軍入川後，劉禪竟投了降，然後被送至洛陽。當時司馬昭為安撫人心，便封他為安樂公，並賜他豪宅，每個月還給他家用以及僮婢百人。劉禪為了感謝司馬昭對他的「厚愛」，竟還特意登門致謝，司馬昭於是設宴款待，並請出歌舞助興。而當樂隊演奏到蜀地樂曲時，蜀國的舊臣們莫不個個淚流滿面，而劉禪卻麻木不仁的依舊嬉笑自若。

司馬昭見狀，便問劉禪：「你思念蜀嗎？」劉禪答道：「這個地方很快樂，我不思念蜀國。」他的舊臣谷正聞聽此言，連忙找個機會悄悄對他說：「陛下，如果等會兒司馬昭再問您這話，您就哭著回答：『先人墳墓，遠在蜀地，我沒有一天不想念啊！』這樣的話，司馬昭就能讓陛下回蜀了。」劉禪聽完只點點頭後又繼續喝酒。

而當酒至半酣時，司馬昭果然又問了同樣的問題，這回劉禪趕忙把谷正教他的話學了一遍，只是欲哭無淚。司馬昭聽了，說道：「咦，這話怎麼像是谷正才會說的話？」而此時劉禪傻傻地說道：「你說的一點不錯，是他教我說的啊！」聽到劉禪的話後，司馬昭及左右大臣全笑開了，從此就再也不懷疑他，而劉禪就這樣在洛陽安樂地度過了餘生。

面對著這樣一位「樂不思蜀」的「扶不起阿斗」，恐怕諸葛亮在天之靈也只能搖頭歎息了。

歷久彌新說名句

諸葛亮的〈出師表〉（原文無此標題，篇名是後人加的）由於盡顯他報國的至誠、情意的真切，不僅成為散文史上的名篇，更對後世有深遠的影響。愛國詩人陸游在〈書憤〉中便熱情頌揚道：「出師一表真名世，千載誰堪伯仲間？」民族英雄文天祥在〈正氣歌〉中更感慨道：「或為出師表，鬼神泣壯烈。」文天祥在被元軍俘虜後，更在〈懷孔明〉一詩中寫道：「斜谷事不濟，將星隕營中。至今〈出師表〉，讀之淚沾胸。」就以上數例，已足以看出〈出師表〉在中國文學史上的重要地位。諸葛亮作為一代名相，他的聰明機智令世人佩服不已，更令人景仰的是他忠貞不二的報國之心。

而現在，在四川成都祭祀諸葛亮的「武侯祠」上仍留有一副對聯：

親賢臣，國乃興，當年三顧頻繁，始延得漢家正統；

濟大事，人為本，今日四方靡騁，願佑茲蜀部遺黎。

它的上聯便是從「親賢臣，遠小人」這句名句而來的。直至今日，所謂的君臣、忠奸已不像古代那樣分明，因此人們多將「賢臣」拿來比喻那些善良耿直、無私無畏的人；而將「小人」拿來比喻那些心懷叵測、口蜜腹劍的人，並以此來警惕自己千萬不要成為「扶不起的阿斗」。

鞠躬盡力，死而後已

名句的誕生

凡事如是[1]，難可逆料[2]。臣鞠躬盡力[3]，死而後已[4]；至於成敗利鈍[5]，非臣之明[6]所能逆睹[7]也。

～三國・諸葛亮〈後出師表〉

完全讀懂名句

1. 是：這樣，是指前文諸葛亮所闡述的魏、蜀、吳三國爭霸戰爭中的勢力強弱多變，勝敗難分的情況。
2. 逆料：預料。
3. 鞠躬盡力：鞠躬：彎腰，這裏是指竭盡全力、謹慎勤勉的意思，或做：鞠躬盡「瘁」，死而後已。
4. 已：停止。
5. 利鈍：此處用形容劍的鋒利與否，也用來指戰爭事業的順利與艱難。
6. 明：智慧。
7. 逆睹：預見，預視。

所有的事都是這樣，很難加以預料。臣下只有竭盡全力，至死方休罷了。至於討伐魏國振興漢業究竟是會成功還是失敗、是順利還是困難，那就不是臣下的智力所能預見的了。

文章背景小常識

諸葛亮（西元一八一～二三四年），字孔明，號臥龍，琅邪陽都（今山東沂南）人。他是三國時期蜀國傑出的政治家、思想家、軍事家，而千百年來諸葛亮已成為智慧的化身，其傳奇性的故事也多被後人所傳誦，像《三國演義》上便講述很多，例如諸葛亮嫻熟韜略、多謀善斷、長於巧思，曾革新「連弩」，使弩可同時發射十箭；又作「木牛」、「流馬」，便於山地軍事運輸；還推演兵法，作「八陣圖」等等，幾乎已到了將他「神化」的現象。

〈後出師表〉是〈前出師表〉的姊妹篇，均由諸葛亮所作。〈前出師表〉也稱〈出師表〉，作於建興五年（西元二二七年），〈後出師表〉則作於建興六年（西元二二八年），是諸葛亮在第一次北伐魏國失敗之後所做。

由於當時大臣們對再次北出征伐頗有異議，因此諸葛亮便向大家分析當前「漢賊不兩立」以及「敵強我弱」的嚴峻事實，並向後主劉禪闡明北伐不僅是為實現先帝劉備的遺願，也事關蜀漢的生死存亡，絕不能因群臣討論時的不同看法而有所動搖。

正因為本篇文章涉及蜀漢的安危，因此文中的忠貞壯烈之氣，又超過了前表，並且表中「鞠躬盡力，死而後已」的名句，是作者在當時形勢下所表露的堅貞誓言，更可說是對諸葛亮一生最恰當的評價。

「表」是古代一種特殊的文體，就內容而言，它是古代臣子向皇帝陳述事情的奏章或書信，是應用文的一種。關於這些文體的功能，劉勰的《文心雕龍．章表》篇中說：「表以陳情。」意思便是說表文最大的特點是用來陳述衷情，也就是類似於請示或情況報告一類的公文。而諸葛亮的這篇〈後出師表〉無疑具有表文的特點，同時更是一篇優秀的政治性抒懷散文。

名句的故事

諸葛亮是在漢末群雄角逐的亂世中走上政壇的。當時，他雖身在隆中「躬耕壟畝」，卻心繫天下風雲，聲名在外。

而劉備屯住新野時，身邊雖有關羽，張飛等猛將，但苦無出謀劃策、運籌帷幄的謀士，便積極禮賢下士，尋求能人。而在司馬徽和徐庶的薦舉下，劉備得知了諸葛亮的存在，便與關羽、張飛一同便來到襄陽隆中，拜訪諸葛亮。

劉備第一次來到茅廬時，適巧諸葛亮外出，三人只好擇日再來。數日後，劉、關、張三兄弟頂風冒雪，第二次光顧諸葛亮的茅廬，但到達時，卻只見到諸葛亮的弟弟諸葛均，這才知道諸葛亮又出門了，劉備無奈之餘只好留下一封信箋，表達自己對諸葛亮的傾慕之情。

又過了一段時間，劉備與關羽、張飛三顧茅廬，這回諸葛亮終於在家了，只是還在睡覺，此時劉備不但不生氣，還吩咐關羽與張飛在門外等候，自己則緩步進入，拱手立於門前，直到諸葛亮醒後，才終於相見。

正是劉備不辭辛苦的「三顧茅廬」，終於請出了諸葛亮。而諸葛亮在感佩劉備的知人之恩與大氣度之後，更是極力地輔佐劉備，在歷盡艱難坎坷、經過多年奮戰後，終於建立了蜀國。

只可惜劉備病逝後，後主劉禪只有十六歲，再加上智慧不高、暗昧懦弱，因此諸葛亮雖受遺詔輔佐劉禪，但卻辛苦至極，但他依然以實際行動踐履了自己在〈後出師表〉中立下的「鞠躬盡力，死而後已」的諾言。只是後來數次北伐都無功而返，最後終於積勞成疾，死在北伐途中，實在讓後人無限惋惜，杜甫「出師未捷身先死，長使英雄淚滿襟」，便道出了人們的心聲。

歷久彌新說名句

「鞠躬盡力，死而後已」的「死而後已」語自《論語．泰伯》中，曾子曰：「士不可以不弘毅，任重而道遠。仁以為己任，不亦重乎？死而後已，不亦遠乎？」全句的意思是：士人不可以不弘揚毅志，身上的責任重大，而道路漫長。將仁義作為自己的責任，難道不重嗎？直到死才停止，難道不是很遙遠漫長嗎？

其實憂國憂民的使命意識，一直貫穿在整個中國歷史的長河中，構成了中國知識份子源遠流長的憂患意識。或許在現今看來，「鞠躬盡力，死而後已」這種話有些流於「愚忠」，但這種忠誠與氣節，卻是今天的人怎麼也無法比擬的。

由於現今是民主社會，因此今天再用到「鞠躬盡力，死而後已」的句子時，對象已不再是單一的對「在上者」，而是所有的百姓。例如在一篇名為〈從歷任港督看香港史〉的論文中，作者便寫及：「港督尤德爵士直到最後一天仍在為香港的前途而盡力，何況他做出來的成績是這麼的響亮，令人贊佩中國古代的大政治家諸葛亮曾以『鞠躬盡瘁，死而後已』八字自相期許，相較之下港督尤德爵士所擔任的工作雖然範圍較少，但以這八個字來形容他在香港這四年半的作為，可說當之無愧。」

通常由甲的口中說出這個成語來讚頌乙時，大都是甲真心佩服乙，並且也對乙的所做所為持高度的肯定，但若這話是由乙自己口中說出來時，則我們就必須打點折扣了。因為在現今社會，通常只有政治人物會將這話掛在口邊，至於這些政治人物是真的會去實現自己的諾言，還是只是當它做為一種口頭禪，那我們就不得而知了。

不過，雖然我們不是古人，也不是政治人物，不必對任何人、任何事都要「鞠躬盡力，死而後已」，但是無論求學、做事還是應該秉持著「盡力而為」的心態，如此一來，才能不愧對自己。

寢不安席，食不甘味

名句的誕生

臣受命之日，寢[1]不安席[2]，食不甘[3]味，思惟[4]北征，宜先入南，故五月渡瀘，深入不毛[5]，並日[6]而食。臣非不自惜也，顧王業不得偏全[7]於蜀都，故冒危難以奉先帝之遺意，而議者謂為非計[8]。

～三國・諸葛亮〈後出師表〉

完全讀懂名句

1. 寢：睡覺。
2. 安席：指睡得踏實。
3. 甘：甜，此句指吃飯都吃不出任何美味來。
4. 思惟：思考、考慮。
5. 不毛：不毛之地，指荒涼沒有人煙的地方。
6. 並日：連著兩天。
7. 偏全：指為了自我保全而偏居一地，不做長遠的打算，僅安於現狀。
8. 非計：錯誤的、不好的計策。

臣自接受任命以來，睡覺也不安穩，吃飯也沒有滋味。但一想到要去北伐就必須先南征，所以五月裡就渡過了瀘水，深入到不毛的荒涼之地，兩天才能吃上一餐。臣不是不愛惜自己呀，而是看到帝王之業不可能僅僅處在蜀地而得以保全，所以冒著危險，來執行先帝的遺願，可是無奈爭議的大臣們卻說這不是上策。

名句的故事

「食不甘味」的意思是指吃東西不辨美味，「寢不安席」則是指睡也睡不好，而這兩句話的典故其實都同源於戰國時期的一個故事。

戰國後期，有秦、楚、燕、齊、韓、趙、魏七國，而其中，秦國是最強大的。正因為秦國向來兵強馬壯，因此他更是依恃著自己的強大，經常侵犯其他國家，讓其餘的幾個小國日夜忐忑不安，害怕總有一天秦國會發兵來攻打自己。

而某日，秦惠文王果然派出使者去見楚威王，並要挾楚王說：「如果楚國不服從秦國，我們絕對會不惜任何代價，立即出兵伐楚。」楚威王聽完了使者的話後，當下怒意大發，二話不說地便下令將秦國使者驅逐出境。

但當秦國使者被驅逐出楚國後，楚威王不禁有些害怕及後悔，因為楚國的實力並不是太強，如果強大的秦國一氣之下發兵來入侵的話，他該怎麼辦呢？

正當楚威王憂心忡忡之際，恰巧在這個時候，有名的說客蘇秦（曾任趙國相國、武安侯）前來拜會。在楚威王的客宴之上，蘇秦巧舌如簧地為楚威王分析當今七國的情勢，還提出了一個完整的計畫，勸楚威王應與趙、魏等國聯合起來一起抗秦，如此方能在夾縫中求生存，保全住楚國。

楚威王一聽，心中的大石終於落了地，掩不住喜色的對蘇秦說：「非常感謝你的妙計，我正為這件事睡也睡不好、吃也吃不下呢，現在我就按你的計策去做。」

歷久彌新說名句

「寢不安席，食不甘味」這樣的句子其實在中國古代文學中相當常見，多是用來形容人心中存有憂慮之事，而因此心神不寧的狀態。後來這個句子還慢慢地演變成「夜不能寐」、「食不遑味」、「食不知味」、「食不終味」、「寢食難安」等成語。

到了現今，這個句子的使用率更高，使用範圍更廣。在一篇報導中國圍棋三星杯比賽的報導裡，標題便大剌剌地定為：「眾國手著急食不甘味——中國棋院三星杯觀戰側記」，光由這標題便可以知道中國隊目前是處於落後局面。而在一篇講述因屋外樹木被砍，以至老人每天再聽不到清脆鳥叫聲而引發憂鬱症的社會報導中，記者所使用的標題是：「窗外不聞鳥鳴，老人食不甘味。」讓人不禁同情那個失去陪伴他多年的鳥叫聲的狐獨老人。

而最常被安上這個標題的季節則是號稱「考季」的夏季，主角則通常是那些考生及考生家長。因為幾年的辛勤努力都將「畢其功於一役」，怎能不讓考生自己，以及那些望子成龍、望女成鳳的家長們「食不甘味，寢不安席」呢？

泰山不讓土壤，故能成其大

名句的誕生

臣聞[1]地廣者粟多，國大者人眾，兵[2]強者士勇。是以[3]泰山不讓[4]土壤，故[5]能成其大；河海不擇[6]細流，故能就[7]其深；王者不卻[8]眾庶，故能明[9]其德。

～戰國．李斯〈諫逐客書〉

完全讀懂名句

1. 聞：聽說。
2. 兵：兵器。
3. 是以：因此。
4. 讓：拒絕。
5. 故：所以。
6. 擇：挑揀。
7. 就：成就。
8. 卻：拒絕。
9. 明：昭著。

臣曾聽說：土地遼闊，糧食才會富足；國家強大，人民才會眾多；武器精銳，士兵才會勇猛。正因泰山不捨棄看來不起眼的山石顆粒，才能變得如此高聳；河海不排除一條條細流，才能變得如此深廣；君王不拒絕任何人物，方能顯示他的功德昭著，並且成就其霸業。

文章背景小常識

春秋戰國時期群雄四起，各地諸侯為了圖霸天下或保疆拓土，多想盡辦法廣納天下賢士為己效力，也因此，這個時期的能人志士比任何時期的讀書人擁有更多的機會來彰顯自己的才華，所以莫不四處遊走；而李斯，便是其中的佼佼者。

李斯是楚國上蔡人，他的才氣縱橫，在秦王未統一天下之前便抵達秦國，希望能發揮自己的才華、一展自己的抱負。秦始皇當政後，國家逐漸強大，韓國人名字叫鄭國的為了削弱秦國的國力、遏阻秦國的擴張，便積極說服秦王修建水利（即後來的鄭國渠），這就是有名的「疲秦計」。不料鄭國渠修建至中期，「疲秦計」被識破了，秦王因此大怒。而為了實現統一天下的雄心，並防止他國滲透，秦王便有了「逐客」之意，也就是將所有不是秦國的人、特別是從六國投奔來的「遊士」全部驅逐出境，而李斯也在驅逐之列。

〈諫逐客書〉，便是李斯在惶恐不安之餘，想說服秦王收回成命所寫成的一篇文章。在此文中，李斯一方面列舉遊士對於秦國的歷史功績，藉此打動秦王；另一方面，則分析了「留客」、「逐客」二者之間的利弊，盡其所能的對秦王曉以其中的利害關係。而秦王讀罷此文後，悚然動容，立即廢除逐客之令，恢復李斯的官職，並且加以重用。

〈諫逐客書〉可說將說服辭令的運用表達得淋漓盡致，他一方面說之以理，二方面動之以情，是一篇極佳的政論文章。此文辭藻瑰麗、排比鋪張、音節流暢、理氣充足、邏輯縝密，挾戰國縱橫說辭之風，兼具漢代辭賦之麗，讀來如行雲流水，充份體現出李斯才華的洋溢和見解的獨到，並也深刻地反映了當時的實際現狀和歷史軌跡。雖然李斯寫這篇文章的最初用意是為了保全自己，但確實也為秦國留下了重要的人才。〈諫逐客書〉無論是在文學及史學上的地位，都是不容忽視的。

名句的故事

李斯二十六歲那年，只是楚國上蔡郡府裡一個看守糧倉的小小文書，他每天的工作便是負責倉內存糧的登記，然後把每一筆糧食流通的情形，年復一年地做著這個乏味的工作，李斯從沒有任何想法，但某一天，他偶然發現房舍廁所中的老鼠，不僅天天吃不乾淨的糞便，並且看到人及狗更是避之唯恐不及；但糧倉中的老鼠卻吃著原本該屬於人的食物，而且還居住在大房子裏，一點也不擔心人及狗可能帶給牠們的威脅。

同樣是老鼠，卻有著如此截然不同的生活和命運，這實在大大地震動了李斯的心靈，並且也讓他得出了這樣的結論：賢人與小人其實就像老鼠一樣，端看你處在什麼位置；達官貴人與一般貧民的本質區別，也僅在於所處的地位不同罷了。

因此，在這種人生哲學的鞭策下，李斯決定不再當那個沒有任何人生追求的「廁鼠」，所以在上蔡守了八年的糧倉、在與老鼠們搏鬥了八年之後，他毅然決然辭去官職來到蘭陵，先是求見一代儒學大師荀況，然後再拜入呂不韋的門下，開始向自己的「倉鼠」生涯前進。

然而，正當李斯以為自己終將一展長才之際，卻遇上了秦王因視破「疲秦計」而怒下「逐客」令的政治風暴中。此時，回想起自己當初離開上蔡的初衷，李斯心中確有不甘，因此考慮多時後，他決定冒死上策，絕不讓自己再次回到「廁鼠」的行列。

而此舉，不僅成就了李斯「泰山不讓土壤，故能成其大；河海不擇細流，故能就其深」的千古名句，也成就了他之後十餘年的輝煌仕途。

歷久彌新說名句

「泰山不讓土壤，故能成其大；河海不擇細流，故能就其深」，這個句子不僅形象生動、富有哲理性，又極容易記誦。它的本意是希望在上位者能廣開引用人才之門，以做為成就霸業的基礎，但後世卻多將其意義加以引申，例如西漢文學家韓嬰便曾將此句作為「泰山不讓礫石，江海不辭小流，可以成其大」。而現在人們更以「泰山不讓土壤」或「泰山不讓礫石」，來告誡世人要虛懷若谷、容事容人，做一個胸懷廣闊的謙謙君子。

但隨著時代及社會的發展，這個句子不再被

視為個人為人處事的準則，而是被引用到更多方面，甚至擴大到整個社會及國家。例如「九一一」事件之後，美國政府出於安全等方面的考慮，對中國留學生實行簽證緊縮政策，結果使得大量優秀的中國留學生被拒於門外，反倒轉而去了歐洲國家。此時，一篇名為〈美國校長向白宮遞「諫逐客書」〉的文章便應運而生，要求美國政府應敞開胸懷、放開視野地接受任何學生，如此一來才能讓美國的大學真正「成其大」、「就其深」。

如今，已有許多人將這個句子與「海納百川，有容乃大」、「聚沙成塔」、「積少成多」等成語聯想在一起，用以自勉。

求木之長者，必固其根本

名句的誕生

臣[1]聞求[2]木之長[3]者，必固[4]其根本；欲流之遠[5]者，必浚[6]其泉源；思國之安者，必積其德義。

～唐．魏徵〈諫太宗十思疏〉

完全讀懂名句

1. 臣：我，古代臣下對君主的自稱。
2. 求：追求、想要。
3. 長：茂盛。
4. 固：加固、使……穩固。
5. 遠：長遠。
6. 浚：疏浚、疏通。
7. 德義：道德與仁義。

臣聽說想要樹木長得茂盛，就必須穩固樹的根部；想要河流流得長遠，就必須疏通它的源頭；希望國家安定，就必須積累仁義、實行德政。

文章背景小常識

在唐貞觀年間，魏徵曾先後上疏二百餘道，〈諫太宗十思疏〉是他奏疏中的代表之作。此文論述富於哲理、辯鋒無敵，是一篇絕妙的好文，與貞觀十三年上疏的〈十漸不克終疏〉一起被被歷代史家讚頌為「千古金鑑」、「萬世師表」。

在貞觀之初，唐太宗吸取了隋朝滅亡的教訓，將人民比喻為水，將自己比為大船，謙虛地勉勵自己說：「水能載舟，亦能覆舟。」因此相當重視大臣們的勸諫，並且也非常勤政愛民，於是沒過幾年，唐朝在他的統治下，出現了今日所稱「貞觀之治」的全盛時局。

但正因陶醉於盛名之中，因此唐太宗逐漸驕奢、忘本，並且開始揮霍無度。他不僅大肆地修建廟宇宮殿，還四處遊玩，做出了許多勞民又傷財的舉措。而在魏徵呈上此文的那年，太宗先是下令修飛仙宮，後來又詔令修建老君廟、宣尼廟，也因此，魏徵在憂心之餘，才會以此文勸戒唐太宗應該戒驕戒奢、實行德政、體恤百姓、取信於民，以保國家的長治久安。

「疏」，原意是逐條陳說之意，是古人對君王陳述意見的一種文體，舊屬奏議類，後為應用文的上行公文。這篇〈諫太宗十思疏〉則是魏徵於貞觀十一年寫給唐太宗，勸他戒驕戒奢的文章。之所以叫「十思」，是因為這篇文章從十個方面向太宗提出了作為一國之君應該具有的作為，那就是：勤儉戒奢、使百姓安居、居安思危、嚴戒自滿驕傲、寬容仁慈、慎始善終、虛心納言、拒絕邪惡、罷黜奸佞、賞罰分明。

名句的故事

魏徵是一個相當「擇善固執」的人，他的直言進諫常常氣得唐太宗一肚子火，但卻又對他所講出來的大道理啞口無言。

有一回，唐太宗接到一封信，是他的老部下、現任濮洲刺史龐相壽寫來的。龐相壽告訴太宗說，由於他最近因為貪污國家財物，所以被他的上級撤了職，因此希望唐太宗能看在以往的情份上，為他求求情，恢復他過去的職務。

唐太宗看完信後，心想：「龐相壽確實是自己的老部下，想當初他對朕真是忠心耿耿，而這回既然他都開口這麼說了，那麼就寬恕他一次吧，畢竟再怎麼說他沒有功勞也有苦勞啊。」之後，唐太宗便擬了一道聖旨想恢復龐相壽的官職。

而當魏徵聽到這個消息後，一點也不耽擱便立刻進宮去見唐太宗：「陛下，龐相壽犯了貪污罪，應該按照國法撤去他的官職，您為什麼還要讓他復職？」唐太宗說：「他好歹也是我的老部下，沒有功勞也有苦勞啊！」

魏徵聽了後，語重心長地說道：「國法人人都該遵守。今天，龐相壽犯了國法不治罪，明天要是再有一個類似的人貪污，皇上您該怎麼辦？您難不成要一個個都赦免了嗎？如果真的這樣做，以後他們一定會全仗著您的情面去違法亂紀，要知道，您還是秦王時，跟在您身邊的人有那麼多，如果他們都依仗您的恩寵胡作非為，這不僅會使秉公執法的人再也不敢和您接近，並且也會讓國家的根本開始動搖！您要知道，國家的根本一旦動搖，到時您就必須要花更大的心力來收拾這個殘局，這樣值得嗎？」

唐太宗聽魏徵這麼一說，雖無奈卻也無法反駁，只好悄悄地將龐相壽叫至跟前，說：「我以前作秦王，只是一府之主，什麼都好說，可現在當了皇帝，是一國之君，再不能獨自偏袒老部下了。」而說完這些話後，唐太宗便賜給龐相壽一些布匹，然後揮揮手讓他回家。

眼見唐太宗吃了秤砣鐵了心，龐相壽也只能含淚離去，而自此後，再也沒有人敢仗著以往與唐太宗的交情上書求情了。

歷久彌新說名句

「求木之長者，必固其根本；欲流之遠者，必浚其泉源」這句話，除了常常被人直接引用之外，並且由此生出「根深蒂固」、「源清流長」、「正本清源」等到了現在依然是人們使用率極高的成語。

但其實，除了成語，這整句名句在當今之世也屢見不鮮。官員常用此以自勉，勉勵自己要以身作則，因為「源清」才能「流長」，「上樑正」，下樑方能「不歪」。醫學界及科學界也引用它來勸導研究人員應該重視學科的基礎理論研究，因為這是「源」，只有由基礎研究發現的新成果，才可以為往後的研究提供新的思路和方法，才能使學科得到「長」足的發展。

總之，當人們談到基礎的重要時，總不會忘記將魏徵的這句話拿出來秀一下。這反映了魏徵的這句話到現在還是多麼的流行，真可謂「源清流長，千載融融。魏老之言，妙用無窮」。

而更有趣的是，最近中國大陸正在擬拍一部講述台灣圍棋名家吳清源的故事，有一篇報導是這麼定標題的：「田壯壯（導演）絞盡腦汁正本清源，《吳清源》移師日本拍攝。」記者巧妙地將吳清源大師的名字與「正本清源」並排，而吳大師最早又是在日本崛起的，回日本拍戲自然是「正本清源」，三重意思並列在一句話中，讓人實在不得不佩服記者的巧思。

念高危，則思謙沖而自牧

名句的誕生

念高危[1]，則思謙沖而自牧[2]；懼滿溢[3]，則思江海而下百川[4]；樂盤遊[5]，則思三驅[6]以為度；憂[7]懈怠，則思慎始而敬終。[8]

～唐・魏徵〈諫太宗十思疏〉

完全讀懂名句

1. 危：身居高位的危險。
2. 謙沖：謙虛。自牧：自我修養。
3. 懼：害怕。滿溢：驕傲自滿。
4. 江海下百川：長江、大海居於百川之下。川，河流。
5. 樂：以……為樂。盤遊：打獵遊玩。
6. 三驅：古周文王打獵時從三個方向驅趕禽獸，而網開一面，以示好生之德。後用三驅比喻君主的仁慈與節制。
7. 憂：憂慮。
8. 慎始：謹慎的開始。敬終：恭敬的結束。

想到身居高位的危險，就要不忘謙虛加強道德修養；害怕驕傲自滿，就要想到長江大海所以巨大，是因為能居於百川之下；遊樂忘返地打獵時，就要想到聖人三驅為度的仁慈；憂慮鬆懈懶惰時，就要想到自始至終都要謹慎。

名句的故事

魏徵給唐太宗寫出「十思」的句子時，正當太宗因天下大治而洋洋自得之時，而且驕傲自滿得聽不進勸諫。魏徵在同一時期內曾連上四道奏疏，都未被採納。而他所上的這十思疏總共十項，彷彿教訓青年恪遵十大守則，不太像對君主的進諫。「十思」的內容涉及與帝王治國興邦有關的十個問題，從生活到政治，從個人欲望到品德修養，凡存在的主要問題作者全都考慮到。不但指出問題，而且提出解決問題的辦法，真是面面俱到，煞費苦心。令太宗不得不服，以至於放在案頭作為自己的座右銘。

「疏」是一種臣下上奏給君主的奏摺。臣下給皇帝的奏摺除了疏之外，還有表、奏、章、議。劉勰的《文心雕龍．章表》篇中說：「章以謝恩，奏以按劾，表以陳情，議以執異。」章，是用來承謝帝王恩典用的；奏是用來彈劾當朝之事或其他官員的言行；表最大的特點是陳述衷情，類似於請示或情況報告一類的公文；議用來辨析不同的政治觀點、主張等；而「疏」是用來議論朝政的。唐代奏疏習慣上都要用駢文寫，就是後來反對駢文、提倡古文運動的韓愈也還用駢文來寫奏章。

然而〈十思疏〉與當時流行的駢文不同。一方面它充分利用駢文對偶、排比的形式來表達真情，一方面又敢突破駢文的形式束縛，很少引用典故、古人事蹟，也不咬文嚼字，這是同當時追求形式的文風背道而馳的。這種敢於衝破傳統的束縛，不拘一格的創造精神，在駢儷風氣佔統治地位的初唐時代更顯得難能可貴。

歷久彌新說名句

「念高危，則思謙沖而自牧；懼滿溢，則思江海而下百川」這句話自出魏徵筆下後，成為歷代學者文人的座右銘。時至今日，仍然盛行不衰。而從這句話演變出來的成語「居安思危」更是廣泛地被人使用。著名學者劉墉在一篇名為《盈與虛》的文章中寫道：「餘霞展現，當知夜幕將垂；繁花似錦，須記落英繽紛。」氣象雖不如魏徵的句子，但是修辭很美，居安思危的意思也很清楚。他在一次演講中也說：「享富貴，當思濟困頓貧窮；掌權勢，則憶助黎庶百姓。」氣象雖然仍不及魏徵，但立意胸懷倒是頗為感人。

昔取之而有餘，今守之而不足

名句的誕生

豈其取之易而守之難乎？昔[1]取之[2]而有餘，今守之而不足。何也？夫[3]在殷憂[4]，必竭誠[5]以待下，既[6]得志，則縱情[7]以傲物[8]。竭誠，則胡越[9]為一體；傲物，則骨肉為行路[10]。

～唐・魏徵〈諫太宗十思疏〉

完全讀懂名句

1. 昔：當初。
2. 之：代詞，指天下。
3. 夫：那。
4. 殷憂：深憂。
5. 竭誠：竭盡誠意。
6. 既：等到，已經。
7. 縱情：放縱情欲。
8. 傲物：傲視他人。
9. 胡：北方民族，越：南方民族。
10. 行路：路上的陌生人。

難道是取得天下容易，守住天下就困難嗎？那是因為他們在憂患深重的時候，必然竭盡誠意對待屬下，等到得志以後，便放縱情欲、傲視他人。若能竭盡真誠，即使北胡、南越那樣疏遠的人也能合為一體、休戚與共；若是傲慢待人，那麼就算是骨肉至親，也將成為漠不相關的路人。

名句的故事

魏徵之前，人們對於創業與守成的論述已經很多，如漢代名相蕭何就有「馬上得天下，安能馬上治天下之問？」就是說用武力取得天下，難道還能用武力來治理天下嗎？

歷代開國之君因為體認前朝滅亡的教訓，都能勵精圖治、體恤下民、為王朝的全盛打下根基，但其後繼者往往就不能守住先祖創下的江山，驕奢淫逸，終導致國家的滅亡。魏徵只用了「昔取之而有餘，今守之而不足」這十二個淺顯易懂的字就總結出了經驗與教訓，並且還找出了其根本原因。

正因為魏徵勸諫工作做得太出色了，因此有時皇上也會派給他額外的「工作」，只是工作內容也與「勸諫」相去不遠。

有一回，唐太宗正為一事傷透腦筋，因為他底下的一幫「侯王」，也就是唐太宗的弟弟和兒子，仗恃自己身家富貴便驕奢好逸，不能親君子、遠小人，讓他實在煩不勝煩。但後來，他突然靈機一動，想到魏徵天天勸諫他，不僅責任心強，勸諫功力也不錯，因此便將他找來，並命他收集古來帝王子弟成敗故事，編成一本《諸王善惡錄》，賜給諸王讓他們好好反省反省。

而除此之外，唐太宗還親自寫序：「欲使見善思齊；足以揚名不朽；聞惡能改，庶得免乎大過。」意思就是說要那幫皇子皇孫見賢思齊、知錯能改，這樣才能揚名天下，被人所看重。

此書一出，那幫「侯王」的氣燄也確實緩和了些，讓唐太宗志得意滿之餘，不得不更佩服魏徵的「勸誡」功力了。

歷久彌新說名句

唐人李百藥在總結北齊滅亡的教訓時，就是直接套用了魏徵的說法，他說：「前王用之而有餘，後主守之而不足。」宋人王應麟也有類似的說法：「東都之季，清議扶之而有餘；強秦之末，壯士守之而不足。」意思是說在魏晉全盛時期，士大夫們隨便談談修身養性之道，輔佐國家就能綽綽有餘，秦朝末年，有無數士兵守護還是不足以改變滅亡的命運，這都是因為秦始皇不能發揚統一六國之初時的那種精神，功成之後就開始追求安逸享樂，為滿足自己的私欲，不惜大興土木，營建宮室陵墓，最後造成勞民傷財、亡國滅家的結果。

今天，在競爭極其激烈的商業行業中，好多企業家也常常引用「昔取之而有餘，今守之而不足」這句話來警戒自己不要小看守業之難，成功之後仍然不能鬆懈，要不然，很有可能功虧一簣。

但其實，後世對魏徵用過的這個「……有餘，……不足」句式，確實是情有獨鐘的。例如「成事有餘，敗事不足」、「勇猛有餘，智謀不足」，「激烈有餘，精采不足」、「熱鬧有餘，嚴肅不足」、「陰柔有餘，陽剛不足」等等，真是無法勝數，而其中最有名、幾乎成為人們口頭禪的，自然就是「心有餘而力不足」了。

物有同類而殊能者

名句的誕生

臣聞[1]物有同類而殊[2]能者，故力[3]稱烏獲[4]，捷[5]言慶忌[6]，勇期賁、育[7]。臣之愚[8]，竊[9]以為人誠[10]有之，獸亦宜然[11]。

～西漢・司馬相如〈上書諫獵〉

完全讀懂名句

1. 聞：聽說。
2. 殊：特殊的。
3. 力：力氣。
4. 烏獲：戰國時秦國的大力士。
5. 捷：速度快。
6. 慶忌：吳王僚之子，傳說他有萬夫莫當之勇，奔跑速度極快，能夠追奔獸、接飛鳥、射快箭。
7. 賁、育：孟賁、夏育，都是戰國人，著名的勇士。
8. 愚：愚笨，對自己的謙稱。
9. 竊：私下。
10. 誠：確實。
11. 宜然：一樣。

臣子聽說同類的事物而能力卻不一樣，所以人類中要稱譽力氣大就有烏獲，要談起速度快就有慶忌，要論勇敢就有孟賁、夏育。臣子愚蠢，私自以為人裡頭確實有這種有特殊能力的人，獸裡頭也應該是同樣的。

文章背景小常識

〈上書諫獵〉的作者為西漢時期著名作家司

馬相如，題目為後人所加，原名僅為〈諫獵書〉。司馬相如可說是歷史上一位非常具有傳奇色彩的人物，因為他既是一位著名的作家，而他個人的故事又常被後人寫入文學及戲劇作品之中，其中他與卓文君的愛情故事更是傳為千古佳話，家喻戶曉。他的一篇〈長門賦〉曾令失寵幽居于長門宮的王皇后重新受寵，以至於人們將他所患的「渴飲病」——實際上就是現在的糖尿病，稱為「相如病」。

〈上書諫獵〉一文的時代背景，是西漢在漢武帝的統治之下社會穩定，與匈奴戰爭的勝利也讓邊防得到了鞏固，整個王朝幾乎達到全盛的時期。但正因為如此，所以漢武帝也逐漸鬆懈了下來，日日醉心於訪仙求道、遊玩打獵之中，對政事已不像從前那樣用心，對此，司馬相如的心中已有些許擔憂。

當時司馬相如雖擔任郎官，但由於他不喜歡參與公卿國家等事，並且對加官晉爵一點也不感興趣，因此經常稱病閑居。一次，司馬相如隨漢武帝去狩獵，發現武帝在打獵，因為所騎乘的馬是千里良駒，所以隨從往往追趕不及，不能隨侍左右，所以常常看到武帝丟下侍從獨自馳騁，追擊熊、野豬猛獸的景象。由於擔心武帝隨時有可能發生危險，再加上先前對武帝不專心於朝政的憂慮，司馬相如回去後便上奏了〈諫獵書〉，一方面勸諫天子應該珍視自己的身體，一方面暗諫武帝該收收心了。

中國自古有所謂「諷諫文學」，但諷諫者常常以華麗誇張的筆法，行諷刺建議之實，司馬相如為了規勸漢武帝不要親自打獵，不惜一唱三歎地渲染鋪陳，以求達到「於悚然可畏之中，復委婉易聽」之奇效。因此這篇諫書寫得非常委婉，並且詞語也相當中肯，故成為勸諫文章中的名篇，與〈鄒忌諷齊王納諫〉一起作為諷諫文學的代表作，被收入清初康熙年間吳楚材、吳調侯編選的《古文觀止》中。

名句的故事

當司馬相如談及「物有同類而殊能者」時，他提及的例子是烏獲、慶忌、賁、育，而我們現在便來看看這些人物是如何的「殊能」，又有什麼樣的事跡。

烏獲是戰國時的大力士，傳說他能夠力舉千鈞之鼎而面不改色，並以此取悅了秦武王而獲得了一官半職，自此民間便有「烏獲扛鼎，千斤若羽」的流行話，並且還將他的故事改編成戲曲《烏獲扛鼎》，真可說是現今舉重選手的鼻祖。

慶忌則是春秋時吳王僚的兒子，傳說他跑起來連馬都趕不上，是當時人們口耳相傳的英雄人物，但他讓後世人念念不忘的，卻是在著名「三十六計．苦肉計」中的悲劇配角。春秋時，吳王闔閭殺了原吳王僚而奪得了王位。但他十分懼怕吳王僚的兒子慶忌為父親報仇，所以整夜提心吊膽而導致神經衰弱。而這個時候慶忌也確實正在衛國招兵買馬擴大勢力，準備攻打齊國奪回王位。闔閭讓大臣伍子胥替他想辦法除去慶忌，於是伍子胥向闔閭推薦了一個名叫「要離」的勇士。要離為了接近慶忌，不惜讓人砍斷他的右臂、殺掉他的妻子，最後終於借由這個「苦肉計」如願以償地接近慶忌，完成刺殺之舉。

賁、育其實是兩個人，也就是指戰國時的武士孟賁和夏育。傳說孟賁水行時不避蛟龍、陸行時不避虎狼，發怒吐氣時聲響動天，並且還敢生拔牛角。而夏育的記載雖比較少，但也足夠驚人，史籍記載他一聲猛喝便可嚇退敵軍，確實不同凡響。

歷久彌新說名句

「物有同類而殊能者」這句話的主旨是指就算是同類，但因為個體的不同，也會有能力上的差異。舉個例來說，同樣是人，但有些人天生力氣大、記憶力強、跳得高、跑得快；同樣是馬，有的能日行千里，有的卻只能緩步拖車。司馬相如的這句話點出了所謂的「同中之異」的精要，也就是清楚地明白物與物也會有所差異，因而不該將一切事物都齊平看待，而是該學會去尊重，並且相信同類事物中是存在不同之處的。

其實司馬相如這句話很值得大家去深思，並且也成為現代企業經理人不斷用以砥礪自己千萬要能「慧眼識英雄」的話語。因為只有以開放性的眼光去看待每一個事物、尊重每一個個體的獨特性，這樣一來，我們才能不被既有的框架局限住，並且也更能夠發掘出他人的潛力並善用之。

雖然天生萬物，能力不齊，不過，我們千萬不要因此自卑，以為自己就是那個差勁的人。上天也很公平，頭上長角的就不會飛，天上飛的頭上就沒有角，上天關了一扇窗，一定會打開一扇門，每個人都有他的長處，只是看如何發掘罷了。韓信從市井無賴的袴下穿過的時候，誰相信他會是一位縱橫沙場、叱吒風雲的大將軍呢！

禍固多藏於隱微

名句的誕生

禍固[1]多藏於隱微[2]，而發於人之所忽者[3]也。

～西漢・司馬相如〈上書諫獵〉

完全讀懂名句

1. 固：即痼，經久不癒的病症。
2. 隱微：隱蔽、微小的。
3. 所……者：所……的地方。

那些經久不癒的禍患常常隱藏在隱蔽而細微的地方，而且常常在人們忽視的地方猛然爆發。

名句的故事

司馬相如很擅長寫「賦」，所謂的「賦」是漢朝產生的一種極盡華麗、鋪陳的文體。

據記載，武帝在天下底定後沈迷於神仙方術，司馬相如便曾進〈子虛賦〉加以勸諫，結果因為賦體鋪排、華麗、誇張的特點，使得他在文中將神仙世界渲染得極其美妙，反而引起了武帝對於神仙世界的無限嚮往。

有一回，武帝想要大興土木，修建上林宮，司馬相如又上〈上林賦〉，勸諫天子當以民生為重，不要奢侈浪費，結果又因為他對還未建成的上林宮描寫的實在太讓人神往，再度引起了完全相反的效果。

司馬相如回家反省過後，汲取了這兩回的教訓，因此在〈諫獵書〉中，一改自己擅長的華麗賦體文，而採用了論述極其平易的書表形式。語言平實、說理充分，並且還在結尾處採用了「俗話說」的方式，表示連普通人都知道要「坐不垂堂」，何況聖哲英明的大漢天子呢！

當然，相如的初衷是要藉勸諫天子不要身涉有可能發生危險的地方，進一步勸其應該在施政方面也要如此般的防患於未然。雖然武帝沒能接受後者，但卻真的老老實實地在皇宮裏待了一段時間，修身養性，沒再做獨身追擊猛獸的危險事。

至於「禍固多藏於隱微，而發於人之所忽者也」這句話的思想淵源則是來自老子，因為老子曾經說過一句非常有名的話，「福兮，禍之所伏；禍兮，福之所倚」，意思是說幸福裏面多隱藏著禍患，災禍裏面也隱蔽著幸福，因此勸誡人們應該居安而思危，「未雨」之時就應「綢繆」。

歷久彌新說名句

「禍固多藏於隱微，而發於人之所忽者也」這句勸人居安思危、防微杜漸的話語，現在仍然做為無數人的人生信條而廣泛流傳著。與此同意的則是「禍生於忽」這句成語，而這句成語最早則出自漢．劉向《說苑．卷十六．談叢》：「福生於微，禍生於忽。」

而其實最常用這句話的人是醫界人士，因為人常常忽略身上小小的病痛，卻不明白有許多大病便是由於小病慢慢所引發，終至無法收拾，因此醫界人士總喜歡告誡大家有空就得多做健康檢查，千萬不能等到真的感到很不舒服時才著急得上醫院。

另一個經常愛說這類話的則是消防工作人員，因為「星星之火可以燎原」，真的等到火舌竄升之時，所有人的生命與財產都會受到威脅，因此消防人員也喜歡宣導大家在天乾物燥之時更要小心防火，煙蒂必須捻熄，千萬不能輕忽任何的細小火苗。

而在一篇討論非洲國家「金巴布維」總統提

新議案，欲舉行全民公投卻失敗的文章中，更是直接引用了「禍固多藏於隱微，而發於人之所忽者也」，來說明「金」國總統穆加貝之所以失敗的原因，正是長期不體察「民意」卻不自知的後果。

家累千金，坐不垂堂

名句的誕生

故鄙諺[1]曰：家累[2]千金。坐不垂堂[3]。此言雖小，可以喻大。

～西漢・司馬相如〈上書諫獵〉

完全讀懂名句

1. 鄙諺：俗語。
2. 累：積累。
3. 垂堂：靠著堂邊。形容富家子弟，力求安全，怕簷瓦墜下傷人，不敢坐在堂邊。

所以俗語說：「擁有千金之家的人，不坐在堂下屋檐邊，以免瓦片落下砸傷自己。」這話雖然講的是小事，卻可以說明大道理。

名句的故事

《史記・袁盎傳》中記載著一個「千金之子，坐不垂堂」的故事，故事內容說有一回漢文帝從霸陵經過時，想要騎馬從一個陡坡上奔馳而下，他的隨侍大將軍袁盎立即阻止他做這種危險的舉動，但文帝卻故意挑釁說：「大將軍，難道你怕了嗎？」

聽了文帝的話後，袁盎嚴肅地回答說：「皇上，這不是怕不怕的問題。臣聽說千金之子從不坐在堂前簷下，因為他們怕屋瓦墜落砸傷自己；而百金之子從不倚欄杆，就怕不小心墜落；可您卻騎著駿馬向陡坡衝去，萬一驚動了其他車乘馬騎，發生了意外，縱使貴為九五之尊的皇上您不愛惜自己，但也得顧慮這個國家的未來，以及太后啊！」

而文帝聽了袁盎的話後，也自覺自己的行為太過魯莽，因此便聽從袁盎的話，乖乖地策馬慢步往前行去。

「家累千金，坐不垂堂」也作「千金之子，坐不垂堂」，甚至直接簡化為「坐不垂堂」，都是同一個意義：也就是要人學會謹慎保身。而能說出此道理的人，必是對這個道理有很深的體會的人。司馬相如平生做事也是小心謹慎，做官從不求飛黃騰達，只求沒有禍患，這既是潔身自好，也是一種自我保護。因此司馬相如的這句「家累千金，坐不垂堂」，以及他的文章中上兩句「明者遠見於未萌，而知者避危於無形」恰恰說明了這一點。因此可以這麼說，司馬相如本人就是「坐不垂堂」這種哲學的實踐者。

歷久彌新說名句

中國自古以來，一向是注重明哲保身的，除了「千金之子，坐不垂堂」之外，還有「知命者不立於岩牆之下」、「亂邦不居，危邦不入」等，甚至孟浩然的〈經七里灘〉一詩中更是開宗明義便寫道：「余奉垂堂誡，千金非所輕。」雖然今天看起來，這些警語不免有些誇張，但卻還是不得不令人佩服古人的謹慎以及小心。

到了現代，人們依然使用這種「垂堂誡」來做為警惕，不過此時是否是「千金之家」、「千金之子」已不再重要，重要的是每個人得要懂得自我保護之道。

只是，說歸說，但總有人會「明知不該為而為之」，比如在颱風警報發佈後去海邊釣魚、去管制區登山的人；比如明明看到紅燈，但為了趕時間卻硬闖紅燈的人。遇到這種置自己與他人生死於不顧的人，我們真的也只能歎息說：「千金之子，坐不垂堂；台灣之子，勇立危欄。」

當然，過與不及都不是中庸之道，在一篇名為〈過度保護的傷害〉一文中，便這樣寫道：「在中國傳統社會中有這樣的現象，一方面是『窮人的孩子早當家』，社會化過程過早過快，一方面是富人的孩子『千金之子，坐不垂堂』，於是『一代不如一代』、『富不過三代』。前者是貧困條件下的不得已，後者則是文化習俗和親情短視化的結果。應該說，兩種模式均不是青少年健全人格的成長模式。」說得也很有道理。

民貧，則奸邪生

名句的誕生

民貧，則奸邪生。貧生於不足，不足生於不農[1]，不農則不地著[2]，不地著則離鄉輕家，民如鳥獸[3]，雖有高城深池[4]，嚴法重刑，猶不能禁也[5]。

～西漢・晁錯〈論貴粟疏〉

完全讀懂名句

1. 不農：不從事農業生產。農，此處用作動詞。
2. 地著（音同拙）：又叫「土著」指在一個地方定居下來。著，附著、固定意。
3. 民如鳥獸：老百姓像鳥獸那樣四散、遠走高飛。
4. 池：指護城河。
5. 雖……猶……：表示讓步關係的固定格式，也就是「即使……還是……」之意。

當百姓貧困的時候，就容易產生出奸邪的念頭。人民的貧困是因為不富足；而不富足的原因則是因為人民都不從事農業生產；不從事農業勞動，就不會長久定居在一個地方；不定居的話，人民就容易背井離鄉；不重視自己的家鄉，老百姓便會像鳥獸一樣四散離去，即使有很高的城牆和很深的護城河，有很嚴厲的法律和刑法制度，也無法限制住百姓們離去的腳步。

文章背景小常識

晁錯（西元前二〇〇～前一五四年），潁川（今河南禹縣）人，是西漢時著名的學者、散文家、政治家及政論家，曾經跟隨張恢研究申不害、商鞅的法治學說。漢文帝的時候，擔任太常掌故，曾奉命跟秦朝博士伏生學習《尚書》。後來擔任太子家令，深得太子（即後來的漢景帝）的信任，被人們稱為「智囊」，景帝即位以後，晁錯則擔任御史大夫。

晁錯具有相當敏銳的政治洞察力，他敏感地察覺到了漢初商富民賤、邊塞不足的現象，並預見到了這些現象背後隱藏的問題，以及國家統治的危機。於是在漢文帝十一年（西元前一六九年）便給文帝呈上了這篇著名的〈論貴粟疏〉，闡明他反對商人兼併農人，主張募民充實邊塞、防備匈奴於未然的觀點。

由於晁錯繼承了先秦法家「重本抑末」的思想，因此對當時商人兼併農人的社會亂像相當反感。漢文帝之時，社會比較穩定，經濟也有了一定的發展，所以出現了一些商人兼併農人、農人不地著而流亡的現象，因而引發了許多社會問題。有鑑於這種頻生的亂象，晁錯提出了「貴粟」的主張，認為：無論是為了減輕農民的負擔、提高農民的生活水平，還是為了備戰備荒，國家都應該要積極地發展農業。而刺激農業發展最簡單的方法，就是提倡「入粟拜爵」，也就是只要交納糧食的人都可以封爵、可以免罪。

雖然晁錯所提出的「買官賣官」論點脫離了選拔人才應考慮其「才」，而非考慮其「財」的基本面，但漢文帝思考良久，最終還是採納了他的建議，並且在具體施行之後也確實達到了成效。

〈論貴粟疏〉通篇說理透徹、條理分明、邏輯嚴密，不僅具有極強的說服力，並且文筆也相當的流暢，歷來皆被認為是篇極為優美的政論文章。

名句的故事

西漢之時，匈奴擾邊，而晁錯認為面對這個

情況最該做的事便是「移民戍邊」。他認為把內地的居民遷往邊地，既可以對他們進行訓練，有利於抗擊匈奴、鞏固邊防，又可以節約朝廷開支，及早解決國內百姓因貧苦而有可能作亂的跡象，也就是所謂的「防患於未然」。

為了使內地的居民願意到邊地去，去後又能安身立命，他認為以下幾點工作是一定要做好的：

一，移民的目的地，應該選擇水味甘甜、土質適宜並且草木豐饒的地方；並且在百姓移民去之前，政府便應先為他們建好房屋、修好通向田間的道路、備好器具。

二，對於新移民，官府應該給予糧食和衣服，一直到他們能自給自足為止；而沒有配偶的，官府應設法予以婚配，以免他們因寂寞而待不長久。此外，還要設置醫巫，以解決他們對疾病的恐慌。

三，在移民居住區要修建防護設施，準備好雷石，布好鐵蒺藜；在對外的交通要道之處，要有計畫地建立城鎮，並且每個城鎮不少於一千戶，而城鎮周圍還要設置籬笆，以免移民受到匈奴侵襲。

四，對於願意前去的百姓，都應給予較高的爵等，並且免除他們家中的勞役。但有一個大前提是，這些人必須健康，否則去了也是白去。

在鼂錯以前，移民戍邊大多是由政府採取強迫命令的辦法，而他不但第一次提出以「經濟」措施來鼓勵移民，同時對移民的物質生活條件和生命安全更是考慮得相當周到而且具體，在中國古代思想家中是頗為難得的。

歷久彌新說名句

鼂錯說「民貧則奸邪生」，想想這句話的確是不無道理。畢竟民以食為天，當老百姓都處於吃不飽、穿不暖的境地時，有誰還能老老實實、順順從從地服從統治者的統治？所以有遠見的統治者都該深諳「民貧則奸邪生」的道理。

其實早在戰國時代，管子就已經認識到了百

姓的生活狀況與統治階級「治」與「不治」之間的聯繫。在《管子・牧民》篇中有「倉廩實，則知禮節；衣食足，則知榮辱」，並且自此以後，成為中國歷朝歷代統治者奉為圭臬的「定海神針」。像是在西元前五四年，也就是漢宣帝時，發現民間百姓因為糧食問題而顯得有些不安定，因此漢宣帝連忙採納大臣耿壽昌的建議，創設由政府直接管理的糧倉，糧食便宜時便大量購進儲存，糧食貴的時候就壓低價格出售，以此來調節糧價，以備在荒年時有餘糧可以開倉賑災，保持社會的穩定。

縱觀當今，由於失業率偏高，社會似乎也處在一種「蠢蠢欲動」的詭異狀況中，有人為了領取保險金，不惜鋌而走險，殺了前後幾任妻子、孩子以及女友，著實令人髮指，真是「民貧則奸邪生」的最好寫照。而在一篇社論中，更是以「民貧則奸邪生，民富則天下平」來對為政者做最強烈的呼籲及點醒。

饑寒至身，不顧廉恥

名句的誕生

夫寒之於衣，不待輕煖[1]；饑之於食，不待甘旨[2]；饑寒至身，不顧廉恥。人情，一日不再食則饑[3]，終歲[4]不製衣則寒。夫腹饑不得食，膚寒不得衣，雖慈母不能保其子，君安能以有其民[5]哉！

～西漢・晁錯〈論貴粟疏〉

完全讀懂名句

1. 輕煖：用絲綿或皮做成的又輕又暖和的衣服。煖，同暖。
2. 甘旨：美味、甘美的食物。
3. 再食：吃兩餐飯。
4. 終歲：一年到頭，整年。
5. 有其民：擁有自己的人民。封建時代的君主都把老百姓看做自己的私有財產。

人在寒冷的時候，是不會先講究衣服是否又輕又暖和的；人在饑餓的時候，也不會等到有美味可口的食物才吃，因為饑寒交迫之時，是顧不上什麼廉恥的。人之常情是，一天裡不吃兩餐飯就會感覺到餓，一整年都不添製衣服的話就會寒冷。肚子餓時沒飯吃，天氣冷時沒衣服穿，即使是慈愛的母親也保不住她的孩子，君主又怎麼能保有他的百姓呢！

名句的故事

晁錯在景帝時非常顯貴，由於他所提出的觀點及看法都很有獨到之處，因此深受皇帝的寵愛，甚至超過了九卿。晁錯被提升為御史大夫後，看到諸侯國勢力的強大對中央統治造成嚴重的威脅，於是在思考良久之後，明知自己的想法有可能引起人們的非議，但仍擇善固執地擬章上奏：請求皇上相應地削減那些諸侯的封地，並且收回各諸侯國邊境的郡城。

晁錯的奏章呈送上去後，皇上立即命令公卿、列侯和皇族一起討論這個議題，雖然許多人都對晁錯所修改的三十三法令有意見，但礙於皇帝，因此在場沒有一個人敢非難晁錯的建議，只有竇嬰努力地與他爭辯，並因此與晁錯產生了磨擦。

晁錯的父親聽到了這個消息後，立即從家鄉潁川趕來，對晁錯說：「皇上剛剛即位，你也才剛執掌政權，你提出要削弱諸侯的力量，就等於是要疏遠人家的骨肉，也難怪所有人都議論紛紛，並且私底下怨恨你。你究竟為什麼一定要這樣做呢？」聽了父親的話後，晁錯說：「事情本來就應該這樣，不這樣的話，天子就不會受到應有的尊崇，國家也就不會得到安寧。」

晁錯的父親又說：「照這樣下去，劉家的天下安寧了，而我們晁家卻危險了，我要離開你回去了。」說完這些話後，晁錯的父親很快就回到家鄉，之後果真服毒藥而死，並在死前說：「我不忍心看到禍患連累自己。」

果然，晁錯的父親死後十幾天，以吳王劉濞為首的七個諸侯便開始反叛，並以「誅殺晁錯以清君側」為名發動內亂。於是先前和晁錯積怨已久的竇嬰、袁盎便乘機向景帝進言，將諸侯反叛的罪過全都推到了晁錯身上。

皇上為了平息叛亂，竟不辨是非，真的下了命令，將晁錯腰斬於東市，完全應驗了當初晁父的擔憂。

歷久彌新說名句

「夫寒之於衣，不待輕暖；饑之于食，不待甘旨；饑寒至身，不顧廉恥」這句話，正好說明了人們的最低需求不過是維繫生命，如果命都沒了，一般人是顧不到其他的。於是，它的源頭又回到了「倉廩實然後知禮節」這個命題。人們要生存的最基本條件是要吃飽、穿暖。只有解決溫飽之後，人們才會去考慮更多的內容。「食必求飽，然後求美；衣必常暖，然後求麗」。不僅僅是我們的古人有這樣的認識，其他國家的人們也同樣明白這個道理。比如英語中有一個「Beggars can't be choosers.」（饑不擇食）的諺語，字面上的意思則是「乞丐永遠無法成為有選擇權力的人」。貧窮便能讓人喪失掉一切的選擇權力，而社會又怎能期望這樣的人會乖乖坐在家中獨自體會饑餓之感呢？

南亞海嘯之後，我們看到有些災區的人民，在饑寒多日之後，一旦看到救濟物資來到，竟然有人會動手搶劫，甚至於傷害同胞，對這些災民，我們已經不能要求什麼道德了，他們只有一個要求，那就是：活下去！人們只有活下去之後，才能進一步要求活得好。這也就是各個國家都提出一個「最低生活保障」的緣由了吧。

「饑寒至身，不顧廉恥」，而「治國之道，必先富民。民富則易治也」這一點，是古代政治家對其君主提出的建議，也是我們現在的領導人應該參考的最基本準則。

珠玉金銀，饑不可食，寒不可衣

名句的誕生

夫珠玉金銀，饑不可食，寒不可衣，然而為貴之者[1]，以[2]上用之故也。其為物[3]輕微易臧[4]，在於把握[5]，可以周海內[7]而亡饑寒之患。此令臣輕背其主[8]，而民易去[9]其鄉，盜賊有所勸[10]，亡逃者得輕資也[11]。

～西漢・晁錯〈論貴粟疏〉

完全讀懂名句

1. 貴之：以之為貴。貴，形容詞用做動詞。
2. 以：連詞，因為。
3. 其為物：珠玉金銀作為物品。
4. 臧：保藏。這個意義後世多寫做「藏」。
5. 在於把握：意思是可以拿在手裏。
7. 周海內：走遍全國。
8. 令：使。輕：輕易。背：背叛。
9. 去：離開。
10. 有所勸：有誘惑的東西。這裏是指珠玉金銀有誘惑力。勸：誘惑。
11. 輕資：便於攜帶，這裡還是指珠玉金銀。

珠玉金銀，在饑餓的時候不能用來食用，在寒冷的時候無法當作衣服穿，但是人民都以之為貴，這是因為國君很重視它的緣故啊。珠玉金銀作為物品，可以拿在手裏，帶著它走遍全國而不用擔心有饑餓或受凍的憂患。正因如此才會使得臣子很輕易便背叛自己的主人，人民可以很輕易地離開自己的家鄉，並且盜賊也極易受到珠玉金銀的誘惑，而逃亡的人也可輕便地攜帶。

名句的故事

漢景帝繼位後，極為寵信晁錯，而晁錯多次請求皇帝單獨與他談論政事，景帝每每都聽從，並因此修改了不少的法令。丞相申屠嘉對此心中很不滿意，但是又苦於找不到借口來詆毀他。

當時，內史府是建在太上廟圍牆裏的空地上，門朝東，出入很不方便，晁錯便鑿開了太上廟的圍牆，向南邊開了兩個門以供出入。丞相申屠嘉聽到了這件事以後，認為這是一個極好的機會，立即將晁錯這次行動的前因後果、以及損壞太上廟的事實寫成奏章，請求皇上誅殺晁錯。

而晁錯由於提前聽到了這個消息，因此也立刻連夜請求單獨進諫皇上，並具體且詳細地向皇上說明這件事情的來龍去脈。第二天一早，丞相申屠嘉上朝奏事時，趁機就稟告了晁錯擅自鑿開太上廟的圍牆做門的事，請求皇上把他交給廷尉處死。而早與晁錯溝通過的皇上便說：「晁錯所鑿的牆不是太上廟的牆，而是廟外空地上的圍牆，還不致於觸犯法令。」

聽了皇上的話後，丞相申屠嘉只能無奈地謝罪，但退朝之後，他生氣地對長史說：「我本當先殺了他再報告皇上，卻先奏請，反而被這小子給出賣，實在是大錯特錯。」這件事後，申屠嘉因為生病死去，而晁錯則因為這件事情，變得更加顯貴了。

雖然晁錯沒有恃寵而驕，然而在七國之亂的事件中，皇帝因為採用了晁錯的意見，而導致諸侯造反，最後只得以殺晁錯來安撫諸候，皇帝對他的寵信最終導致了他的死亡，真可謂是「成也蕭何，敗也蕭何」。

歷久彌新說名句

「珠玉金銀，饑不可食，寒不可衣」這個道理是很明顯的，但是長久以來，大多數人都為所謂的「阿堵物」折腰、為之努力。這究竟是為什麼呢?其實這個答案很簡單，因為珠玉金銀是一種財富的象徵，而自古以來，大多數人對於財富都是趨之若鶩的。

在《晉書》中收錄了一篇奇文，叫做〈錢神論〉，內容主要便是講述金錢的作用，認為「凡今之人，惟錢而已」。一個人只要有了金錢，就可以消除一切憂愁、解除一切煩惱。不僅如此，這篇文章中還認為，一旦擁有了金銀財富，就可以「無德而尊，無勢而熱」，甚至「危可使安，死可使活，貴可使賤，生可使殺」，簡直將金錢的作用提升到了無以復加的地步。

《晉書》中收錄這篇文章，當然不是要宣揚這種拜金主義。但它卻清清楚楚地告訴我們，人們對於財富的追求是古來即有的。儘管大家都明白「珠玉金銀，饑不可食，寒不可衣」，可是，作為財富，人們仍舊喜愛它，迷戀它，追逐它。這倒也是無可厚非的，關鍵是，應該怎樣正確的看待它，畢竟，金錢不是人民生存的根本，而只是我們獲得生活必需的一個媒介而已。所以，在迷戀它的時候，一定別忘了時時提醒自己，金錢，不過是身外之物罷了。

但就像現在大家最喜歡在開玩笑時說的一句話：「錢不是萬能的，但沒有錢卻是萬萬不能。」所以，中國的中庸之道還是有一定的道理的。

蓋有非常之功，必待非常之人

名句的誕生

蓋有非常[1]之功，必待[2]非常之人，故馬或[3]奔踶[4]而致[5]千里，士或有負俗之累而立功名。夫泛駕[6]之馬，跅弛[7]之士，亦在御之而已。其令州郡察吏民有茂材[8]異等，可為[9]將相及使絕國[10]者。

～西漢．漢武帝〈武帝求茂材異等詔〉

完全讀懂名句

1. 非常：不同尋常的、非凡的。
2. 待：依靠。
3. 或：……的。
4. 踶：蹄子。
5. 致：達到。
6. 泛駕：泛，通「泛」，翻覆之意。而泛駕則是指不受駕馭、四處奔跑的馬。
7. 跅弛：指不受拘束、不遵禮法。
8. 茂材：優秀的材質。
9. 為：當作，稱為。
10. 絕國：指極為遙遠的國家。

凡是要建立非常的功勳，就必須依靠非常的人才。所以有狂奔踢人、但卻可以跑千里路的馬，有力排爭議、受世俗嘲諷卻能建功立業的人。那些不受駕馭的馬，以及不受約束的人，不過是看怎麼駕馭罷了。現在下令各州郡立即尋找有才能，以及可以為將軍、宰相或者出使遠方國家的人。

文章背景小常識

漢武帝劉徹（西元前一五六～前八七年），是一位富有雄才大略、又能善用人的盛世君主。漢武帝當初即位之時，所面臨的情勢相當地嚴峻，不僅要面對身旁垂涎於他皇位的人，更對匈奴的不斷進犯而感到頭痛。

劉徹深深明白以一己之力是難以解決眼前之急，因此他即位後「求賢若渴」，立即對漢初的用人政策作了大刀闊斧的調整，而〈武帝求茂才異等詔〉便是他對選拔人才的主張。他認為對於人才的認定不必侷限於資歷與德性，只要有特長就該使用，由這篇文章的末尾，劉徹將出使遠國的使者與將相並提這一部分來看，便可知他的一片雄心壯志。

劉徹「唯才即用」的觀點，實是與當時的社會背景有些關聯。因為漢初用人極看重資歷，並且任一定的官職還得要有相應的資產標準，凡是兩千石以上的高級官吏，才可以保舉自己的子弟做官。

這種唯「財」即用的制度，不僅造成了人才的退化，也使得貧窮但優秀的人才無法有出頭天。因此元朔元年，漢武帝便下了一道「興廉舉孝」的詔書，宣佈不講出身門第，「唯才是舉」，並且還把它制度化，哪級官吏「不舉孝、不察廉」就免職罷官。

儘管這種舉賢法也存在一定的弊病，但至少當時確實有不少人才因此得以施展自己的長材。並且劉徹之所以敢說「覂駕之馬，跅弛之士，亦在御之而已」，也並非是大言不慚，因為事實上，他確實有過人的洞察力，以及高超的駕馭人才技巧。除此之外，他還敢不拘一格地提拔用人才，像衛青、張騫等人便是破格提升的，並由此造就了漢代版圖遼闊的盛世。

名句的故事

其實「唯才即用」、「唯才是舉」的主張並不是劉徹的獨創，因為三國時的魏武帝曹操表現得比他更為突出。

當時曹操也是求才若渴，更是頒佈了三道「求賢令」，要文武百官不拘品德，登用人才。

甚至他還要尋求「負污辱之名，見笑之行，或不仁不孝，而有治國用兵之術」之人，也就是無論此人是否德性不彰、不仁不孝，只要他在治國用兵上有獨特的見解，都應該由地方官吏保舉出來，使他「得而用之」。

曹操此言一出，自然引起了軒然大波，但他也同時被奉為愛才君主的典範，使後世懷才不遇者更加自歎生不逢時，不得其主。曹操對主動投靠者不僅給予高薪、禮遇有加，並且對敵營中的人才也喜愛備至，例如在見到「威風凜凜」的許褚時心中暗喜，見到「應對如流」的賈詡難掩喜色，並且之後想方設法將他們請至自己的麾下，而事實證明，這些投靠的能人志士確實都為曹魏集團立下了不少的豐功偉業。

由於曹操的形象，既有雄才大略的一面，又有奸詐的一面，有時很難分清這是他的英雄本色，還是奸雄的特性使然，因此人們對他的評價也不盡相同，不過無論如何，他的「求賢」之舉還是為他搏得了許多好評。

由這個例子或許正可以看出，當一個國家在百廢俱興的時候，在上位者由於對「才」的需求，有時甚至可以犧牲一點對「德」的要求。

歷久彌新說名句

「蓋有非常之功，必待非常之人」這句話涉及到人才選拔的問題，無論古今中外，人才的選拔則一直是關係到一個國家興衰成敗的大事，因為只有任人唯「德」，國家可以持久，但是難以強大；任人唯「才」，國家可以強盛，但是難以持久；如果任人唯「親」，國家就會什麼都沒有了。「蓋有非常之功，必待非常之人」，強調了對人才的肯定。

司馬相如也曾經說過：「世必有非常之人，然後有非常之事；有非常之事，然後有非常之功。」意思便是由非常之人才能做出非常之事，而做出非常之事後才會成就非常之功，語意顯得更為透徹，並且也更有層次。

不過，非常之人也未必能創立非常之功，也許還有弄巧成拙的危險。在一篇題為《「朗訊事件」的後遺症》的文章裡，作者就寫到「夫蓋有非常之功，必待非常之人。朗訊中國什麼時候能夠找到自己的『非常之人』，來扭轉局面，恢復朗訊中國的形象，建立『非常之功』，只有朗訊自己最清楚。」

所謂的「朗訊事件」，起因於朗訊中國分公司的賄賂醜聞，「朗訊」是家國際公司，到了中國開分公司之後，為了開拓市場，因此中國分公司「入鄉隨俗」地做了一些無法攤在陽光下的「暗盤」動作，俗稱「賄賂」。事情曝光後，總公司大為震怒，大刀闊斧地將一群涉嫌在內的高階官員革職察辦，導致朗訊中國分公司在信譽、人事與管理方面面臨了空前的危機。

由此可見，就算有「非常之人」做出「非常之事」，但若沒有循規蹈矩、按部就班，反而有可能會弄巧成拙，反倒讓「非常之功」功虧一潰。當今世界中，尋求「非常之人」做出「非常之事」以成就「非常之功」，雖已成為企業與國家最迫切需要解決的問題，而一切的競爭雖然也都是人才的競爭，但每個人在盡力發揮自己的潛能之前，仍不能忘了最基本的「誠信」準則，這樣才能讓自己成為一個真正的、可愛的、名副其實的「非常之人」。

而最有趣的是，在中國內地，「蓋有非常之功，必待非常之人」竟也被拿來當為一個謎面供人猜字，而這個字謎的正解是「彻」（徹的簡體字）。你想通這其中的所以然了嗎？

強毋攘弱，毋暴寡

名句的誕生

朕[1]親[2]耕，后[3]親桑，以奉宗廟粢盛[4]祭服[5]，為天下先。不受獻[6]，減[7]太官[8]，省繇賦[9]，欲天下務農蠶，素[10]有畜積，以備[11]災害。強毋攘[12]弱，毋暴[13]寡，老耆[14]以壽終，幼孤得遂長。

～西漢．漢景帝〈景帝令二千石修職詔〉

完全讀懂名句

1. 朕：古代君王的自稱。
2. 親：親自。
3. 后：這裏指皇后。
4. 粢盛：古代盛在祭器內以供祭祀用的穀物。
5. 祭服：古代祭祀時所使用、穿著的衣裳。
6. 獻：漢代所規定的賦稅中的一種。百姓除了每天向政府交人頭稅、戶稅之外，還必須上繳若干錢給皇帝，這就叫獻費。
7. 減：消減、減少。
8. 太官：也稱為「大官」，是專門管宮廷膳食的官員。
9. 繇賦：徭役賦稅。
10. 素：一向。
11. 備：防備。
12. 攘：擾亂、侵奪。
13. 暴：欺淩、損害。
14. 老耆：古代稱六十歲者為耆，這裏泛指老年人。

我親自耕地，皇后親自種桑養蠶，並且全拿來為提供祭祀祖宗及宗廟之用的穀物、衣服，給天下的人都做個榜樣。我不接受供奉，並且還消減太官的俸祿、減少徭役等賦稅，讓天下百姓都能勤於農務、積蓄一些餘糧，以防備災害時用。使強者不欺凌弱者，使人多的不欺凌人少的，使老者能夠善終，使幼者能夠茁壯成長。

文章背景小常識

漢景帝劉啟（西元前一八八～前一四一年），字開，是高祖劉邦的孫子、漢文帝劉恒的兒子。母親竇氏，生他時父親還在做代王。他原來並不是長子，但父親的四個兒子相繼病死之後，他便成了長子。

當初漢景帝即位後，先是提拔了晁錯做內史，然後又將他升為御史大夫，相當地信賴他。而晁錯經過縝密分析後，告訴景帝即位之初要特別提防的，便是劉邦的侄子——吳王劉濞。因為早先劉邦曾封劉濞做吳王，但之後不久就後悔了，而劉濞到達吳後，便野心勃勃地開始準備攫取皇位。等景帝正式即位後，劉濞已經暗中準備了四十來年，他不僅私自鑄錢、又煮鹽販賣，為了壯大自己的力量，還招納逃犯，謀反之心路人皆知，因此晁錯才會極力主張景帝削奪各王的封地，而這便是歷史上有名的「削藩」。

而聽從了晁錯建議的景帝，決定先削奪吳的會稽和豫章兩郡，劉濞眼見朝廷開始動手，自然不願束手就擒，便聯合各地諸侯王打著誅殺晁錯、安定國家的旗號反叛作亂。由於這次叛亂共有七個諸侯王參加，史稱「七國之亂」。

七國之亂平定之後，景帝趁機將王權收回中央，又大量裁撤王國的官吏數量。以後，各王國的諸侯王就成了只享受當地租稅的貴族階層，不再有行政權和司法特權。

〈景帝令二千石修職詔〉便是漢景帝劉啟寫給封國的國相，以及郡的太守們的一道詔令，在此篇文章中，漢景帝苦口婆心，並且身體力行的告誡諸位大臣切莫濫用職權、傷害百姓，如此一來國家方能安定、百姓才能合樂。

所謂的「詔書」是古代應用文的一種，是以皇帝名義所發的政府文件，但若國家有什麼大事，皇帝並不可以隨便叫身邊的尚書起草個聖旨，就詔告天下，而是要謹慎為之。而一旦詔書下達後，具體的技術性操作是必須由政府首腦「宰相」來負責，因為如此一來皇帝和宰相之間便有制衡，詔書也就不至於胡亂來。當然，也有皇帝獨裁的、也有宰相專權的，那多是個人原因或個別現象，並且是有悖制度或法理的。

名句的故事

在漢代的歷史上，「文景之治」的盛世是有目共睹的，而其中的「文」指的是漢文帝，而「景」便是本文的作者漢景帝劉啟。

劉啟是個正直賢明的皇帝，「善用人」是相當出名的，並且對於外戚的任用也非常的謹慎。例如竇嬰原是外戚，在七國之亂時，被封為大將軍，而竇太后幾次讓想讓景帝封竇嬰做丞相，但景帝總覺得竇嬰不太穩重，因此不惜得罪太后，最後還是讓更合適的衛綰做了丞相。

景帝為人也很寬厚仁慈，更不記舊仇，「張釋之」就是個很典型的例子。張釋之在景帝做太子時曾經阻止他的車進入殿門，因為他在進宮門時沒有下車，違反了當時的法令。後來這事讓文帝的母親薄太后知道了，文帝不得不摘下帽子認錯，承認自己教子不嚴。這使當時的景帝很沒面子，但景帝並沒有像很多昏君那樣，一即位便報私仇，反而還讓張釋之做了廷尉。

就是這樣的景帝寫出了「強毋攘弱，毋暴寡，老耆以壽終，幼孤得遂長」這句子。而這不禁讓我們想起了《禮運．大同》篇中描繪出的大同世界，以及其中的千古名句：「……人不獨親其親，不獨子其子。使老有所終，壯有所用，幼有所長，矜寡孤獨廢疾者皆有所養……」

歷久彌新說名句

「強凌弱、眾暴寡」是造成中國古代許多國家分裂的一個主因，更是一種雖不正常但卻普遍存在的社會現象，也因此漢景帝才會提出「強毋攘弱，毋暴寡，老耆以壽終，幼孤得遂長」，為我們描繪了一個美好的世界。雖然這未必能夠真正的完全實現，但是它始終應該是人類社會的一個目標。

像唐・白居易於〈養老〉一詩中說：「使生有所養，老有所終，死有所終也。」更比如電視劇《還珠格格》中，紫薇曾為乾隆寫過一段祝壽歌：「巍巍中華，天下為公，普天同慶，歌我乾隆。幼有所養，老有所終，鰥寡孤獨，有我乾隆。澤被蒼生，穀不生蟲，四海歸心，國有乾隆。仁慈寬大，恩威並用，舍我其誰，唯有乾隆……」雖然這文詞看來肉麻有餘、深度不足，但至少側面表明了由古至今，不恃強凌弱、老幼各有歸屬的「大同世界」，一直都是人們心中的「理想國」。

中國自古以來就倡導「老有所終，幼有所養」，形成了尊老愛幼的良好家庭道德傳統。誰不孝敬父母、善待子女，誰就會被世人唾棄為「缺德」，情節嚴重的還會受到法律的制裁。因此，尊老愛幼，不僅是每個公民必須遵守的道德準則，也是應盡的社會責任和法律義務。

同心而共濟，始終如一

名句的誕生

君子則不然[1]：所守者道義[2]，所行者忠信[3]，所惜者名節[4]。以之修身[5]，則同道[6]而相益[7]；以之事國[8]，則同心[9]而共濟[10]，始終如一。此君子之朋[11]也。

～宋．歐陽修〈朋黨論〉

完全讀懂名句

1. 不然：不是這樣。
2. 道義：道德、義理。
3. 忠信：忠誠、信用。
4. 名節：名譽、氣節。
5. 修身：修養自己。
6. 同道：志同道合。
7. 相益：互相幫助。
8. 事國：服務國家。
9. 同心：團結一心。
10. 共濟：同舟共濟。
11. 朋：朋黨。

君子卻不是這樣的：他們信守的是要有道德和義理，實行的是要有忠誠和守信用，愛惜的是要有名譽和氣節。君子都是用這些來修養自己的身心，所以就會志同道合，互相幫助；君子都是用這些來服務國家，所以就會團結一心、同舟共濟，而且始終如一了。這就是君子的朋黨啊！

文章背景小常識

什麼是朋黨呢？在中國歷史上，抱有同一政

見而互相結合的從政者，都會被敵對的一方指為「朋黨」，但是他們只是志同道合而已，所以和現今所說的有紀律、組織的政黨是不同的。而封建社會的君王，為了能駕馭群臣，都不喜歡臣子私下結成朋黨，所以朋黨就成了敵對雙方互相攻訐陷害的政爭手段。

宋仁宗慶曆三年（西元一〇四三年），保守派的呂夷簡、夏竦等人被罷免，仁宗進用杜衍、韓琦、范仲淹、富弼等一代名臣，於是得罪了呂夷簡、夏竦等人，他們就誣陷杜衍、韓琦、范仲淹、富弼等，都是結為「朋黨」的人，使得他們四人都相繼被貶。

當時歐陽修正在諫院擔任諫官，正直敢言，並要求政治改革，他是站在以范仲淹為首的這群革新派的一邊。他看到這種情形，就寫了這篇〈朋黨論〉進呈給仁宗。文中除了列舉了各個朝代興亡的事例外，主要在闡述：朋黨是有正邪之分的，君子是「以同道為朋」；小人是「以同利為朋」。而且身為一個聖明的君王，在治理國家時，應該「用君子的真朋，而退小人的偽朋」，希望君王在進用賢能的人時，不要再讓范仲淹等這般名臣被小人所誣陷而遭貶。仁宗看了這篇反覆論證、平易近人的〈朋黨論〉後，就感悟了。

名句的故事

歐陽修是北宋文壇的領袖，他在詩、詞、散文、書表等都卓然有成就，也是「唐宋八大家」之一，他一生之中寫過的不少文章中都留下了名句，「同心而共濟，始終如一」就是其中一句。

「同心而共濟，始終如一」光看字面上的意思就可以知道，無論是「同心」、「共濟」，它的意思都是同心協力一起做事，而且「始終如一」，不會改變。這種堅定的信心、信念，與做法，實在值得現代一些做事常常「三心二意」的人所仿效學習。而且這也是歐陽修在勸諫仁宗時所提出的君王治理國家時應該擢用的「君子之朋」。

推及到歷代，皆有這種「同心而共濟，始終

如一」精神的君子之朋政爭，例如舜時，進用臯陶、稷、契等二十二人為朋黨，使舜的天下大治。紂王時，因為他的暴虐，縱使有億萬個人民都有異心，所以紂亡國了；周武王時，臣三千人為一朋黨，反而使周興盛。所以《尚書》曾說：「紂有臣億萬，惟億萬心，周有臣三千，惟一心。」這也是與「同心而共濟，始終如一」精神相同的句子，但不像歐陽修所寫的這麼契合、簡約，由此也可看出歐陽修寫作語法的功力。

歷久彌新說名句

在二〇〇三年全台蔓延SARS期間，處處都是風聲鶴唳，無論是政府、醫院、慈濟等宗教團體，都無時不在呼籲民眾注意防範，如果不幸染上症狀，也先別驚慌，做好居家隔離，於是就在新聞標題裡有「同心共濟度災疫」字句，期使大家在SARS期間，人人都平安。

二〇〇四年末，面對人類最大災難的南亞海嘯悲劇，全世界都不約而同地發起慈善義賣、義演活動來募款，台灣、香港的影視明星也不落人後地舉辦慈善義演，「四海同心送關懷」，眾星一起慈善賑災，名歌手許冠傑還呼籲每個人要有「同舟共濟」的感覺。

當然，防災、救濟，這都是一時的事情，要同心共濟還算容易；像古人遇到艱險困阨，仍然能堅持到底，始終而如一，那可是不容易的，這才叫「時窮節乃見，一一垂丹青」。

古文觀止 100

真情流露

人之相知，貴相知心

名句的誕生

嗟乎！子卿[1]！人之相知，貴相知心。前書倉卒[2]，未盡所懷[3]，故復略而言之。

～西漢・李陵〈答蘇武書〉

完全讀懂名句

1. 子卿：蘇武的字。李陵和蘇武是同輩，以字相稱，表示尊敬。
2. 倉卒：倉促。
3. 懷：心懷，指心裏想說的話。

哎呀！子卿！人與人相交往，最可貴的就是以心相交啊。前一封書信寫得倉促，沒有能夠完全表達我的心情，所以在這封信中又一次和你說起我的感受。

文章背景小常識

李陵，字少卿，西漢隴西人，是著名的「飛將軍」李廣之孫。年輕時曾擔任過侍中（皇帝身邊的侍從官）、建章監（督工修繕柏梁台）等職。

李陵善於騎射，懂得禮賢下士，所以深受軍士的愛戴。西元前九九年，李陵隨李廣利出擊匈奴，被圍，糧盡援絕，不得已之下只能投降匈奴，並受到匈奴單于的厚待。而蘇武是在天漢元年，即西元前一○○年出使匈奴時被扣。當時李陵和蘇武同在漢朝做侍中，有很深的交情，李陵投降匈奴之後，匈奴單于曾多次派遣李陵去勸說蘇武，都沒有成功，而李陵最後則是病死於匈奴之地，終生再也沒有回到中原。

〈答蘇武書〉是李陵在接到蘇武寫給他勸他

回漢朝的信件後，所寫的回信。他在這封信中對蘇武傾訴了自己戰敗投降的經過、身處異鄉的孤獨，並且還譴責了漢朝對功臣的不義，以及自己為何不願歸漢的原因。

全篇語言流暢、情感豐富，讀來讓人覺得如同親面李將軍，聽他含冤忍辱的訴說，真可說是字字泣血、句句傳情、聲聲動人。

由於這篇〈答蘇武書〉，班固的《漢書．李陵傳》中並沒有收錄，加上該書中有一部分內容類似於司馬遷的〈報任少卿書〉，所以有人懷疑〈答蘇武書〉其實是後人的偽作。自唐朝劉知己在他的著作《史通》中提出疑問以來，〈答蘇武書〉的真偽問題一直是史學家和古文學家討論的一個熱點。而且直到現在，關於這個問題的討論還沒有得出一個定論。

但是，不管〈答蘇武書〉是真出自李陵之手，還是後人假託李陵之名所做的偽作，都不會影響它是一篇絕好的文章。

名句的故事

蘇武和李陵都曾做皇帝的侍從，二個人一直都是好朋友。蘇武出使匈奴的第二年，李陵投降了匈奴，由於他心中有愧，因此一直不敢求訪蘇武。

過了很久，單于派李陵到北海去勸說蘇武，李陵只好前去，然後為蘇武準備了酒宴和歌舞，在酒席間趁機勸他，說：「單于聽說我和你友誼一向深厚，所以讓我來勸勸你。我知道你一直在等待機會回漢朝，但卻至今無法回去，白白地在這荒無人煙的地方受苦，根本沒有一個人知道你的一片冰心，這是何苦呢？前些時候，你大哥因小過錯被皇帝處死，你的弟弟因無法完成皇上交付的任務而服毒自殺。我來匈奴時，你的母親也已不幸去世，夫人改嫁了，家中只剩下你的兩個妹妹和你的孩子們，現在過去了十多年了，他們的生死存亡尚不可知。人生短促得好像早晨的露水一樣，你何必這樣自找苦吃呢！況且皇帝年紀老了，神智不清，大臣無罪而被滅族的就有好幾十家，你究竟是為誰保留著氣節呢？聽我的話投奔匈奴吧！」

而一直在一旁默默聽李陵說話的蘇武終於開口了，他說：「我們家父子都沒有什麼功德，是靠皇上的提拔，才能成為皇帝的近臣，我常希望能為國獻身。現在能有犧牲自己以效忠國家的機會。即使受到極殘酷的刑罰，我也心甘情願，你就不要再勸我了。」

李陵眼見遊說不成，不死心地又陪蘇武喝了好幾天的酒，並不斷地勸說著，但蘇武仍舊不為所動地說：「我自己早是該死之人了，如果你一定要叫我投降，就請讓我今天和你盡情歡樂一天，然後我就死在你面前。」見到蘇武這樣忠誠，李陵也只能歎息道：「唉，你真是一位忠義之士啊，我和衛律真是罪惡滔天，我再也不勸你了。」然後哭著與蘇武告別。

幾年後，李陵再度到了北海，他告訴蘇武說：「匈奴在邊境捉到了雲中郡的漢人，那被捉來的漢人說，郡裡從太守以下，吏民都穿白衣帶孝，據說是皇帝死了。」蘇武聽了這話以後，便向著南方號啕大哭，直哭得吐出血來。他早晚哭弔，連續好幾個月。

歷久彌新說名句

交友應交心，歷來是人們的共識。所以，像「人之相知，貴相知心」這一類的話語，在中國古代的詩歌文章中可以說是俯拾皆是。比如，在成書於戰國初的《國語》中就有「同心則同志」的句子，而白居易認為交朋友應是「交心不交面」；王安石也說「人生樂在相知心」，而其他比較有名的還有「人生貴知己」、「結交貴知心」……等等，都是認為朋友間交往時互相交心是人生一大樂事，是非常可貴的。

美國總統林肯曾經說過：「人生最美麗的回憶就是他同別人的友誼。」亞里斯多德的話則更是精要：「友誼就是棲於兩個身體中的同一個靈魂。」而法國的羅曼．羅蘭在他的名著《約翰．克利斯朵夫》中更是提及：「忠誠的朋友是千金難買的。」可見，無論古今中外對知己都是同樣重視的。

回過頭來打量我們現在所處的社會。在我們現在生活的空間裏，大家都是忙忙碌碌，都在努力為自己奮鬥。然而，再忙碌的時候也無法遮蓋住內心的孤獨和寂寞，人人都希望自己能有個肝膽相照的朋友。但是，更多的人似乎只明白「交疏自古戒言深」，卻不懂得只有「腹心相結者」才可能成為知己。試問，如果每一個人都緊閉著自己的心門，不肯主動顯出自己的真心，走出第一步，只是等著別人將心捧過來，那麼，即便是「一人知己足平生」的願望，恐怕也是不可能實現的了。

外無朞功強近之親，內無應門五尺之僮

名句的誕生

外無朞功強近[1]之親，內無應門五尺[2]之童，煢煢[3]獨立，形影相吊[4]。而劉[5]夙嬰[6]疾病，常在床蓐[7]，臣侍[8]湯藥，未嘗廢離[9]。

～西晉・李密〈陳情表〉

完全讀懂名句

1. 朞功強近：指關係親近的親戚友人。
2. 應門五尺：指侍奉的童子僕人。
3. 煢煢：孤獨的樣子。
4. 吊：慰問，陪伴。
5. 劉：此處指作者的祖母劉氏。
6. 嬰：圍繞、纏繞，此處指疾病纏身。
7. 床蓐：即床褥。
8. 侍：侍奉。
9. 廢離：停止，離開。

我在外面沒有比較親近的親戚，在家裏又沒有照管門戶的僮僕，自己孤孤單單地一個人生活，每天只有與自己的影子相互安慰。而祖母很早就疾病纏身，常年臥床不起，因此我時時侍奉她吃飯喝藥，從來沒有離開過她。

文章背景小常識

「陳」是陳述的意思，「情」則有多層意義：首先指情況（事實）；當然也有衷情（孝情、苦情、忠情）；另外還有情理（忠孝之道），正所謂「情以動人」；表是古代一種重要的議論文體，議論文是指以議論說理為主的文章，包括論點、論據、論證三要素。李密的這篇〈陳情表〉便是結合這三者而成的千古名篇。

李密字令伯，一名虔，今四川彭山人，自幼喪父，母改嫁，全賴祖母劉氏撫養成人。他原是蜀漢後主劉禪的一名郎官，但司馬昭滅蜀漢後，李密成了亡國之臣，便在家專心供養祖母劉氏，而他的「孝」名，早聞名於鄉里之間，就算被地方推薦為「孝廉」和「秀才」，但為了侍奉祖母，他一直都未曾去應詔。

西元二六五年司馬炎即帝位，改國號為晉，是為晉武帝。此時晉武帝為了想穩定局勢、籠絡西蜀人士，便打起了「以孝治天下」的旗號，大力徵召西蜀名賢到朝中做官，而以「孝」聞名的李密自然是不二人選。但李密原是蜀漢的舊臣，國家滅亡才三、四年，難免感傷未逝，再加上司馬氏陰險多疑，對前朝臣子改事新朝之事難免會帶有戒心，所以他深思之後決定辭退晉武帝的任命，因此才會寫下了〈陳情表〉這篇表文，再次以祖母年高無人奉養為理由婉言辭謝。

李密的作品大都佚失，流傳至今的只有〈陳情表〉及〈賜錢東堂詔令賦詩〉。〈陳情表〉一文則以「孝」為中心點，本著宗法人倫的綱常為主骨，通篇措詞委婉，無一字虛言藻飾，情真意切、感人至深，一向被人所傳誦。有人曾說：讀〈出師表〉不落淚者其人必不忠，讀〈陳情表〉不落淚者其人必不孝；足見此篇文章的強烈感染力。

名句的故事

其實由於李密早有孝名，因此入晉後，蜀地先後兩名地方官都曾推薦他做官，可李密卻不肯出仕而藉故謝絕。但由於司馬炎求才若渴，再加上格外看重他的「孝名」，因此特地下了一道詔書，要李密做供職於宮廷的郎中，可李密依然沒有答應。甚至，晉武帝又改詔他為顯要的太子官屬洗馬，只是李密仍藉口推辭。

而李密此舉終於惹惱了晉武帝，因此他親自下令，指責李密傲慢，並讓地方官日夜進逼，聲稱如再遲緩，就要逮補他下獄，甚至按律問斬了。晉武帝此舉使李密左右為難：出去做官吧，仍懷戀故國，而且這麼出去，也將大丟顏面；不出去吧，又是會被殺頭的。經過深思之後，他特意迎合晉武帝「以孝治天下」為主旨，說他幼時「伶仃孤苦……煢煢孑立，形影相吊」，多虧了老祖母把他撫養長大，若沒有老祖母，就沒有今天的他。而今，老祖母已九十六歲，又長年臥病在床，沒有他，祖母怎麼度過晚年？他才四十四歲，報效國家的日子還長，而孝敬祖母的時間已不多了，所以懇請司馬炎體諒他的苦衷。

武帝讀了這篇文章後，深深被李密的孝心所感動，不僅讚歎不已地說道：「士之有名，不虛然哉！」更下詔李密留養祖母，並賜奴婢二人，使郡縣供其祖母奉膳。而李密便如此照顧著祖母，直到祖母百年之後，才以洗馬徵召入京，忠孝兩全。

歷久彌新說名句

「外無朞功強近之親，內無應門五尺之僮，煢煢獨立，形影相吊」這句話其實經常分開使用；「煢煢獨立」是形容人孤苦伶仃，沒有依靠的樣子，有時也寫成「煢煢孑立」，而「形影相吊」早在三國時曹植的〈上責躬應詔詩表〉一文中出現過：「形影相弔，五情愧赧。」也同樣是指孤單、孤苦的意思，有時也寫成「形影相顧」、「形影相依」。

後來文人們在形容自己的孤單身世，或者是不被人理解、不被人重用時，也多會使用這些詞句，甚至時至今日，都依然還有人在使用。

不過現今有許多學生在寫作文時，常常不多假思索句子的原意而照本宣科，曾有人在寫及「我的家庭」時直接將「外無朞功強近之親，內無應門五尺之僮，煢煢獨立，形影相吊」之句放入文章中，不但與自身的家庭情況不相符合，顯得有些不倫不類，並且也讓老師們哭笑不得。

生當隕首，死當結草

名句的誕生

臣生當隕首[1]，死當結草[2]。臣不勝犬馬怖懼之情，謹[3]拜[4]表以聞！

～西晉・李密〈陳情表〉

完全讀懂名句

1. 隕首：指犧牲生命。
2. 結草：指結草銜環。
3. 謹：恭敬的。
4. 拜：呈遞。

我活著當為陛下獻出生命，死了也要像結草老人一樣來報答陛下的恩情。臣下我懷著牛馬在主人面前一樣不勝恐懼的心情，恭敬地呈上此表，讓聖上聽聽我內心的想法。

名句的故事

「結草」的典故始出於《左傳・宣公十五年》，講述一段關於報恩的故事。

春秋時，有一位名大夫魏武子初生病之時，特地將兒子魏顆召至床前並對他說：「我死後，你可將我的寵妾嫁出去。」但當魏武子真正病危時，卻又對兒子說：「我死後你一定要讓我的寵妾殉葬。」等到魏武子真的死後，魏顆於心不忍，於是便沒有遵從父親的遺言讓她殉葬，而是將這個寵妾嫁了出去，並對她說：「人病危時往往會神智不清，而只有神智清楚時說的話才可聽從。」

後來在秦晉輔氏之戰的時候，魏顆奉命要將秦國的勇力杜回抓獲，但卻怎麼也逮不著他。正當此時，突然見一個老人將地上的草打了結，使得在逃跑中的杜回因此而絆倒，讓魏顆得以順利抓獲杜回。

捉獲杜回的那個晚上，魏顆在睡夢中，忽然夢到有個老人告訴他：「其實我是你父親那名寵妾之父，當初只因你的仁心使然，讓我的女兒沒有陪著你父親殉葬，而能有一個好的歸宿，因此我今天是特地來報君子對我女兒的不殺之恩的。」

而與「結草」相類似的，還有一個「銜環」。「銜環」的典故是出自南朝梁吳均《續齊諧記》。漢時，有一人名為楊寶，他曾救治過一隻遭鴟梟襲擊的黃雀，黃雀傷癒飛走了。某夜，突然有一個黃衣童子贈楊寶白環四枚，楊寶想了許久之後，才明白這個黃衣童子原來就是黃雀的化身。

自此以後，人們就多以「結草」，或「結草銜環」來比喻有恩必報，而李密在本文中便是使用了這個典故。

歷久彌新說名句

「結草」一詞在中國歷代文學中經常被人頻繁地使用著，如晉代薛瑩的〈獻詩〉中就有「死唯結草，生誓殺身」的句子，表達的也是無論生死都要報答恩情的意思。北宋著名的文人蘇軾在〈送蔡冠卿知饒州〉中也有「知君決獄有陰功，他日老人酬魏顆」，更是直接套用了「結草」的典故。

雖然隨著時代的發展，已較少人知道並使用「結草」的典故，大多是在開玩笑時會說到：「你對我的大恩大德，來生我一定結草相報。」而有趣的是，「結草」其實並非只用在人對人，或動物對人的報恩之時。因為在象棋之中，也有一個格局叫「結草」。

象棋中的「結草」是指一方利用抽將的戰術手段，將對方的主帥逼到絕路，然後讓雙馬連環做成炮架，將死對方而後得到勝利的方式。之所以叫「結草」的原因，是因為其中雙馬連環相扣，在最危機關頭反敗為勝，挽回了整個局面，正寓意著「結草銜環」拯救了己方的主帥。

皇天后土，實所共鑑

名句的誕生

臣之辛苦[1]，非獨[2]蜀之人士，及二州[3]牧伯[4]，所見明知；皇天后土，實所共鑑[5]。願陛下矜愍[6]愚誠[7]，聽臣微志[8]。庶[9]劉僥倖，卒保餘年。

～西晉．李密〈陳情表〉

完全讀懂名句

1. 辛苦：辛酸苦楚。
2. 獨：僅有。
3. 二州：指蜀地的益州和梁州。
4. 牧伯：州屬長官。
5. 鑑：親眼目睹。
6. 矜愍：憐憫。
7. 愚誠：愚昧至誠。
8. 微志：小小的心願。
9. 庶：表達期望。

我的辛酸苦楚，並不僅僅是蜀地的百姓及益州、梁州的長官所親眼目睹、內心明白，連天地神明也都看得清清楚楚。希望陛下能憐憫我愚昧至誠的心，滿足臣下我一點小小的心願，使祖母劉氏能夠僥倖地保全她的餘生。

名句的故事

在中國的民俗傳統中，「皇天后土」被置於崇高無上的地位，它是人們信仰和祭祀的中心，「皇天」是天陽男神之別稱，「后土」則是土地女神。

不過在早期，「后土」曾是專指由歷史產生

的神明名字，而且「后土」是一位男神的名字。這位男神有個在中國神話中有名的父親，即是與黃帝爭帝、怒觸不周山的共工氏，更有一個神話中有名的孫子，就是那位曾鍥而不捨追太陽的理想家「夸父」。

從商周到明清，國家祭祀的神明為「社稷」，社是「土神」，而稷則是「穀神」。商周時代特別重視對社稷的祭祀，並把它看成是統治天下的象徵。

漢代以後，「后土」也被歸入國家祭祀之列，民間開始建立后土祠，再往後，后土的性別也由男轉女，人們都稱其為「后土娘娘」，與天帝合稱，則叫「皇天后土」。

不管「后土」是男是女，自此後「皇天后土」成為中國古代民間祭拜的主要神靈，傳說炎帝還了一首有名的〈蠟祭歌〉，表達了希冀得到天神與土神的庇佑，以及風調雨順，五穀豐登的願望。

在民間文化中「皇天后土」也占有很重要的地位，在許多的軼聞、小說之中，我們常可看到主角在發誓時總喜歡說：「皇天后土，天地共鑑。」至今都還有人這樣使用哦！

歷久彌新說名句

「皇天后土，實所共鑑」這一句在李密用過後即成了表明自己赤誠之心的名句，被後代廣泛使用，特別是在武俠小說中，角色人物經常將這句話掛在嘴邊以顯示自己的江湖義氣。

例如有名的金庸小說《天龍八部》，當喬峰在被丐幫弟兄誣為殺害副幫主馬大元的兇手時，曾在杏子林丐幫大會上有一段自白：「我和馬副幫主交情雖不甚深，言談雖不甚投機，但從來沒存過害他的念頭。皇天后土，實所共鑑！」這幾句話說得這麼的誠懇並且鏗鏘有力，著實顯示出主角莽莽蒼蒼的英雄氣概，任誰都不能再對他有絲毫懷疑。除此之外，書中還多處使用「皇天后土，實所共鑑」之語，來表達主角們義結金蘭時的決心和坦然心胸。

「日月光輝，恩澤蒼生；皇天后土，孕育華夏。」皇天后土孕育了中華民族，崇拜「皇天后土」的思想至今在中國人心中仍是很重要的一個部分，甚至已經融入了民族的遺傳基因。像現代作家周同賓的散文集便叫《皇天后土》，而很多年以前，著名的邵氏電影公司也拍過一部叫《皇天后土》的電影。

視茫茫，髮蒼蒼，齒牙動搖

名句的誕生

吾年未四十，而視茫茫[1]，而髮蒼蒼[2]，而齒牙動搖。念諸父與諸兄，皆康彊[3]而早世，如吾之衰者，其能久存乎？

～唐．韓愈〈祭十二郎文〉

完全讀懂名句

1. 茫茫：不明的樣子。
2. 蒼蒼：斑白的樣子。
3. 彊：音ㄑㄧㄤˊ，通「強」，壯盛、健壯的意思。

我還不到四十歲，卻視力已經模糊，頭髮已經灰白，牙齒都有點鬆脫。想到父親、叔父以及哥哥們，身體都很強壯，但卻都很早就離開人世，像我這樣衰弱的身子，還能夠活多久呢？

文章背景小常識

祭文就是祭祀時所誦讀的文辭，表達人們對逝者的哀悼之情。祭文的內容通常包括逝者的輩份、與生者的關係、過逝的原因、逝者的生平與事蹟、生者的哀痛，以及對逝者的哀贊等等。古人撰寫祭文時，有一套固定的格式，多駢文或四言韻文。但是韓愈寫祭文，則一如他提倡古文運動作風，又從古文中創新出自己的風格，〈祭十二郎文〉就是「去傳統」的又一證明。

〈祭十二郎文〉並沒有稱頌文中的主角十二郎，反倒是看見韓愈一滴又一滴的淚水，透過日常生活瑣事的描述與回顧，傾訴自己痛失親人的悲傷，字裡行間都是刻骨銘心的骨肉真情，後人方有「讀韓愈〈祭十二郎文〉不落淚者不慈」的註腳。本文在寫作形式上採用散文風格，不拘常規，用詞或長或短，情之所至而文思亦至，因此有「祭文中千年絕調」之贊。

韓愈的母親生下他後兩個月便過世了，而父親在韓愈三歲時也離開人世，實際上是長兄、長嫂把韓愈撫養長大。韓愈的長兄膝下無子，次兄則有一個兒子，名為老成；韓老成在家族同輩中排行第十二，故稱十二郎。十二郎依照禮法過繼給韓愈的長兄為子，因此韓愈與十二郎自幼相守，兩人雖然是叔侄，卻情同手足。只是韓愈的仕途並不順遂，多次遭到貶謫，四處漂泊、居所無定，所以很少與十二郎見面。等到韓愈的仕途有起色時，卻突然傳來十二郎病亡的噩耗，致使韓愈悲痛不已，提筆寫下〈祭十二郎文〉。

名句的故事

「視茫茫，髮蒼蒼，齒牙動搖」，這是韓愈年未四十的自我寫照。韓愈對於學問可說是日以繼夜地下功夫，他自己也說：「飲啖惟所便，文章倚豪橫。爾來曾幾時，白髮忽滿鏡。」（韓愈〈東都遇春〉）讀書倒真的深深影響他的健康問題。且韓愈詩〈落齒〉也寫道：「去年落一牙，今年落一齒。俄然落六七，落勢殊未已。餘存皆動搖，盡落應始止。」韓愈的齒牙動搖已經這麼嚴重了。用醫學的角度來看，韓愈的身體至少有兩種疾病。

首先，韓愈吃檳榔是真的，這件事情也深深影響到他的健康。從〈祭十二郎文〉來看，韓愈患有牙周病，可能就是吃檳榔引起的，因此他才壯年就已經「齒牙動搖」。另外從醫學角度來看，韓愈也可能有腎虛弱的問題；腎虛弱的人會有四肢寒冷、頭暈視茫、髮脫齒搖等症狀。套一句顏元說的話：「終日兀坐書房中，萎惰人精神，使筋骨皆疲軟，以至天下無不弱之書生，無不病之書生。」好學不倦誠然值得欽佩與學習，但是整天把時間花在書房中，卻沒有去鍛鍊自己的身體，長久下來健康勢必會受到影響。

韓愈會提起自己此番形狀，想必對身體狀況也感到無奈吧！與其說這句話是韓愈的自我寫照，也可以用來形容這是他接到十二郎過世的噩耗，一時之間覺得自己老了很多歲的心情。在這短短的文中，韓愈一連用三個「而」字，說明自己身體的病弱，「而視茫茫，而髮蒼蒼，而齒牙動搖」，不僅加重了語氣，讀起來鏗鏘有力，更加強了作者的傷痛感。

歷久彌新說名句

在眾多詩人中，也有幾位與韓愈同樣有年未四十的憂慮與頹喪的心情。白居易在〈隱幾〉說：「百體如槁木……方寸如死灰……行年三十九，歲暮日斜時。」蘇軾在〈除夜病中葭屯田〉也說：「龍鍾三十九，勞生已強半。」三十九歲在現代人的標準中，方值青壯時期，卻沒想到這些人都有已過半生、槁木死灰的感受了。

莊永明先生在寫《台灣諺語淺釋》第四集的自序中消遣自己，他說：「想不到，年齡距半百，還有一段距離，竟然在一年內衰老得如此神速：『視茫茫，髮蒼蒼，齒牙動搖。』我已『享受』了兩項，唯有頭髮尚未蒼蒼。」知名作家夏丏尊也在〈中年人的寂寞〉一文中，起頭便說：「一到中年，就有許多不愉快的現象，眼睛昏花了，記憶力減退了，頭髮開始禿脫而且變白了，意興、體力什麼都不如年輕的時候。」這些人與韓愈都有共鳴之處，看來歲月真的不會饒人，少壯豈能不努力！

一在天之涯，一在地之角

名句的誕生

吾行負[1]神明而使汝夭，不孝不慈，而不得與汝相養以生，相守以死；一在天之涯，一在地之角，生而影不與吾形相依，死而魂不與吾夢相接。

～唐．韓愈〈祭十二郎文〉

完全讀懂名句

1. 負：違背。

我的行為違背了神明所以才使你早死，我不孝順、不慈愛，所以才無法和你相互照顧生活在一起，守護到死；一個在天涯，一個在地角。你活著的時候身影無法和我的形體相依靠，死後靈魂也不到我的夢中來相會。

名句的故事

對於韓愈而言，無論十二郎是因何而死，他都是萬分自責，自責自己一定不孝順、不慈愛，自責到認為自己的行為一定觸犯了神明，才會導致十二郎年紀輕輕就離開人世。因為他到京城之後，第一個四年才回去探望十二郎，第二個四年時，就是他的大嫂、十二郎的母親過世；再過兩年，是十二郎來探望他。之後都因為時機不對，一直都沒有見面，等到韓愈仕途不遂，有心要回去與十二郎生活時，噩耗就傳來了。

韓愈在〈河之水二首寄子侄老成〉便說：「我有孤侄在海陬，三年不見兮使我生憂……我有孤侄在海浦，三年不見兮使我心苦。」看來韓愈早就心生「一在天之涯，一在地之角」

的惆悵、遺憾，為了求得官祿，他必須遠離自己的親人，此時此刻，「死亡」更加深了這個空間的距離。從這首詩其實看得出來，即使有空間上的距離，叔姪心靈之間，究竟還是相守相依的。而韓愈更難過的應該是，如果死後，十二郎沒有到他的夢裡與他相會，對他而言，這恐怕是一個更大的處罰。

歷久彌新說名句

最早用「天涯」一詞來形容天的盡頭的是三國時期曹植〈升天行二首〉的詩句：「中心陵蒼昊，布葉蓋天涯。」而最早同時提出天涯、地角兩個詞的是南朝陳徐陵，他在〈武皇帝作相時與嶺南酋豪書〉中這樣寫到：「天涯藐藐，地角悠悠，言面無由，但以情企。」而從古代的詩句中，我們似乎也可以找到「天涯地角」，不過那恐怕是真正的地名，晚唐詩人雍陶有一首詩〈再經天涯地角山〉：「每憶雲山養短才，悔緣名利入塵埃。十年馬力行多少，兩度天涯地角來。」有人花了十年的馬力，離開天涯地角山這個地方，追求名利；「天涯地角」顯然是指真正的地名。

後人常用的成語「天涯地角」，其實就是從「一在天之涯，一在地之角」精鍊出來，原本指偏僻遙遠的地方，後來被比喻為無法到達的遙遠地方，代表著人們追尋的夢想的終點，是一種象徵。例如宋朝的晏殊作有〈玉樓春〉一詞，就寫道：「天涯地角有窮時，只有相思無盡處。」天有盡頭、地也有盡頭，只有我的相思沒有盡頭。多麼感人的句子！

死而有知，其幾何離

名句的誕生

毛血[1]日益衰，志氣[2]日益微，幾何不從汝而死也！死而有知，其幾何離；其無知，悲不幾時，而不悲者無窮期矣！

~唐・韓愈〈祭十二郎文〉

完全讀懂名句

1. 毛血：指體力。
2. 志氣：指精神。

體力一天比一天更加衰弱，精神一天比一天更加萎靡，不也即將跟著你死去嗎？死後如果有知覺，那麼分離的日子也不會久了；死後如果沒有知覺，那麼悲傷的日子雖然不多，但是不悲傷的日子卻沒有盡頭呀！

名句的故事

「日復日，夜復夜。三年不見汝，使我鬢髮未老而先化。」（韓愈〈河之水二首寄子侄老成〉）這是韓愈對於十二郎思念的寫照。思念呀催人老，韓愈開始算起自己何時可以與死去的十二郎相見，在計算悲傷到底還有多久的日子。

韓愈在貶謫潮州、路經藍關的時候，遇到十二郎的孩子韓湘，韓湘也是我們熟悉的八仙之一的韓湘子。他寫了一首詩〈左遷至藍關示姪孫湘〉，詩是這樣說的：「一封朝奏九重天，夕貶潮州路八千欲為聖朝除弊事，肯將衰朽惜殘年。雲橫秦嶺家何在，雪擁藍關馬不前。知汝遠來應有意，好收吾骨瘴江邊。」韓愈此次被貶可是晴天霹靂，他認為姪孫韓湘老遠來送他，一定是怕他死在瘴氣籠罩的江邊，而特地趕來為他收拾屍骨。

就如同韓愈自己說的「不悲者無窮期矣」，十二郎死後多年，韓愈仍舊飄蕩不定，不悲傷的日子確實沒有盡頭。而侄孫韓湘從小由他自己撫養長大，天性不喜歡讀書，喜歡學習仙道，所以也沒有陪伴在韓愈的身邊。他們在藍關遇到時，隨即煮酒論詩，徹夜長談，韓愈隔天醒來，韓湘也早已離去。

歷久彌新說名句

韓愈說「死而有知，其幾何離；其無知，悲不幾時，而不悲者無窮期矣」，帶著無盡的遺憾。那麼死後到底有沒有知覺呢？死後人的靈魂到哪裡去了？

封倫原本是隋朝大臣，負責修繕宮殿，出手窮極奢華。後來隋朝滅亡，封倫歸順唐朝。一天，唐高祖李淵向他感慨道：「古代的君主耗盡百姓的人力、財力，大興宮廟、墳墓，到底有什麼用處？」封倫一聽，立刻瞭解李淵是講求節儉的，所以他馬上說：「古代墳墓，凡是裡面埋藏有眾多珍寶的，都很快被人盜掘。若是人死而無知，厚葬全都是白白地浪費；若人死而有知，被人挖掘，難道不痛心嗎？」李淵因而下令以後葬禮的施行一切從簡。只是，喪禮雖然從簡，修墓的事情還是會繼續進行，因為傳統上中國人是相信死後有知的。

又例如，中國傳統上會為死者立下神主牌，並供奉、祭祀神主牌位，因為我們相信死後的先靈在另一個世界是有知的，所以會常常上香，還會燒紙錢給往生者，就是認為他們的世界也是有這些需要。我們遇到欣喜的事情或困難的事情，都會向祖先秉告，常常會說「祖先庇祐」。從這一個角度來看，中國人相信死後是有知的，也據此勉勵人人行善，以免死後無顏面對先人。

反之，東漢的王充被視為中國主張無鬼論的第一人。王充在《論衡．論死篇》說：「世人謂人死為鬼，有知，能害人。試以物類驗之，人死不為鬼，無知，不能害人。」可見王充堅決反對人死為鬼的立場。他又提出「精氣聚散」的說法：「人死血脈竭，竭而精氣滅，滅而形體朽，朽而成灰土，何用為鬼？」他認為人死了之後，血脈將會枯竭，精氣自然會渙散，當精氣渙散殆盡後，則形體朽滅化為灰土，精神也將無所寄託，怎麼會有鬼的出現呢？這就是死後無知的見解了。只是這些屬於宗教、科學的論述，仍然消除不了我們對親人的思念，這才是文學的可貴呀！

言有窮而情不可終

名句的誕生

嗚呼！言有窮而情不可終，汝其知也邪？其不知也邪？嗚呼哀哉！尚饗[1]！

～唐・韓愈〈祭十二郎文〉

完全讀懂名句

1. 尚饗：希望死者享用祭品，是祭文中常用的結語。

唉，話有說完的時候，悲痛之情卻無法終止。你究竟知道呢？還是不知道呢？真是令人悲傷呀！希望你來享用這些祭品吧！

名句的故事

這篇祭文最突出的特色就是由一個「情字」所貫穿，如同作者自己在最後所下的結語：「言有窮而情不可終。」韓愈從自己的身世、仕途的不遂，說到與十二郎之間的關切情誼，說到日後他們兒女的撫養、嫁娶，韓愈行文沒有修飾、渲染，骨肉至情深切，也讓讀者更加地感受到他的哀痛。

「嗚呼」、「嗚呼哀哉」，韓愈巧妙地運用這一短、一長的文字，讓讀者從字裡行間看到他的感情起伏變化，甚至可以感受他呼天搶地的哭聲。韓愈非常擅用語助詞，通過「而」、「也」、「矣」、「邪」、「於」等等字詞的協助，語氣抑揚頓挫，整篇文章非常具備感染力。不僅僅表現出「言有窮而情不可終」，更表達出「字有數而義不可限」的張力。

歷久彌新說名句

寫文章時說「言有窮而情不可終」，就像我們常常說的「紙短情長」，深長的情意，非筆墨所能盡述；我們也可以說「一切盡在不言中」，滿腹的辛酸淚水，都不是言語所能表達，因為言語有用盡的時候，感情卻是沒有盡頭的。這個情除了是悲傷之情，也可能是男女之情，也可能是憤恨之情。

最近網路上流傳一篇《紅樓夢詩詞鑒賞》（北京出版社出版）的序文，序文的主題是：「怎一個癡字了得」。其中形容曹雪芹之於富貴功名種種的感想，筆者寫道：「言有窮而憤不可終，汝其知耶?汝其不知耶？」這個情便帶有憤恨之情，一種對於疲於人世的情懷。

有篇文章〈祭華航空難罹難者〉，是一位署名彭士彥的作品，文章中有句似乎是模仿韓愈這句名言的寫法，他說：「一字一痛，言有窮而情不可終。願生者安，亡者息。嗚呼哀哉！尚饗！」又例如，現任立委章孝嚴先生在一九九一年七月三十一日時曾於《聯合報》發表過一篇文章，是追悼蔣孝武先生的過世，他引用了韓愈這句話。章先生這樣寫道：「我在這裡追念你，使我想起韓愈〈祭十二郎文〉裡最後的一句話：『言有窮而情不可終，汝其知也耶?其不知也耶?』而我相信，孝武兄你天上有知，一定能體察到，我們對你的追思，是深切而久遠的。」這句名言用在追念上，很容易挑起我們心中無限的沉思與哀悼，確實非常成功。

大凡物不得其平則鳴

名句的誕生

大凡物不得其平則鳴。草木之無聲，風撓[1]之鳴；水之無聲，風蕩[2]之鳴，其躍也，或激[3]之；其趨也，或梗[4]之；其沸也，或炙[5]之；金石之無聲，或擊之鳴。

～唐・韓愈〈送孟東野序〉

完全讀懂名句

1. 撓：吹動。
2. 蕩：搖動、擺動。
3. 激：阻遏水勢。
4. 梗：堵塞。
5. 炙：燒煮。

大抵各種事物處在不平衡的時候，就會發出聲音。草木本來沒有聲音，風吹動它就發出聲響。水本來沒有聲音，風擺蕩它就發出聲響，水的跳動是因為有東西阻礙它；水流奔急是因為有東西阻塞了它；水會沸騰是因為有火在燒煮它。金屬石器本來沒有聲音，有東西敲擊它就發出音響。

文章背景小常識

「序」是古文文體之一，分為「書序」與「贈序」。書序是用來說明自己或他人著作的撰述旨趣、寫作經過或者內容綱要，例如《史記》的〈太史公自序〉、許慎的〈說文解字序〉。請別人為自己的書寫序，起於晉朝時期的文學家左思。相傳左思花了將近十年的時間完成〈三都賦〉，他自認為名氣不夠，所以請當時有名的學者皇甫謐為他寫序，這篇序文讓〈三都賦〉受到重視，加上左思文采不凡，一時人人爭相傳抄，造成「洛陽紙貴」的盛況。

由書序逐漸延伸出一專為飲宴、餞別賦詩而作的「詩序」，例如晉朝王羲之的〈蘭亭集序〉，再由「詩序」發展出「贈序」，專為送行而寫，不一定有詩，旨在敘述情誼、勸慰告別、相互勉勵等等臨別贈言，「贈序」在唐宋非常盛行。韓愈的〈送孟東野序〉即是其一。

孟郊字東野，中唐著名詩人，屢試不第，四十六歲才考上進士，五十歲時才被授官為溧陽縣尉。孟郊赴任前，韓愈為他撰文送行，整篇文章運用比興手法，從「物不平則鳴」，寫到「人不平則鳴」。我們很少看到韓愈在文中直陳孟郊的遭遇，但是不經意流露出對朝廷用人的不滿，全文充滿言在此而意在彼的手法。

名句的故事

韓愈直接發言：「大凡物不得其平則鳴。」開門見山，直接有力。然而這與傳統中國人「息事寧人」、以「和」為貴的傳統作風，似乎有段距離，《幼學瓊林．訟獄類》記載：「世人惟不平則鳴，聖人以無訟為貴。」所以即使如韓愈之狂狷，他於文中仍舊是採取迂迴之術而鳴。

孟郊究竟有多少不平之事，可以讓韓愈這樣公開說「物不平則鳴」？孟郊第一次入京考試，韓愈登第、他落第；第二次應考，柳宗元、劉禹錫登第了，他卻還是落第；他第三次應試時，已經是四十六歲的中年人，這次他終於榜上有名。遺憾的是，孟郊一直到五十歲，才被分發去做一個小小的溧陽尉。怪不得東野先生的詩作，始終充滿作為寒族士子不得志伸張的悲鳴之聲。

韓愈認為孟郊是一個「善鳴」的詩人，但是在「鳴國家之盛」與「自鳴其不幸」之間，孟郊選擇了後者，韓愈自然給予深厚的同情，所以在文章中勸孟郊不必因為處順境或逆境，感到歡喜或悲傷。孟郊的詩當世人將他定格為「苦吟」，元好問甚至嘲笑他是「詩囚」，蘇東坡則有「郊寒島瘦」的評語，倒是明朝人鍾惺有不同的見解：「孟東野詩有孤峰峻壑之氣，高則寒，深則寒，勿作貧寒一例看。」無論如何，透過孟郊詩中的「寒」、「貧」、「苦」，我們才能看到唐朝社會更深沉的另外一面。

歷久彌新說名句

歷史上文人會發出不平之鳴者，大有人在。《介存齋論詞雜著》有所謂：「稼軒不平之鳴，隨處輒發，有英雄語，無學問語，故往往鋒穎太露。」稼軒就是南宋有名的愛國詩人辛棄疾。辛棄疾出生時北方已經淪陷，他積極從事抗金事業，洋洋灑灑寫出許多文章上奏朝廷，陳述抗金大計，但是卻遭受小人排擠，終究被革職罷官，抑鬱而終，所以詞中充滿了不平之鳴。

另外，又例如曹雪芹在《紅樓夢》第五十八回也這樣描述，寶玉道：「怨不得芳官。自古說：『物不平則鳴』。她少親失眷的，在這裏沒人照看，賺了她的錢，又作賤她，如何怪得。」這樣的抗議方式當然不像之前文人用文、用詩、用書等來表達不平，這裡是直接發聲抗議了。

古人的不平則鳴，通常是關涉個人的遭遇罷了，所以往往只是發之為文，傳誦千古，引起後人無限的感傷；千百年之後，我們社會也有「不平則鳴」，只是人們選擇的是靜坐、遊行、抗議、示威、丟雞蛋、潑油漆……，看來「不平」依舊，「則鳴」是越來越進步了。只是這樣鳴完之後，在文學史上能否留下什麼不朽之作，供後人憑弔呢？

與其有譽於前，孰若無毀於其後

名句的誕生

與其有譽於前，孰若[1]無毀於其後；與其有樂於身，孰若無憂於其心。

～唐・韓愈〈送李愿歸盤谷序〉

完全讀懂名句

1. 孰若：何如、不如。

與其現在享有美譽，不如往後不會遭受毀謗；與其現在享受形體上的快樂，倒不如以後心裡沒有任何擔憂。

文章背景小常識

本篇文章寫於韓愈三十四歲時，是屬於「贈序」，也是一篇抒情的散文名作，描寫上多用排比對偶句，透過詠歎對話的形式，淋漓盡致表達出對現實的不平。這篇文章是唐宋八大家古文運動的代表作，宋代文豪蘇軾曾經在〈跋退之送李願序〉中讚美韓愈：「唐無文章，唯韓退之〈送李愿盤谷〉一篇而已。」可見此文所受到的重視程度。

李愿是韓愈的朋友，雖然有志於功名，卻不得志，因此在唐貞元十七年毅然告別同鄉，隱居盤谷，號盤谷子。韓愈在當時是擔任監察御史，他作了〈送李愿歸盤谷序〉一文為朋友送行，文中巧妙地運用李愿的話而還之於李愿。在韓愈文章中的李愿，道出作官有三種人。第一種就是人稱「大丈夫者」，屬於作官得志的人，在朝廷裡面受到重用，出外時前呼後擁，非常威風；第二種是出仕不遇而選擇退隱者，這種人因為懷抱著「與其有譽於前，孰若無毀於其後；與其有樂於身，孰若無憂於其心」的心態，所以怡然自得，而且指出自己就是選擇這條路；第三種人是投機者，屬於趨炎附勢、為權勢奔走的人。

韓愈在文末作結語，透露出「清者自清，濁者自濁」，他充分呼應李愿，實也是藉李愿之口，諷刺當時的政治生態，有懷才不遇的感慨。時至今日，這樣一個屬於隱士的地方有個盤谷寺，這座寺廟不僅擁有清朝乾隆皇帝親書的韓愈〈送李愿歸盤谷序〉，還有乾隆親筆書寫的〈盤谷考證〉及「名山勝」四個大字。盤谷寺可真得因韓愈、李愿而聲名遠播。

名句的故事

「與其有譽於前，孰若無毀於其後；與其有樂於身，孰若無憂於其心」，這句話充分顯示出韓愈與李愿懷才不遇後自我安慰的心態，卻也對官場「風水輪流轉」的瞭然異常深刻。事實上，韓愈藉著讚美退隱者的清高，對那些奔走於權勢顯赫之門的小人給予斥責，文章寫得銳利，卻又不動聲色，這正是韓愈高明之處。

換句話來說，這篇文章的根基應該是「窮則獨善其身，達則兼濟天下」，也就是出自孟子的理想。李愿因為「不能遇知於天子，用力於當世」，所以他選擇成為第二種人，也就是獨善其身，這種人雖然不能有譽於前，但至少能無毀於後；雖不能有樂於身，但至少能無憂於心，俯仰不愧，無忝於人。

歷久彌新說名句

台灣在日本統治時期，有位彰化人王敏川先生，是當時所稱的抗日志士之一，他因為「治警事件」遭到逮捕入獄。時人蔣渭水在〈送王君入監獄序〉中援引王敏川曾說的一句話：「與其有譽於官，孰若無毀於其民；與其有財於身，孰若無害於其心。」意思是說，與其在統治階層享有聲譽，不如不被他的人民所毀棄；與其身邊可攫取許多財物，不如心靈不會被箝害。以上的用詞顯然是從本句名言蛻變出來，但相較於韓愈、李愿的自我安慰，王敏川則更進一步，充滿剛直不屈的精神。

其他類似的用法還有明朝洪應明的《菜根譚》中提到：「與人者，與其易疏於終，不若難親於始；御事者，與其巧持於後，不若拙守於前。」意思是說，和人相處，與其到最後草草結束，不如一開始就保持距離；處理事情，與其到最後要取巧，不如一開始就保守起步。

士窮乃見節義

名句的誕生

嗚呼！士窮乃見節義。今夫平居里巷相慕悅，酒食遊戲相徵逐[1]，詡詡[2]強笑語，以相取下，握手出於肺肝相示，指天日涕泣，誓生死不相背負，真若可信。一旦臨小利害，僅如毛髮比，反眼若不相識。

～唐・韓愈〈柳子厚墓誌銘〉

完全讀懂名句

1. 徵逐：追隨、追求。
2. 詡詡：誇大的樣子。

唉！讀書人在窮困時才更顯得出節操與道義。現在一些人在日常中彼此表示欣賞友好，常互相設置酒食或玩樂，誇言奉承，強作笑，爭相表示謙恭卑下，拉著手表示願意掏出肺肝給對方看，流著眼淚指著青天與太陽發誓：生死與共，永不背叛，真好像可以信賴的樣子；一旦遇到小小的利害衝突，即使是頭髮絲般的小事，也會翻臉如素不相識。

文章背景小常識

古人在埋葬逝去的人，為了防止陵墓變遷，有存放在陵墓中以備查核的石刻文字。文字內容分為墓誌與墓銘兩種，墓誌是散文，記死者姓名、籍貫、官階、事蹟等；墓銘是韻文，是對死者的稱頌、安慰或悼念。前些年河南洛陽出土的東漢延平三年的〈賈武仲妻馬姜墓誌〉，根據考證是中國最早的墓誌。有人稱墓誌是地下檔案，資料最原始、最真實，對於研究歷代政治、軍事、經濟、文化均有較重要的價值。

墓誌銘的藝術價值很為後人稱頌，因為撰刻墓誌銘的作者，很多是歷代著名文史學家、書法家，或在歷史上有一定地位者，韓愈的〈柳子厚墓誌銘〉就是其一。有人認為〈柳子厚墓誌銘〉是墓誌銘中的「變格」。因為韓愈不僅省略了主角柳宗元的官爵頭銜，也一改歌功頌德的濫調，時而敘述、時而議論，公允地烘托出柳宗元的人格價值，也充分顯示韓愈與柳宗元之間的真摯友情。

〈柳子厚墓誌銘〉是韓愈晚年作品中非常膾炙人口的一篇文章，有學者稱讚為「昌黎墓誌第一，亦古今墓誌第一」。柳宗元字子厚，生於唐代宗大曆八年，卒於唐憲宗元和十四年，進士及第，歷任校書郎、禮部員外郎，永貞元年因新政改革失敗，被貶永州司馬，元和十年徙柳州（今廣西馬平）刺史，過四年即辭世。隔年，元和十五年七月，韓愈為他的好友柳宗元獻上墓誌銘。

名句的故事

柳宗元的「窮」是始自家道中落。柳宗元的祖先皆歷任朝廷官員，到了唐朝以後，單就高宗一朝，柳家同時居官尚書省職務者就多達二十二人，但後來柳氏遭受迫害，他的曾祖父、祖父、父親官秩皆平平。柳宗元出生在安史之亂後，家道已然不若往時，後又歷經藩鎮割據之亂，他的成長過程飽嚐艱難與戰亂。

柳宗元雖然年紀輕輕就考中進士、博學鴻辭科，但有十年的作官期間是在遠離京城的永州。前往永州的途中，柳宗元的老母不堪旅途的勞累，到永州半年後便過世了，柳宗元非常的自責與哀痛。十年後他回到京城，卻旋即又遭圍剿，他這次是到更加偏僻荒涼的柳州。貶官柳州是因為他體諒自己的好朋友劉禹錫必須照顧年邁的老母，因此他自願與劉禹錫交換。他在柳州任職四年，因病辭世。

由於柳宗元在柳州的四年當中，宣揚教化、破除陋習、獎勵農桑，解決當地窮人用子女抵押借錢的問題，並幫助要考進士的文人，對柳州當地文化的開展有實質的貢獻。柳宗元在僅四十七歲時，便積勞成疾、撒手人寰，柳州人民追悼他的德業，在羅池建了一座廟，以為紀念，後世又稱他「柳柳州」。

韓愈撰文為柳宗元疾呼：「士窮乃見節義。」柳宗元在貶謫的歲月中，曾託付友人向朝廷重新表明自己的抱負與志向，無奈黨爭的陰影，朋友們紛紛走避。世道興衰、人情冷暖，誰是有情有義之人，柳宗元終於認清。只是有情有義者，都跟他是一樣的下場。

歷久彌新說名句

「士窮乃見節義」中的「窮」，是指窮困時、奧援無助時、孤軍奮鬥時，此時可以看出一個人真正的節操與性格，它也是人格面臨的嚴苛淬煉；「節義」意即嚴守節操，堅守正義，為人廉潔，明察秋毫。例如文天祥作〈正氣歌〉，其中有一句話是：「時窮節乃見，一一垂丹青。」文天祥強調天地之間有一種正氣，表現在人身上的就是浩然之氣，而往往到了危急的關頭，才會表現出他的氣節，這些人的事蹟都將留在歷史上。

「士窮」的表現歷來不一，不見得都是以「節義」自許，卻都有勇往直前的風範，所以常被後人所推崇。例如《史記．遊俠列傳》記載：「千里誦義，為死不顧世。」這就是一例。另外，唐朝大詩人杜甫遊歷成都武侯祠時，曾作詩：「出師未捷身先死，長使英雄淚滿襟。」（杜甫〈蜀相〉）諸葛亮最後也是落得「窮」的境地，他未竟蜀漢志業的悲憤，是這樣的響亮，對照柳宗元無法在當世施展抱負，在貧窮時卻仍能謹守士大夫的道義並樂善好施；面對不一樣的世道、際遇，卻有著一樣感人的節操，真是可敬可佩。

「士窮乃見節義」，這是一個人通過考驗的寫照，但是現代社會卻充斥許多高知識分子的智慧型經濟犯罪，這真是「士窮乃見貪婪」；也有出現慣性而累犯的強暴罪犯，猶如「士窮乃見獸慾」；當然在信用卡普遍的今天，也有許多人「士窮乃見債台高築」的。當然，我們應該說，這些人已經不配被稱為「士」了。人能夠在「窮」的境地而依然像周敦頤所說的「出污泥而不染，濯清漣而不妖」，保有志節與操守，世上可說是屈指可數。

妖韶女，老自有餘態

名句的誕生

喜作書，筆意奔放如其詩，蒼勁[1]中，姿媚[2]躍出；歐陽公[3]所謂「妖韶[4]女，老自有餘態」者也。間以其餘，旁溢為花鳥[5]，皆超逸有致。

～清・袁宏道〈徐文長傳〉

完全讀懂名句

1. 蒼勁：古老而強勁。
2. 姿媚：嫵媚的姿態。
3. 歐陽公：歐陽修在〈水谷夜行寄子美聖俞〉詩中說道：「譬如妖韶女，老自有餘態。」
4. 妖韶：妍媚的樣子。
5. 花鳥：只繪畫花卉禽鳥之類。

他喜歡寫字，筆意奔放如他的詩，蒼老勁健中，躍出嫵媚的姿態；如同歐陽修所說的：「妖冶的女子老了，也自有風韻呢！」

名句的故事

在這邊妖韶是形容妍媚的樣子，但是「韶」這個字一般都是指韶樂，而這個印象多半是由孔子來的。

在臨淄區齊都鎮韶院村，有一處規模不大的淡灰色仿古建築。門內北牆正中鑲嵌著一方石碑，隸書大字題曰「孔子聞韶處」，是清朝宣統三年（西元一九一一年）所立。石碑的左右分嵌兩方石刻，比碑略小。左邊一塊為「舞樂圖」，上刻二人席地而坐，一人執管橫吹，另一人居右，端坐正視，似乎全部心神沉入美妙的藝術境界中，當是孔子在欣賞音樂。下刻兩個美女，長袖飄帶，翩翩起舞；右邊的石刻為「韶樂及孔子在齊聞韶」簡介。相傳這是孔子在齊國聽韶樂的地方。

韶樂是距今四千多年前舜時的音樂，是遠古時代非常高雅的樂曲，春秋時期仍能演奏的國家已經很少，如今，韶樂內容早已失傳，但孔子聞韶處依然存在。齊國故城內外，歷年多次出土石磬、編鐘等古樂器，若用錘擊奏幾下，聲音確也悠揚悅耳。

孔子來齊聞韶的記載見於《史記・孔子世家》。西元前五一七年，孔子三十五歲時，魯國上卿季平子與郈昭伯因為鬥雞發生了爭執，得罪了魯昭公，昭公率師攻打季平子。季平子便約同魯國的另外兩個大家族孟氏和叔孫氏，三家共同攻擊魯昭公，結果，魯昭公師敗，逃奔齊國，被安置在乾侯。魯國發生了內亂，也就在這個時候，孔子也投奔了齊國，在高昭子家做了家臣，想通過高昭子的關係去見齊景公。這期間，孔子「與齊太師語樂，聞韶音，學之，三月不知肉味」，並稱讚韶樂「盡美矣，又盡善也」！在《論語・述而》中也有提到：「子在齊聞韶，三月不知肉味。」這是形容孔子相當欣賞韶樂的美妙，聽到之後，就陶醉得三個月都吃不出肉的滋味來。

歷久彌新說名句

「妖韶女，老自有餘態」這句話是形容妖冶的女子即使是老了，也還是自有風韻，這讓我們聯想到「徐娘半老，風韻猶存」這句話。但是「徐娘」究竟指的是誰？原來「徐娘半老，風韻猶存」的典故是出字南朝梁武帝第七個兒子蕭繹的偏妃徐昭佩的身上。

蕭繹自幼愛好文學，對政治了無興趣，身著布衣，飲食唯豆羔粗粒而已，時常與文人雅士談玄說道。徐昭佩美麗，聰明，長於詩詞，正值花樣年華，加上熱情如火的稟性，正是需要愛憐的時候，雖然每天打扮得花枝招展，然而卻始終撩不起蕭繹的情欲，為此她抑鬱寡歡，不知如何自處。她曾經故意在化裝時只化半邊臉龐，時人稱之為「半面裝」，糟蹋了自己的美貌，更是有意虐待別人的視覺，借此宣洩她心頭的憤怒與不平，甚至用以來羞辱蕭繹。誰知蕭繹竟然裝作什麼事都沒有發生過一樣。

等到蕭繹在江陵即位為梁元帝後，徐昭佩被冊封為貴妃。蕭繹仍舊習不改，依舊以讀書和講授老莊為樂。徐昭佩仍然是深宮寂寞，芳華虛度，這時她已經年近不惑了。蕭繹對後宮佳麗均不屑一顧，於是宮人們紛紛找尋情感出路，徐昭佩終於按捺不住，找到一位眉目俊秀，舉止風雅的美少年暨季江，初時還遮遮掩掩，後來居然公開來往。每當蕭繹在龍光殿上與群臣大談老莊之道時，也正是徐貴妃與暨季江在深宮內苑中盡情歡樂的時候。有人曾開玩笑地問暨季江：「滋味如何？」暨季江毫無隱諱地回答：「徐娘老矣，猶尚多情。」或者回答：「徐娘雖老，風韻猶存。」看來徐娘也就是妖韶女了。後世形容中年婦人的風情不減，常用「徐娘半老，風韻猶存」，便是由此而來。

有一位作家尤今曾說道：「情懷女人的一生，有四個階段。少女、少婦、徐娘、老嫗。」在此處徐娘半老是用來形容年齡到了中年，所以「徐娘」在今日的用法中已經可以用來單指年齡了。

故其爲詩，如嗔如笑

名句的誕生

其胸中又有勃然不可磨滅之氣，英雄失路、托足無門之悲；故其為詩，如嗔[1]如笑，如水鳴峽，如種出土，如寡婦之夜哭，羈人[2]之寒起。

～清・袁宏道〈徐文長傳〉

完全讀懂名句

1. 嗔：生氣。
2. 羈人：客居異地的人。

他的胸中又有蓬勃不可磨滅的氣概，以及英雄失意，沒有地方可以容身的悲哀；所以他寫的詩，好像發怒，又好像嘲笑，好比激流鳴於山峽，好比種子暴出泥土，好比寡婦夜晚哭泣，羈旅的人寒夜披衣而起。

文章背景小常識

在明代后期，文壇沉寂之際，突然誕生了一個新的文學派別，給文壇帶來了生機，這就是中國文學史上有名的「公安」派。這個文學派以提倡「性靈」著稱，其領袖是出生于今公安縣的袁宗道、袁宏道、袁中道三兄弟，史稱「公安三袁」。袁宏道（西元一五六八～一六一〇年），字中郎，十六歲中秀才，二十五歲中進士，累官稽勳郎中。袁宏道之詩文以清新輕俊風格為主，反對「後七子」王世貞等人的模擬抄襲文風，認為文學是進化的，並重視小說戲曲等作品。

在中國文學史上，像三袁這樣一母所生的三

兄弟能在同時期躍登大雅之林，又在哲學思想、政治傾向、文學觀點、創作風格，以及性情、氣質方面高度的和諧一致，並且能夠互相配合實現文學革新的目標，是絕無僅有的。這不但是文學史上的佳話，更是一個奇蹟。

這一篇文章是作者袁宏道對於天才極高，而又命運坎坷的悲劇藝術家徐文長，發出的讚歎惋惜之感。袁宏道寫徐文長的一生，以「奇」為主題，說其詩奇、文奇、字奇、畫奇、行為也奇，這樣奇特的才華與個性，致使他不見容於人世，而坎坷一生。袁宏道文筆如擲地有聲，寫徐文長的形貌繪聲繪影，如親眼所見，躍然紙上。寫人物能寫得如此傳神，讓讀者閱後也不禁為這癲狂奇才掬一把同情之淚。

名句的故事

這句名句是作者認為徐文長將自己坎坷的遭遇，以及內心深處最沈痛的悲涼，化為文字，在字裡行間中表現出各種各樣的情緒，以及流露出壯闊激情的生命情操。

在中國歷史上，文人命運中最為慘烈的，莫過於十六世紀末的藝術奇才徐渭。他是一個孤兒，一直過著「居窮巷，蹴數椽，儲瓶粟者十年」的清貧生活。他雖然自負才略、性絕警敏，但是先後八次參加鄉試都落第，從而無緣仕途，以天下為己任的夢想徹底幻滅。而他的個人生活更是災難深重，萬劫不復。離異、再婚、自殺、殺人、入獄……人生的種種不幸和苦難一一襲來，使他一生窮困潦倒、苟且偷生。

徐渭雖曾僥倖得到時任東南七省督帥胡宗憲的賞識，這是他命運中唯一的亮點，但是好運不長，胡督帥因事鋃鐺入獄。作為文人的徐渭，膽小怕事，恐受連累，便在極度的驚懼、惶恐中瘋狂自戕。他先用利斧砍擊頭部，以至「血流滿面，頭骨皆折」，可聽頭骨揉捏時發出的磨擦聲，不死；又抓起一把三寸長的柱釘刺入左耳，深入寸餘，又不死；後又用錘子擊碎自己的腎囊，仍不死。據袁宏道的說法，是因為天賦的奇才不受世用，才佯狂若此。

命運之坎坷、之悲慘，與徐渭內心蓬勃的藝術激情，形成了強烈而又巨大的衝突。正是這極度的人生磨難，造就了一個東方藝術奇才。他把藝術作為生命的唯一寄託，在瑰麗的藝術世界中找到了弘揚生命個性、再現人生理想的新天地。他的書、詩、文、畫，無不精警奇絕、獨具個性，在中國文化藝術史上特立獨行、影響深遠。鄭板橋、齊白石等藝術大師均對徐渭推崇不已。袁宏道在〈徐文長傳〉裏曾經深深感歎：「徐渭文長，無之而不奇者也。」

歷久彌新說名句

徐文長這樣怪異行徑的藝術家，讓我們不禁聯想到荷蘭畫家梵谷。他與徐渭一樣，一生都在命運的波峰浪穀間沉浮。

僅僅因為藝術見解的不同，梵谷在與另一個大師級畫家高更的爭吵中，失去了理智。在這場被稱之為藝術的偉大爭吵中，以梵谷動武、高更逃走而終止。可是，梵谷已經瘋狂了。在他的幻覺中，似乎是為了拒絕高更的狂妄叫罵，又似乎是為了傾聽那個體貼的妓女久違了的呼吸與咳嗽，梵谷殘忍地用一把陳舊的剃刀，艱難而又固執地鋸下自己的耳朵。兩年以後，三十七歲的梵谷終因難以忍受貧困與疾病的痛苦折磨，而飲彈自盡。

也許，命運對於梵谷這樣一個天才的藝術家，過於晦暗和殘酷，然而，令人驚奇的是，梵谷的心靈世界卻一派輝煌。燦爛的火紅、鮮豔的金黃，是他最為鍾愛的色彩，是他對於人生和自然的縱情禮贊與熱烈謳歌。他以一個天才對色彩獨一無二的感覺和不同凡響的表現，為我們留下了那如同火焰般燃燒著的永遠的向日葵。

這是貧病交加的梵谷生命的絕唱，也是人類文化藝術史上一筆巨大的精神財富。雖然梵谷不是一個文學家，不曾寫過詩，但也許我們也一樣可以用「如嗔如笑，如水鳴峽，如種出土，如寡婦之夜哭，羈人之寒起」來形容他偉大的畫作，因為他們都是直探生命的藝術家。

放其言之文，君子以興焉

名句的誕生

放[1]其言之文[2]，君子以興[3]焉；循[4]其道之序[5]，聖人以成焉。然以孔子之門人，賜也商也[6]，有得於一言，則孔子悅而進之，蓋其說之難名[7]如此。

～宋・王安石〈詩義序〉

完全讀懂名句

1. 放：擴展。
2. 文：文采。
3. 興：感興。
4. 循：遵循。
5. 序：次序。
6. 賜也商也：賜，端木賜，字子貢。商，卜商，字子夏，二人都是孔子的學生。
7. 名：名狀。

擴展它議論的文采，君子就能觸發感興；依照它指引的次序，聖人就能獲得成功。然而以孔子的學生子貢和子夏這樣的賢者，對其中的一句有心得，孔子就高興地稱譽他，可見詩經的意義是如何難以解說。

文章背景小常識

〈詩義序〉，詩即詩經，本文即是王安石為《詩義》所寫的序文。〈詩義序〉，與〈周禮序〉、〈書義序〉同為王安石後期散文的代表作，主要說明《詩經》的價值及其難以訓釋。

王安石由於變法推行新政新學，受到朝中守舊勢力巨大的反對。當時，首先起來反對的代表人物是司馬光，而在宋仁宗時做過兩任宰相的文彥博，則以反對派的發言人自居，只要有一項新法頒布，他總提出一些理由來阻撓。有一次宋神宗也覺得這班人太過保守，便向文彥博說道：「更改法令，施行新法，對於一般士大夫或許不便，對於百姓有何不便？」文彥博居然回答：「臣等是和士大夫共治天下，不是和老百姓共治天下的。」

王安石在這個情勢之中，不斷地對守舊派予以駁斥，他認為為百姓興利除害是政府應該做的事。王安石大量精闢的辯論文，就是在這一時期產生的。

名句的故事

這段話背後，其實還有兩個小典故。子貢有次問孔子：「雖然貧窮但是不諂媚，雖然富有但是不驕傲，老師覺得這樣如何？」孔子回答：「這樣也就可以了，但這還不如貧窮但是快樂，富有但是愛好禮義。」子貢此時突然領悟了《詩經》中的話語「如切如蹉，如琢如磨」，指的就是像現在這樣和老師討論學問一般，因而得到孔子的讚賞。現在常說的「切磋」、「琢磨」，其實就是從《詩經》裡出來的。

子夏也有一段小插曲，有次他問孔子《詩經・衛風・碩人》文句的意義：「美好的一笑，面頰展露美的笑容。美目轉動，黑白分明而靈活。有美好的面目才有笑倩盼動之美。這段話是什麼意思？」孔子用了比喻回答他：「就好像要畫畫之前要先準備一塊素淨的布一般。」子夏藉由這個比喻領悟了要做到「禮」一定要先有忠信的本質，孔子很高興地稱讚子夏能夠將他的言語闡揚出去。「巧笑倩兮，美目盼兮」也是《詩經》中的名句，後世用來比喻天生麗質的美人。

子貢和子夏都是孔子門下非常有成就的弟子，連這麼有成就的弟子對詩經有所領悟，孔子都高興得不得了，所以《詩經》確實是不能小看的，王安石不直接說《詩經》之難解，而用故事來襯托，這樣是不是比直接說《詩經》

難解更有說服力呢？

歷久彌新說名句

「放其言之文，君子以興焉」其實語出《論語・泰伯》：「興於詩，立於禮，成於樂。」孔子不但對學生這樣說，對自己的兒子也是這樣教導。他的學生陳亢曾經問孔鯉：「老師有沒有特別傳授你什麼？」孔鯉說：「沒有。有一次他獨自一個人站在中庭，我快步經過，他便問我：『學詩了沒？』我說沒有，他說：『不學詩就無法掌握說話的技巧。』所以我就回去學詩。有一次他又一個人站在庭院，我快步經過。他問我：『學禮了嗎？』我說沒有。他說：『不學禮，就不能立足於社會。』我就回去學禮。就聽過這兩次。」陳亢回去後高興地說：「我今天問了一件事，卻得到三方面的收穫：知道了詩的作用，知道了禮的作用，也知道君子並不偏愛自己的兒子。」

「成於樂」則是指音樂可以陶冶人的性情，《詩經》原本就是周初至周末的歌謠，在古時候是可以唱的。孔子曾經讚美過曾點的志向——暮春時候帶領眾人到郊外旅行，游泳，吟詩，載歌載舞，然後歸來。現代人常說「學音樂的小孩不會變壞」，原來孔子早就已經告訴過我們這個道理了呢！

非詩之能窮人，殆窮者而後工也

名句的誕生

內[1]有憂思[2]感憤[3]之鬱積[4]，其興[5]於怨刺[6]，以道[7]羈臣[8]寡婦之所歎，而寫人情之難；蓋愈窮[9]則愈工[10]。然則非詩之能窮人，殆[11]窮者而後工也。

～宋·歐陽修〈梅聖俞詩集序〉

完全讀懂名句

1. 內：內心。
2. 憂思：憂鬱。
3. 憤：憤慨。
4. 積：累積。
5. 與：產生。
6. 怨刺：怨恨和諷刺。
7. 道：傾訴。
8. 羈臣：貶謫到外地的官吏。
9. 窮：窮迫。
10. 愈工：愈好。
11. 殆：大概。

他們的內心充滿了憂鬱和憤慨的情緒，還產生了怨恨和諷刺的念頭，並傾訴著被貶謫到外地的官員和寡婦的哀歎，從而可以寫出人們都難以說出的情感。詩人愈窮迫，詩就會寫得愈好。這樣看來，並不是說詩能使人窮困，實在是窮困的詩人才能寫出好詩。

文章背景小常識

梅聖俞（西元一〇〇二～一〇六〇年），名堯臣，宣城（今安徽宣城）人，生於宋真宗咸平五年，卒於宋仁宗嘉祐五年，年五十九歲。他是北宋時傑出的現實主義詩人。他用自己的創作反對宋初盛行的西昆體臺閣詩，並和歐陽修一見如故，還配合歐陽修領導的古文運動進行倡導。他早年不得志，困於州縣達十餘年之久，直到嘉祐元年，經過歐陽修等人的推薦，才被朝廷用為國子監直講，後遷尚書都官員外郎。當時他的詩名滿東京，許多達官顯貴都很喜歡他的詩，每個人都以自己能得到他的一篇文或一首詩引以為榮，可見他對當時的宋詩影響很大。他去世後，歐陽修曾哭之以詩、祭之以文，銘其墓，撫恤其後代，他的詩因此而更流行於當世。

歐陽修於梅聖俞死後，代為整理其詩集，並寫了這篇序文。在〈梅聖俞詩集序〉裡，歐陽修極力稱讚了梅聖俞的寫詩才能，又感念他的懷才不遇，對他終生的潦倒失意惋惜不已。而且他還在這篇序裡提出了「窮而後工」的文學見解，說明了生活和創作的關係。因為只有生活潦倒、窮困的文人，才能接近人民，瞭解人民的痛苦和願望，因而能寫出最貼近人民心聲的優秀文學作品。

歐陽修在文學上的造詣可說幾近是個「全才」，詩、詞、文都會，又是推動古文運動的大家。後人羅大經曾說他的文字是：「韓柳猶用奇字重字。歐陽修唯用平常輕虛字，而妙麗古雅，自不可及。」

名句的故事

「非詩之能窮人，殆窮者而後工也」，這是歐陽修所寫的許多名句之一，其中的「窮而後工」四字也為後人所肯定、推崇。在封建社會裡，「懷才不遇」的例子比比皆是，所以梅堯臣在「懷才不遇」時，作詩寄情於山水，過著隱居生活。歐陽修一方面是悼念故人，一方面也點出當時封建士人的大多數心聲，即使是在文明進步的現代社會讀起來，仍會有種心有戚戚焉的感覺。這也是本文最重要的成就。如吳楚材說的：「窮而後工四字是歐公獨創之言，實為千古不易之論。通篇寫來，低昂頓折，一往情深。若使其幸得用於朝廷一段尤突兀爭奇。」文學為苦悶的象徵，歐陽修這句千古流傳的感歎，說盡多少文人的懷才不遇，以及他們在山窮水盡時激發出來的靈氣。

在中國歷史上，文人「窮而後工」的例子不勝枚舉。唐朝「詩仙」李白個性浪蕩不羈，作品豪氣干雲，然而在現實生活中，他亦是個落魄詩人。李白曾於唐玄宗時任官，安祿山之亂後，他擔任永王李璘的幕僚，看出永王意圖趁亂擁兵割據的意圖，但未能及時勸阻，而受牽累下獄；要不是郭子儀挺身相救，李白恐怕會以叛亂罪留名歷史。李白從「死斬」改為「長流夜郎」，一路流放至邊陲，晚景淒涼，然而李白卻仍寫出歷經動亂後沈澱心情的詩作。時代遽變、人生遭遇帶給李白不滿與挫折，卻也激發出其才氣與力量，「窮而後工」確實是李白一生的寫照，也是天才藝術家的宿命。而李白去世時，不僅自身窮困潦倒，其後人也脆弱無助，真可印證了詩人杜甫在李白被放逐夜郎時所寫的：「千秋萬歲名，寂寞身後事。」

歷久彌新說名句

「詩窮而後工」，意指詩人並非總是貧困，而多半是要經歷過貧困、潦倒、愁思後，才能理解一般人刻苦的生活與心境，寫出來的詩文更能深入人心。一篇文章中寫道：「古詩讀多了，就發現自己有這麼一種傾向：喜歡那些充滿人生失意情緒的詩篇，如渲染、傷感、悲痛、無奈等。本來作為藝術家，『窮而後工』，困苦未必是壞事。越是挫折重重，逆境處處，越能激發藝術之光。」這句話點出了「非詩之能窮人，殆窮者而後工也」的精髓，因為越困苦的環境才能讓詩人或文人能創作出好的作品。

在一篇述及藝術家徐悲鴻的文章裡，則說：「……更深一層地瞭解了先生過去的苦難經歷和他的堅強性格。……我深深地領會到『窮而後工』、『知恥必勇』的深刻意涵，進而對先生更加崇敬。」如徐悲鴻那樣的藝術大家，也是經歷多少千辛萬苦、挫折血淚，才有今日的成就。

但歐陽修的觀點倒不一定為所有人贊同。林語堂於〈人生的盛宴〉一文中說：「借他人之窮愁，以供我之詠歎，則詩亦不必待窮而後工也。」他認為並非詩人一定要自己經歷貧困愁苦才寫得出好作品，若能與他人之困苦感同身受，也是能寫出好詩好文。這話也有一定的道理，文人要描寫強盜娼妓，難道一定要去當強盜娼妓才寫得出麼？

甚至亦有人古文新解，認為「窮而後工」的「窮」，在歐陽修的觀點來說是「困窘」、「困苦」，然而就今日的文人及藝術家來說，此「窮」卻有「窮盡一切能力」的意義，用盡全力去做、去爭取，才能做出美好的作品。此說雖非本義，但也深刻可居。

不忮不求，與物浮沉

名句的誕生

以吾觀之[1]，王衍之[2]為人，容貌言語，固有[3]以欺世而盜名者，然不忮[4]不求[5]，與物[6]浮沉[7]。

～宋・蘇洵〈辨姦論〉

完全讀懂名句

1. 觀之：看法、看來。
2. 之：的。
3. 固有：的確有。
4. 忮：嫉妒。
5. 求：貪求。
6. 物：世俗。
7. 浮沉：上下。

據我看來，王衍的為人，他的容貌、說的話，確實有欺世盜名的地方，但是他不嫉妒別人，也不過分貪求什麼，只在世俗的社會裡隨波上下逐流。

文章背景小常識

〈辨姦論〉為論辯類古文，通篇充滿蘇洵犀利老練的筆鋒。雖然文章中並未直指他所批評的人是誰，但很明顯的，行文中可見他所指明者即為王安石。王安石在嘉佑五年（西元一〇六〇年）上「萬言書」予仁宗，主張改革財政經濟、創新法、採用新制度，後雖不為仁宗所接受，但此舉卻讓他聲名大噪。王安石名聲漸大之後，權貴傾附、朋黨頗多，歐陽修相當欣賞他，便勸蘇洵與王安石交往，而王安石也願意納交蘇洵。但蘇洵卻認為王安石不近人情，且說他將來必貽害天下蒼生。後適逢王安石母親去世，蘇洵卻不去憑弔，並做此文以辨其姦。

蘇洵先以「人情」評斷，說：「凡事之不近人情者，鮮不為大奸慝。」意思是說大凡做事不近人情者，很少不是個奸險的壞蛋。又說他：「衣臣虜之衣，食犬彘之食，囚首喪面而談詩書，此豈其情也哉？」他穿奴隸俘虜的服裝、吃豬狗的食物，顏面髒了也不洗，頭髮蓬亂如囚犯，卻大談詩書，哪裡合乎常情？

之後神宗即位，用王安石所提新法，但由於用人不當，反倒使百姓受害。由此世人始知蘇洵的先見之明。不過後世有人考證，認為〈辨姦論〉非出於蘇洵之手，事實上是後人為了批評王安石而假託蘇洵之名寫就。所以〈辨姦論〉究竟是否為偽作，至今仍莫衷一是，但文章精彩動人，則是世人一致認同的。

名句的故事

王衍，字夷甫，西晉大臣，與山濤同時。王衍年輕的時候長得很秀美，他去見山濤，山濤很稱讚他的神情風度，但又說：「將來貽誤天下蒼生的，恐怕就是這個人。」晉惠帝的時候，王衍擔任宰相，終日清談，不理國事，後來被石勒所殺。蘇洵認為像王衍這樣的人，其作為頗有欺世盜名之嫌。但他不貪求不害人，要不是遇上晉惠帝這樣的昏君，王衍又怎能擾亂天下？

〈辨姦論〉中亦提到另一人物盧杞。盧杞是唐時清州人，貌醜而有口才。當時汾陽郡王郭子儀見客，姬妾總是不離身側，唯有見盧杞時摒退身邊所有侍妾。有人問何故，郭子儀說：「盧杞這人貌醜而內心險惡，婦人見了他的外貌往往會嘲笑。若是哪一日盧杞得志了，難保他不會因今日的受辱而滅我全族。」然蘇洵同樣也說，盧杞此人不學無文，若非唐德宗昏庸，又怎會去任用他？

蘇洵舉出這兩個歷史人物的例子，將王衍的欺世盜名和盧杞的內心奸險綜合在一起，比喻「某人」的陰賊，並說若重用此人，才是禍害的開端。如此犀利又直接的評論，不愧為擅長議論的蘇洵。

歷久彌新說名句

「不忮不求」一句，語出《詩經》，而《論語》亦有記載。《論語．子罕》：「『不忮不求，何用不臧。』子路終身誦之。子曰：『是道也，何足以臧。』」子路經常諷誦出自《詩經》邶風雄雉篇的這兩句話，意為「不害人、不貪求，這樣的人怎麼會不善」？孔子知道後認為，不忮不求雖為善，但不過是個小道，他希望子路除此之外能向大道前進，於是說，不忮不求這個道，何以為善？

另從「不忮不求，與物浮沉」來看，要做到「不忮不求」，即不嫉妒、不貪求，實在很不容易。因為人人都有私心，都不喜歡被他人比下去，要不嫉妒實在很難；人人都有不知足的一面，所以明明眼前有很好的利多機會而願意不貪心的放手，實在也很難。然而這句話仍常常被政治人物或官員拿來應用，以彰顯自己心境的清高。如以「選後動向，不忮不求」，來說明雖勝選，但將來不浮誇政績，也不刻意炒作人氣的作為。也有官員參與立院龍頭之爭時，說自己現在的立場是「不忮不求，當仁不讓」，說明自己，並不將勝敗輸贏看在眼裡，但也會決心爭取。真讓人不知道該聽前一句好，還是後一句好。

「不忮不求，與物浮沈」說來是個期許自己的理想，但以人性觀點來看，有誰能真正做到？有時應用過度，反倒有立論過高，欺世盜名之嫌。

草木無情，有時飄零

名句的誕生

嗟夫[1]！草木無[2]情[3]，有時[4]飄零；人為[5]動物，惟物[6]之靈[7]。

～宋・歐陽修〈秋聲賦〉

完全讀懂名句

1. 嗟夫：唉！
2. 無：沒有。
3. 情：情感。
4. 時：秋天。
5. 為：是。
6. 物：萬物。
7. 靈：最有靈性的。

唉！草木是沒有情感的東西，而且每到了秋天就會飄零；人是動物，而且是萬物中最有靈性的。

文章背景小常識

〈秋聲賦〉是散文賦中的名篇。作者運用多種比喻，把無形的秋聲寫得有形有色，形象生動，躍然紙上，反映了作者經宦海沉浮產生的清心寡欲的思想，要人們不「思其力之所不及，憂其智之不能」，但也並不只是一味的悲秋恨秋。

秋天的肅殺、百木凋零，最容易感動人，於是古時候的騷人墨客就將它名之為「秋聲」。例如，庾信孤氏墓誌銘：「樹樹秋聲，山山寒色。」歐陽修一生以風節自持，但屢遭誣陷，貶謫數次。四十歲被貶至滁州時，他寫了〈醉翁亭記〉；寫這篇〈秋聲賦〉時，已五十二歲了，其衰老煩憂，又聽見這淒厲的秋聲，不勝感慨。文中並點出人的衰老雖是自然現象，但更多的是由於情感和慾望所折磨，又干秋天何事？

〈秋聲賦〉選自《歐陽文忠公集》，體裁屬於辭賦類，也是所謂的散賦，以有韻的散文寫賦，但不拘格律。本文的主旨是除了抒發因為秋聲與悲哀的感覺外，並有勸戒世人切勿貪求一時的名利，以致戕害身心。秋聲本來就是很抽象的，很難用語言或文字來描述，但〈秋聲賦〉卻形色鮮明，非常生動具體，感人至深。

名句的故事

歐陽修寫此〈秋聲賦〉，立意高人一等。因為以前的文人悲秋，只會描寫一些觸景傷情的情景，自悲如草木凋零。而在這裡則以秋聲至，草木自然凋零，這是天地之間的自然變化，所以對它的悲哀是無可奈何的，身為人類只求一時的名，若憂煩甚至勞其精神，真是一件非常可悲的事啊！

從「草木無情，有時飄零，人為動物，惟物之靈」可知，草木原本是沒有感情的東西，但到了秋天尚且要凋零，而人是動物，也是萬物之中最有靈性的，也自稱為萬物之靈。由此可知，人的衰老是自然現象，秋天並沒有給予人什麼傷害，一如草木本就是沒有感情，那麼人又何必埋怨秋天？這裡寫出草木凋零的荒涼景象，是因為這種萬籟俱寂的肅殺景象，最容易感動人，也能夠使人深自反省，明瞭自己的處境，再加以發憤圖強，做到最好的境地。

因秋而引起愁思，令人聯想到陶澹人的〈秋暮遣懷〉：「籬前黃菊未開花，寂寞清樽冷懷抱。秋風秋雨愁煞人，寒宵獨坐心如搗。」蕭瑟秋風，綿綿秋雨，使人感到憂愁，我於寒夜中獨坐，內心憂傷煎熬。陶澹人和歐陽修一般，聽聞秋聲，引起心中愁緒。而「秋風秋雨愁煞人」一句，因為女革命烈士秋瑾的遺言引用而廣為人所知，後人為記念這位女烈士的行誼，特取這句話，於其墓旁建立一座風雨亭。

歷久彌新說名句

「草木無情，有時飄零，人為動物，惟物之靈」，讀後的確有一種蕭瑟、愁緒滿懷的感覺。因為「草木」對應到「大自然」；因為「人」對應到「動物或萬物之靈」。人是「大自然」的重心，而「大自然」和「人」間的關係又密不可分，人如何面對大自然，是自古至今恆常不變的課題。

作家冰心曾寫道：「宇宙內的萬物，都是無情的：日月經天，江河行地，春往秋來，花開花落，都是遵循著大自然的規律。只在世上有了人——萬物之靈的人，才會拿自己的感情，賦予無情的萬物身上。」冰心此番話與歐陽修的「草木無情」可說有相同觀點；草木無靈氣，不懂傷春悲秋，是人類在其上加諸自己的觀點，才使得秋聲更顯哀愁。

李白於其詩作〈日出入行〉說：「草不謝榮於春風，木不怨落於秋天。誰揮鞭策驅四運，萬物興歇皆自然。」草木不因茂盛生長而感謝春風，也不因凋零枯落而怨恨秋天。自然界本有其規律，且是不容人的意志轉移的，然而人卻能看透大自然反覆的定律，於實踐中掌握，利用。

而由此名句後半「人為動物，惟物之靈」，可看出人類長久以來對自己在這個大自然中的定位。《禮記．禮運》：「故人者，其天地之德，陰陽之交，鬼神之會，五行之秀氣也。」這句話也就是人為「萬物之靈」的意思。道學家周敦頤於其著作《太極圖說》中也說：「惟人也得其秀而最靈。」「其秀」指陰陽、五行之秀氣，「靈」則是「萬物之靈」了。

人類常自稱「萬物之靈」，認為自己的智慧、能力凌駕萬物之上，與眾不同且出類拔萃，但也常因此而驕矜自滿，忘了萬物與大自然的聯繫是如此緊密而相輔相成。不管人類如何靈秀聰穎，仍是這個大自然的一部分，過度貪妄自滿，只會帶來毀滅的結果，到時就算是「萬物之靈」，也救不了自己。

爲善無不報，而遲速有時

名句的誕生

於是小子修[1]泣[2]而言曰：嗚呼[3]！為善[4]無[5]不報[6]，而遲速[7]有時[8]，此理之常[9]也。

～宋・歐陽修〈瀧岡阡表〉

完全讀懂名句

1. 小子修：我歐陽修。小子，在此處是面對先人時的自稱。
2. 泣：流著眼淚。
3. 嗚呼：唉！
4. 為善：做好事。
5. 無：沒有。
6. 不報：不得到好報的。
7. 遲速：快慢。
8. 有時：有時間的不同。
9. 此理之常：這是常理。

於是我流著眼淚說：唉！做好事沒有不得到好報的，只是有快有慢而已，這是正常的道理啊！

文章背景小常識

瀧岡，地名，今江西豐縣鳳凰山。阡，是墓道，表，即墓表。〈瀧岡阡表〉是歐陽修晚年（即宋神宗熙寧三年，歐陽修六十五歲）所寫的，也是歐陽修撰寫後刻在他父親墓前石碑上的墓表。表文前半部稱美先人的仁德，後半部記述家世恩榮，充滿揚名顯親的思想。但文章並不像一般墓碑那樣的誇張藻飾。他追述父親的孝順仁厚，母親的儉約和安於貧賤，只舉一兩件平實的事例，語言質樸，感情深刻真摯。

〈瀧岡阡表〉選自《歐陽文忠公集》，體裁屬於碑誌類。全文分為七段，而且不加以裝飾文字，敘事、抒情都一層層的書寫，用語極為情深意切，讓人讀起來備受感動。前半部的敘述，藉母親之口，極力表彰父親的廉孝、仁厚；後半部的敘述，將自己今日的成就歸因於祖德的恩庇。後人對此篇也有所評斷。如吳楚材說：「善必歸親，褒崇先祖，仁人孝子之心，率意寫出，不事藻飾。而語語入情，只覺動人悲感，增人涕淚，此歐公用意之作也。」

名句的故事

宋仁宗皇佑五年（西元一〇五三年），歐陽修四十七歲，因母喪而歸葬於吉州時，曾做〈先君墓表〉，以追念慈母的言行。宋神宗熙寧三年（西元一〇七〇年），歐陽修年已六十四，正值他父親過世六十年，所以他依據〈先君墓表〉重新增改為〈瀧岡阡表〉。歐陽修父親早逝，由母親一手拉拔長大，幼時家境貧窮，母親曾以荻畫地，教導歐陽修寫字，他因此感念母恩，侍母至孝。〈瀧岡阡表〉通篇藉由母親追憶父親生前的言行對話，道出父親忠義之心，也烘托出母親的賢淑善良。

「為善無不報，而遲速有時」，於文中意指做好事一定會得好報，只是時間早晚而已。歐陽修並藉此句說出自己是因為先祖「積善成德」，才能有現在的榮華地位。

歐陽修由母親一手帶大，之後侍母至孝，並為母親做〈先君墓表〉的行止，讓人聯想到二十四孝故事中的「聞雷泣墓」。三國時魏國有個叫王裒的人，平時十分孝順母親。由於母親害怕打雷聲，每當暴風降臨，雷聲轟隆時，他都會隨侍在母親身邊安慰她。後來，王裒的母親去世後，他將母親葬在鄉里山野間，但是每當颳風下雨打雷時，王裒不管風雨多大，一定奔至母親目前哭著說：「兒子在這裡陪伴母親，母親請安心，不要害怕。」故詩云：「慈母怕聞雷，冰魂侍夜臺，阿香時一震，到墓繞千迴。」王裒對母親濃厚的感情，在母親死後沒有改變，一如歐陽修對亡母的感激深情。

歷久彌新說名句

看到「為善無不報，而遲速有時」，我們就會聯想到佛家弟子常說的：「不是不報，時候未到。」馮夢龍於其著作《醒世恆言》中即言：「善有善報，惡有惡報，不是不報，時辰未到。」這是在中國文學及詩詞中常見的警語，具有醒世作用，勸人為善。

另外有一個句子「天理昭彰，報應不爽」，雖是較負面的說法，但也是在勸誡世間人要心存善念。民間傳說中，十殿閻王其中之一的卞城王，其大殿前便題著：「善惡到頭終有報，只因來早與來遲。」此說法較粗俗易懂，但與歐陽修的句子竟有異曲同工之妙。先不管它是真是假，但出發點都應是勸人為善。一個常做善事的人在做善事時，是很少會先設想「我這麼做會有什麼好處」。既然不會這樣預先「設想」，自然就不會在意這個「好處」會在什麼時候得到了。古人說：「有心為善，不是真善；無心為惡，不算大惡。」便是這個意思。

悟以往之不諫，知來者之可追

名句的誕生

歸去來兮[1]，田園將蕪胡[2]不歸？既自以為心為形役[3]，奚[4]惆悵而獨悲！悟以往之不諫[5]，知來者之可追；實迷途[6]其未遠，覺今是而昨非。

～東晉・陶淵明〈歸去來辭〉

完全讀懂名句

1. 歸去來兮：來、兮都是語尾助詞，無義。「歸去來兮」就是「回去了吧」。
2. 胡：為什麼。
3. 心為形役：心志為形體所驅使。
4. 奚：為什麼。
5. 諫：糾正、挽回。
6. 迷途：迷失路途。

回去了吧！家鄉的田園都要荒廢了，為什麼還不歸去呢？既然自己都認為心志已經被形體所驅使了，為什麼還要在這裡惆悵又獨自傷悲！覺悟了過往雖然無法挽回，但未來還可以把握住；實在是這段迷失的路途走得還不算遠，醒覺了今天這個決定是對的，昨天是錯的。

文章背景小常識

這篇文章原名是〈歸去來兮〉，蕭統的〈陶淵明傳〉和〈文選〉刪掉「兮」字，變成〈歸去來〉，又因為本文的文體屬於辭賦類，所以後來又加上文體名「辭」，合稱〈歸去來辭〉。

在這篇〈歸去來辭〉之前，陶淵明有一段

序，說明寫作的緣由。陶淵明出生於一個沒落的官宦世家，其曾祖父是有名的搬磚陶侃，陶侃是東晉開國元勳，官拜「大司馬」（類似今天的國防部長），陶淵明的祖父和父親也作過太守（相當於現在的縣市長）。

可是陶淵明的父母都在他小時候就過世了。在他年少輕狂時，也曾有「猛志逸四海，騫翮思遠翥」（〈雜詩〉）的遠大志向，但東晉的政治非常黑暗，陶淵明對政治十分失望，不想同流合污的他屢屢辭官，但是現實生活常常逼得陶淵明不得不低頭。在〈歸去來辭〉的序中，陶淵明自道「幼稚盈室，缾無儲粟」，陶淵明有五個孩子，而家中的米缸卻常是空空如也。陶淵明的叔父看不過去，便介紹他去作彭澤縣令，到任八十一天，剛好潯陽郡派遣督郵來到彭澤縣，從屬的小吏跟他說：「應該要穿戴整齊，恭敬地迎接這位長官。」陶淵明歎了口氣說：「吾不為五斗米折腰，拳拳事奉鄉里小人。」之後，他結束了官宦生活的十三年，開始了他歸隱的日子，所以作這篇〈歸去來辭〉以明己志。

名句的故事

荀子在〈解蔽篇〉說：「心者，形之君也，而神明之主也。」我們談到「心」，常常不是指生物體的「心臟」這個器官，而是指相對於形體的精神層次。如果有人說「我和你心心相印」，絕不是指我們的心臟連在一起，如果有人說：「你讓我的心好痛。」除非是外科醫生幫病人開心臟手術，否則絕大部分是指你讓我的「精神」好難過的意思。荀子說「心」是我們形體的領導，是我們精神的支柱，而如果反過來「心為形役」呢？心被形體所支配了，那一定是有不能隨心所欲的事情，陶淵明「心為形役」的緣故就如同他自己在序中所說的「嘗從人事，皆口腹自役」，這裡的「人事」指的就是「仕宦」，也就是「做官」，做官的原因是因為要餬口及飽腹，所以說「心為形役」。

「悟以往之不諫，知來者之可追；實迷途其未遠，覺今是而昨非」，可簡化為「以往不諫，來者可追；迷途未遠，今是昨非」十六字。前兩句其實是脫自於《論語・微子》：「往者不可諫，來者猶可追。」孔子去到楚國時，有個楚國狂人名叫接輿，跟孔子說：「鳳兮！鳳兮！何德之衰？往者不可諫，來者猶可追。已而，已而！今之從政者殆而！」接輿是位隱士，他以相傳太平盛世才會見到的鳳鳥來比喻孔子，暗喻孔子在這個紛亂的時代沒有隱居起來是德行的衰敗。他勸孔子，過去既已無法改變，未來還可以把握，趕緊算了吧，現在的為政者都是很危險的！陶淵明在此暗用楚狂接輿的典故，其實也是他心境的寫照。唐代詩人王維在〈輞川閒居贈裴秀才迪〉這首詩裡，便將楚狂接輿和五柳先生陶淵明連接起來：「復值接輿醉，狂歌五柳前」。

歷久彌新說名句

時間的流逝與不可逆性是文學作品中一個重要的基調。「光陰似箭，日月如梭」這句成語體現了古人對時間最直接的概念。《莊子・知北遊》：「人生天地之間，若白駒之過隙，忽然而已。」正因為人生如此短暫，因此惜時與及時行樂成了一個重要的課題，所以陶淵明說：「悟以往之不諫，知來者之可追；實迷途其未遠，覺今是而昨非。」

李白一向是及時行樂派的代表。他對時間空間的看法是：「天地者，萬物之逆旅。光陰者，百代之過客。」（李白〈春夜宴桃李園序〉）李白對於時間的無法停駐也曾發如此之感嘆：「恨不得掛長繩於青天，繫此西飛之白日。」（李白〈惜餘春賦〉）在〈宣州謝朓樓餞別校書叔雲〉詩中，李白說：「棄我去者，昨日之日不可留；亂我心者，今日之日多煩憂。」「人生在世不稱意，明朝散髮弄扁舟。」昨日都已經過去了，不管是錯是對，都將隱沒在時間的洪流中，可以把握的是明天，當不稱意時，就逍遙天地間吧！

而惜時的感慨就更多了。阮籍有詩云：「壯年以時逝，朝露待太陽；願攬羲和轡，白日不移光。」羲和是神話傳說中為太陽駕車的人，阮籍在這裡說：希望能攬住羲和的馬鞭，讓太陽不移動，時間便不會流逝。元人盧摯在〈雙調・蟾宮曲〉中說：「想人生七十猶稀，百歲光陰，先過了三十。七十年間，十歲頑童，十載狂贏。五十年除分晝黑，剛分得一半兒白日。風雨相催，兔走烏飛。仔細沉吟，都不如快活了便宜。」「人生七十古來稀」便是從這首小令來的。

雲無心以出岫，鳥倦飛而知還

名句的誕生

園日涉[1]以成趣[2]，門雖設而常關。策[3]扶老[4]以流憩，時矯首[5]而遐觀[6]。雲無心以出岫[7]，鳥倦飛而知還。景[8]翳翳[9]以將入，撫孤松而盤桓。

～東晉・陶淵明〈歸去來辭〉

完全讀懂名句

1. 涉：散步。
2. 成趣：自成樂趣。
3. 策：拄著。
4. 扶老：手杖。
5. 矯首：抬頭。
6. 遐觀：遠望。
7. 岫：音ㄒㄧㄡˋ，山洞，這裡泛指山。
8. 景：同「影」，指日光。
9. 翳翳：音ㄧˋ，陰暗的樣子。

在庭園中散步也頗能自得其樂，家裡雖有門也難得有人上門。拄著枴杖四處看看休息，有時候抬起頭遠望天邊。那白雲自然而然地浮出山谷，鳥兒飛倦了就知道要回巢。夕陽漸漸昏暗就快要沉沒了，撫摸著孤松而流連徘徊。

名句的故事

〈歸去來辭〉是陶淵明寫於已辭官而即將歸隱的時候，換言之，其中的歸隱生活其實還是陶淵明的想像。這一段「園日涉以成趣……撫孤松而盤桓」頗似退休後悠閒的生活，時間彷彿不再重要，可以遠望天邊、發呆沈思都無所謂。但是陶淵明畢竟不是真正的退休，他是因厭惡政治而選擇歸隱，因此最後的「撫孤松而盤桓」又洩漏了他孤傲的性格及落寞的心情。

「雲無心以出岫，鳥倦飛而知還」，既是寫景，也是抒情，是語意雙關的妙句。「無心出岫」的雲正象徵著自己的誤落塵網，出仕本屬於「無心」；而現在又像那「倦飛知還」的鳥，終於在田園中找到真正的自我。

無心出岫的雲，那舒展自在、不加雕琢的意象，深得中國人的喜愛。《大藏經》中，明州天童山覺和尚曾有詩送嵩山老人曰：「應緣分影來池月，遊世無心出岫雲。」池中的月影、無心出岫的雲都是來無影去無蹤、不著痕跡的，十分能表示「雲遊四海」的悠閒與瀟灑。

鍾嶸《詩品》說陶淵明是「古今隱逸詩人之宗」，所以歷代的隱士或田園詩人對陶淵明的詩句都情有獨鍾。元代處士成廷珪有詩〈李子英心遠亭〉曰：「門外黃塵掃不開，何由吹得到靈臺。閒看倦鳥投林去，靜愛孤雲出岫來。彭澤高人多逸興，峨眉仙客有天才。祇今誰到悠然處，同采秋香共一杯。」詩中化用了「雲無心出岫」、「鳥倦飛知返」的詩句，彭澤高人指的當然就是陶淵明了。

歷久彌新說名句

劉勰在《文心雕龍．物色》篇說：「歲有其物，物有其容。情以物遷，辭以情發。一葉且或迎意，蟲聲有足引心。況清風與朗月同夜，白日與春林共朝哉！是以詩人感物，聯類不窮。流連萬象之際，沉吟視聽之區。寫氣圖貌，既隨物以婉轉；屬采附聲，亦與心而徘徊。」詩人受到外界景物的感觸，描摹事物的形象，這是寫景，「與心徘徊」就是抒發自己的情感，而能把這兩種結合在一起的，我們稱之為情景交融，或有意境。陶淵明的「雲無心以出岫，鳥倦飛而知還」就是一個例子。

文學作品中，情景交融的例子不少。《詩經．小雅．采薇》：「往我往矣，楊柳依依；今我來思，雨雪霏霏。」楊柳的依依不捨是人賦予的感情，雨雪霏霏也是包含了人的心情在裡面。《詩經・召南・草蟲》：「喓喓草蟲，趯趯阜螽。未見君子，憂心忡忡。」聽到蟲鳴，感受到季節變化，想到還在遠方的人，就令人憂心忡忡。這也是一個情景交融的例子。

王國維《人間詞話》說：「有我之境，以我觀物，故物皆著我之色彩。無我之境。以物觀物，故不知何者為我，何者為物。」他舉的「有我之境」的例子如馮延巳〈鵲踏枝〉：「淚眼問花花不語，亂紅飛過秋千去。」花和鞦韆何嘗有語，只是詩人把悲傷的心情投射在物上，所以說是「有我之境」；「無我之境」如陶淵明「採菊東籬下，悠然見南山」，那種不經意的望見，是不加安排的，因此可以物我兩忘，不知何者為我，何者為物。

古文觀止100 山光水色

夫天地者，萬物之逆旅

名句的誕生

夫天地者，萬物之逆旅[1]。光陰者，百代之過客。

～唐・李白〈春夜宴桃李園序〉

完全讀懂名句

1. 逆旅：迎客止宿之處，客舍。

天地是萬物的旅舍；光陰是百代的過客。

文章背景小常識

李白是一位天才詩人，他一生漂泊不定，不愛受羈絆和拘束。他少時居於蜀中，讀書學道，遍習儒家經典、古代文史名著，並瀏覽諸子百家，學習劍術。二十五歲時出川遠遊，酒隱安陸。後來雖然在官場上有短暫的閃光，但在仕途失敗之後，李白又繼續流浪天涯，並遊歷了長江、黃河中下游的廣大地區。

這些豐富的生活經歷，再加上他所接受的道家思想，使得李白的詩文中經常流露出一種人生如夢、及時把握的思想，因此他一方面是期待有一天能建功立業，另一方面也不受世俗所羈絆，及時行樂。

〈春夜宴桃李園序〉是李白與諸從弟聚會賦詩時所作的一篇文章。從弟本來意指堂弟，但唐代的風氣喜歡聯宗，也就是同姓者即結為兄弟叔侄等，因此這裏所謂的「從弟」未必真與李白有血緣關係。而這篇序中不僅寫及了當時眾人欣賞美景、高談清論、飲酒作詩的情景，並也抒發了李白熱愛大自然以及熱愛生活的豪情逸致。全文雖然有一百餘字，但句句緊扣題目，無半點虛設，並而層次井然有序，讀起來相當琅琅上口。

這篇文章在《李太白全集》裡做〈春夜宴從弟桃花園序〉，是李白用駢體寫的一篇膾炙人口的抒情小品，文字簡潔、清新自然。《古文觀止》評其為：「發端數語，已見瀟灑出塵之外。」

名句的故事

李白是一位有著深刻「客寓」意識的詩人。所謂的「客寓」意識即是認為萬物都是臨時寄居在這個天地之間，而自稱「萬物之靈」的人也不過是「過客們」中的一個。

在李白之前，陶淵明也表達過類似的思想，他曾在〈自祭文〉中說：「陶子將辭逆旅之館，用歸於本宅。」意思是：我陶淵明將要辭別這客舍一般的人世，永遠回歸到我所從來的地方。陶淵明是個很達觀的人，所以他也說過：「我明白過去的事已經不可改正，而將來的事卻還可以追求。」

孟浩然在〈與諸子登峴山〉中也說：「人事有代謝，往來成古今。」認為人間世事總有凋謝和接替，這一往一來就成了古與今。人雖然只是「天地」的一個旅客，但是畢竟人與萬物又是不同的，人生還有很多東西值得追尋。相較於李白與陶淵明而言，孟浩然表達的是一種更加具有哲學意味的思想。

其實時間雖然如同過客一般匆匆而逝，但是個人的消亡卻不代表希望的失去，儘管李白在文中表現出一些消極的觀點，但他仍是一個積極入世的人。的確，既然人生是如此短暫，那為什麼不好好的努力向上、奮鬥拚搏呢？

歷久彌新說名句

李白的這兩句詩是對於空間和時間有著哲學意味的思考。以「寓居」的思想看待人生是一種典型的中國人思維，既讓人感到悲觀，同時也給了人以悲觀後的奮鬥精神需求。杜甫的「天上浮雲似白衣，斯須改變如蒼狗」也是形容世事變換之快，感歎人生無常。其實我們常提到的「少壯不努力，老大徒傷悲」，說的也正是這個道理。

自從李白說過「光陰者，百代之過客」之後，「百代過客」就成為一個成語，比喻時光短促，稍縱即逝。而現在很多公司以「百代」命名，最有名的要數全球五大唱片公司之一的「百代唱片」了。百代唱片英文名為EMI唱片（Electrical And Music Industries，電氣實業有限公司），沒有多少新意，而中文名卻有著很豐富的含義，因為「百代」是一種歷史的概念和思維，它蘊含著英雄輩出、歷史悠久的意義，這是一種對於實力的自信，也是開拓未來的勇氣；既包含著歷史，也孕育著希望。而「百代」所代表的客寓意識，或許也表明了一種不只爭朝夕的態度。

以歷史為參照，時間成了過客，而「Time will pass you by 」（時光飛馳，離你遠去）是一首英文歌的名字，「我坐在這裏，看著時間溜過」則是林憶蓮《我坐在這裏》的一句歌詞。它們都以自我為參照，讓時間成了「我」的過客。

不過這只是現代人的一種思維，因為古人的歷史感比現代人強，現代人由於生活過於忙碌，往往沒有時間去思考太多諸如時空這樣的命題，也是因為不敢去思索。而自我意識就成了這種思索的替代品，在「自我」中找到自己的存在價值，其實這是一種歷史意識的化身。既然追問是沒有結果的，那何不把它化為前進的動力，在短促的生命當中好好地對待自己、對待生活呢？

浮生若夢，爲歡幾何

名句的誕生

而浮生若夢[1]，為歡幾何？古人秉[2]燭夜遊，良有以也。

～唐．李白〈春夜宴桃李園序〉

完全讀懂名句

1.浮生若夢：意謂死生之辨，亦如夢覺之分，紛紜變化，不可究詰。

2.秉：持，拿著。

而飄浮不定的人生猶如夢一般的虛無縹緲，能有多少歡樂的時光呢？古人們喜歡秉燭夜遊的確是有原因的啊！

名句的故事

「浮生若夢，為歡幾何」，其實與曹操的「對酒當歌，人生幾何」有異曲同功之妙，都是對生命短促的感慨，但他們都不流於消極低沈，而是充滿著蒼涼悲壯的感情，並且兩人似乎都對酒青睞有加。

李白好酒是眾所周知的事，而他在一生的漫遊裏，也結識了許多名人酒友，更留下了許多飲酒軼事。李白的酒友中有高官權貴，如賀孟真、吳筠等；也有名人雅士，如杜甫、高適等；更也有酒店老闆，例如宣城紀叟就是他的莫逆之交。而當時許多社會名流都非常傾慕李白的為人，皆想與他結識，因此就常以酒作為誘餌，通常這時李白都會欣然前往。

相傳當時涇川豪士汪倫傾慕李白許久，聽到他將要遊歷至安徽的消息後，就修書寫道：

「先生您喜歡旅遊嗎？這裏有十里桃花的美景；先生喜歡喝酒嗎？這裏有萬家酒店供您痛飲。」李白收到信後欣喜若狂，馬不停蹄地便前去與汪倫相會，但是他並沒見到什麼十里桃花和萬家酒店。這時汪倫才不好意思地告訴他：「十里桃花是潭水名，並不是什麼真的十里桃花；萬家是一位酒店主人的姓，所以也沒有什麼萬家酒店。」李白聽完後大笑，遂與汪倫開懷暢飲，共抒情懷，成為酒友至交，並且特地寫了一首〈過汪氏別業二首〉的詩，描寫了他與汪倫相遇的歡快和相見恨晚的心情。

歷久彌新說名句

有一間火葬場，它的入口處赫然掛著這樣一幅標語：「昨天，我和你們一個樣。」而在出口處則掛著這樣一幅標語：「明天，你們和我一個樣。」初看這兩個標語幾乎沒有一個人不被嚇到的，因為它豈止是振聾發聵，簡直是驚心動魄！但兩句標語其實揭示了一個不爭的事實：「千古歸一死，聖賢無奈何。」更帶有一種「浮生若夢，為歡幾何」，也就是要人把握現在的意味。

古人常常將人生比喻成一場夢，並且用小說的體裁將自己的想法表達出來。例如有名的《黃粱一夢》以及《枕中記》的故事，主人翁便是在夢中夢到自己榮華、富貴、衰敗、死去，然後在醒來後感歎著「人生如夢」的真諦。

人生是否真的如夢，端看人對生活的看法了。古人往往發出「浮生只恨歡娛少」的感慨，但今人也不甘落後，就像有一首歌唱道：「趕快跟我去兜風，青春只剩幾分鐘。」還有著名的《瀟灑走一回》，簡直就是人生最後的瘋狂揮灑的。女歌星林憶蓮的《薔薇之戀》中則比較委婉地說：「浮生若夢，為歡幾何，良辰美景，不要錯過。」

但也有人持相反的意見，說：「吃和睡是豬的生活，難道加上玩和樂就是人的生活？」確實，每個人都有自己的人生，而究竟想過什麼樣的生活，實在值得每一個人去細思。

況陽春召我以煙景，大塊假我以文章

名句的誕生

況陽春召我以煙景，大塊[1]假[2]我以文章[3]。會桃李之芳園，序[4]天倫[5]之樂事。

～唐·李白〈春夜宴桃李園序〉

完全讀懂名句

1. 大塊：大地。原指大自然錦繡般美好的景色。後用以稱讚別人內容豐富的長篇文章。
2. 假：借。
3. 文章：原指錯雜的色彩、花紋。此指大自然中各種美好的形象、色彩、聲音等。
4. 序：同敘。
5. 天倫：天然的倫次，此指兄弟。

況且溫煦的春天用豔麗的景色召喚我們，大自然將美好的文章提供給我們。於是我們今天才相會在這美麗的桃李園內，敘說兄弟團聚的快樂。

名句的故事

「況陽春召我以煙景，大塊假我以文章」這句話是從《莊子·大宗師》：「夫大塊載我以形，勞我以生，佚我以老，息我以死。」衍生出來的。大自然在李白的心中是可以賞玩、可以流連忘我的地方，更是激發他寫出那樣多好文章的得力助手。

李白一生到過許多地方，並且都留下了許多優美絕倫的好文，而唐玄宗開元十五年，也就是李白二十七歲時，李白輾轉來到安陸，並與唐高宗時的宰相許圉師的孫女結婚，居住於離許宅有十里地的碧山中。

有一天，安陸在朝中做官的一位何姓閣老回到碧山腳下的老家，聽到鄉親們都在談論李白，說他生得英俊瀟灑，並且還博覽群書、一目十行，吟詩作賦、揮筆成章，心中十分仰慕，於是便吩咐家人準備名肴佳釀，請李白來家中作客。

李白來後，閣老一見果然氣象不凡。又談詩書，李白都能對答如流，閣老更佩服。於是忍不住發問：「李學士，天下名山那麼多，緣何單單看中了我們碧山呢？」李白聽了，不假思索，隨口答上：「桃花流水杳然去，別有天地非人間。」閣老一聽，大聲稱讚，立即讓家人取出筆墨紙硯，請李白錄下。李白當即再補兩句，並取名〈山中問答〉：「問余何意棲碧山，笑而不答心自閑。桃花流水杳然去，別有天地非人間。」

自此後，這首〈山中問答〉不脛而走，而「別有天地」也成了一句流行成語。想想，李白連在自己居住的地方都能觀察出如此美景，並寫出如此佳句，就更何提那無窮無盡、美不勝收的大自然了。

歷久彌新說名句

「大塊」一詞原指的是大自然，也就是人生所處的天地間，而「大塊假我以文章」則體現出了李白師法自然、渾然忘我的胸懷與爛漫不羈的個性。近半個多世紀來，時常見到一些人把長篇大論的文章稱為「大塊文章」，把「塊」字作為量詞，其實這與李白的原意是不同的。

自李白「陽春召我以煙景，大塊假我以文章」詩句出現後，現在這種「召我以」、「假我以」的句子格式則廣泛的應用開了。

在一篇名為〈我來自田野〉的文章中，作者寫到：「我來自田野，雨露灌溉我的童年，風霜使我強健，而生活卻召我以工作。」在〈夕陽最紅〉的報導連載中，講述了一百位上海老人的精彩故事，記者在最後總結時說：「真可謂：陽春召我以煙景，盛世假我以文章。」可謂畫龍點睛之筆，既總結了全部報導，更深化了報導的主題。

在台灣有一個「大塊」文化出版公司，便是取法自李白的這句詩句，讓人看了之後立即感覺到一種濃厚的「文人氣息」。而最有趣的是，在一篇軟體開發者所寫的〈致用戶書〉裡還這麼寫道：「況陽春召我以煙景，大塊假我以文章。當年的李白將獨稟天地靈氣的人的靈性，以詩文的形式彰顯無遺。作為當今商業社會的經營管理軟體的開發者，我們試圖做到的也是更好地發揮人的靈性，而不是束縛人的靈性。」沒想到句子也能這麼用、這麼解釋吧？更沒想到原來連軟體開發者都會用上這個句子。

誦明月之詩，歌窈窕之章

名句的誕生

清風徐來，水波不興。舉酒屬[1]客，誦明月之詩[2]，歌窈窕之章[3]。

～宋・蘇軾〈赤壁賦〉

完全讀懂名句

1. 屬：勸酒，款待，音ㄓㄨˇ。
2. 明月之詩：指《詩經。陳風・月出》。
3. 窈窕之章：指〈月出〉首章：「月出皎兮，佼人僚兮。舒窈糾兮，勞心悄兮。」文中「窈糾」，即是「窈窕」之意，因此稱為窈窕之章。窈窕，美好的樣子。

清風徐徐吹來，水面上卻不起波濤。舉杯勸客飲酒，朗誦起明月的詩句，高唱著〈月出・窈窕〉那一章。

文章背景小常識

賦的發展，源於《楚辭》和《詩經》，盛行於西漢、六朝。但漢魏六朝賦著重於舖陳，詞藻華麗；唐以後，賦多半以「散賦」為基本形式。因為散賦的形式比四六對仗的駢文更加自由，以發抒自我情懷為主。散賦擺脫傳統堆砌典故，嚴守聲韻的束縛，所以無論就句法或結構都可大大發揮，但又保有賦的精神。〈赤壁賦〉即為典型的散賦。

神宗元豐五年，蘇軾兩度遊赤壁，一次為七月十六日，作〈赤壁賦〉，十月舊地重遊，復作〈赤壁賦〉。因此，一般習於依時間先後，冠以〈前赤壁賦〉、〈後赤壁賦〉。本篇即〈前赤壁賦〉。

值得一提的是，蘇軾作〈赤壁賦〉所遊之「赤壁」，是在黃岡縣外，俗稱「赤鼻磯」之處，並非三國周瑜攻打曹操之地。周瑜攻打曹操的赤壁，是位於嘉魚縣東北江濱，江夏西南一百里處。

名句的故事

蘇軾在黃州的日子，與好友夜遊狂飲，除卻本文留下文學史上的驚嘆號外，其他逸事自不在少數。神宗元豐五年九月，蘇東坡與朋友夜飲大醉後，回到「臨皋亭」的住所。對人生又起感觸，寫下這首〈臨江仙〉：「夜飲東坡醒復醉，歸來彷彿三更。家童鼻息已雷鳴，敲門都不應，倚仗聽江聲。長恨此身非我有，何時忘卻營營。夜闌風靜縠（ㄏㄨˊ）紋平，小舟從此逝，江海寄餘生。」

就是這一醉，思起這奔勞之身，竟想駕舟沉浮在海上。當然，這只是詞中世界。但此詞一出，隔天竟謠傳蘇東坡已經掛冠離去。蘇東坡此時是待罪之身，不得離開黃州腹地，急得黃州刺史連忙趕至臨皋亭，卻見蘇東坡正呼呼大睡，宿醉未醒呢！

歷久彌新說名句

傳統中國文學史上，以明月為題的詩詞俯拾皆是，蘇軾自己便寫有〈水調歌頭〉：「明月幾時有，把酒問青天……但願人長久，千里共嬋娟。」文題即言，「丙辰中秋，歡飲達旦，大醉，作此篇，兼懷子由。」當此皓月，詞人的情感一觸即發。再如唐朝張九齡〈望月懷遠〉「海上生明月，天涯共此時，情人怨遙夜，竟夕起相思……」月色澄澄，詩人思慕情人，月與情似乎一向孿生。

若要說中國現代文學史上最動人的月色，莫過於張愛玲的〈傾城之戀〉。小說中，那個對女主角白流蘇說「我愛你」的范柳原，整夜電話攻勢中，最後一通竟然只談月亮：

「流蘇，你的窗子裡看得見月亮嗎？」流蘇

不知道為什麼，忽然哽咽起來。淚眼中的月亮大而模糊，銀色的，有著綠的光稜。

至於兩人定情之夜的對白，更是與月亮有所關聯。流蘇問范柳原到她房間做什麼。柳原回答：「我一直想從你的窗戶裡看月亮。這邊屋裡比那邊看得清楚些。」

就是這月色，成全了這段「傾國傾城」的愛情，最後，香港的陷落成全了這段愛，成全了白流蘇。這是中國式的月色。

看看西方的月色吧！葡萄牙作家費爾南多‧佩索亞在〈惶然錄〉中，描述的月色卻是悲涼的：「月亮的刺眼光芒中包含著一種悲涼的平靜，一種類似於述說感激之情的東西高高地從天而降，而人們無法耳聞。」在佩索亞的思維裡，月亮刺眼的光芒，與人類世界是隔離的，因為她所要敘說的事物，人們是無從聽見的。人與月，相隔甚遠，一個從一個至高點往下俯瞰，另一個則無從理解意涵。

這種思考下的月亮，顯然與中國人眼中的月亮截然不同。中國人的月亮是「借物明志」的最佳象徵，也是圓融、團聚的象徵，人們不會聽不見月亮的寓意。

飄飄乎如遺世獨立，羽化而登仙

名句的誕生

縱一葦之所如[1]，凌[2]萬頃之茫然。浩浩乎如馮虛御風[3]，而不知其所止；飄飄乎如遺世[4]獨立，羽化而登仙[5]。

～宋·蘇軾〈赤壁賦〉

完全讀懂名句

1. 縱一葦之所如：聽任小船飄浮。一葦，比喻小船。如，往。《詩經·衛風·河廣》：「誰謂河廣？一葦杭之。」
2. 凌：凌越。
3. 馮虛御風：在虛空中乘風飛馳。馮，通「憑」，憑藉之意。虛，虛空。御，駕馭。
4. 遺世：脫離塵世。
5. 羽化而登仙：有羽翼可以飛行，登臨仙界。

我聽任小船漂浮，越過萬頃茫茫的海面。那種廣大，就像在天空中乘風疾行，不知將往何處。飄飄然的感覺，像是脫離塵世獨立，又像是生出羽翼一般，飛登仙界。

名句的故事

「浩浩乎如馮虛御風，而不知其所止；飄飄乎如遺世獨立，羽化而登仙」，充分顯示出蘇軾儘管被貶至黃州這般荒涼之地，心境上卻是曠達的，接近於老莊的無為。這中間有段轉折——烏臺詩案。

「烏臺」是指御史臺監獄的名稱。神宗元豐

二年三月，當時蘇軾從徐州調往湖州任刺史，照慣例寫〈謝上表〉，卻得罪王安石的手下。當年六月，一名御史從〈謝上表〉中挑出四句，說蘇軾藐視朝廷，開始大加韃伐。另外又找了他在湖州寫的詩，一起羅織他的罪名，把此案交予御史臺；當然，許多是無中生有的。七月，蘇軾被遣送回京，八月就被送進監獄，到十二月二十九日才出獄，同時宣布將他貶往黃州，擔任練團副使，但不得擅自離開黃州，同時無權簽署公文。這事件就是「烏臺詩案」。

烏臺詩案對蘇軾的打擊很大，此後他不得不寄情山水，安於成為隱士般的生活，精神上於是傾向於老莊思想。也才會有「飄飄乎如遺世獨立，羽化而登仙」這樣的詩句。

歷久彌新說名句

蘇軾言「縱一葦之所如，臨萬頃之茫然」，江上風清的景色，在黑夜茫茫中，所感受到的是曠遠無邊的江海，飄飄茫茫。但在暗夜水色中，夜遊那條充滿脂粉氣味的秦淮河，則又是另一種光景了。

西元一九二三年，作家朱自清與紅學權威俞平伯，為比試兩人的文學功力，相約以秦淮河為題，各自寫下〈槳聲燈影裡的秦淮河〉，而傳為文學史上佳話，如今我們在兩人筆下，看到不同的秦淮河。

朱自清的秦淮河是：「秦淮河的水是碧陰陰的；看起來厚而不膩，或者是六朝金粉所凝麼？……那漾漾的柔波是這樣的恬靜，委婉，使我們一面有水闊天空之想，一面又憧憬著紙醉金迷之境了。等到燈火明時，陰陰的變為沈沈了：黯淡的水光，像夢一般；那偶然閃爍著的光芒，就是夢的眼睛了。」可惜，這樣帶有紙醉金迷的秦淮河，水波中充滿夢境的光芒，有著詩情的河流，朱自清話鋒一轉，竟把文章大篇幅轉向討論歌妓的道德去了。不過，秦淮河在他筆下，包覆著華麗的文辭，大紅燈籠高高掛，不管他情慾道德，這秦淮河的神秘夜景，終究吸引許多人，恨不能立即在那船上，體驗河中的燈影槳聲。

但俞平伯的秦淮河，則呈現出一種哲人的思維了：「燈影裡的昏黃，和月下燈影裡的昏黃是不相似的，又何況入倦的眼中所見的昏黃呢？燈光所以映她的容姿，月華所以洗她的秀骨，以騰的心焰跳舞她的盛年，以觴澀的眼波供養她的遲暮。必如此，才會有圓足的醉，圓足的戀，圓足的頹弛，成熟了我們的心田。」這是一種寧靜心田下，看著秦淮河的煙波迷醉，省思出來的文字。「圓足的醉，圓足的戀，圓足的頹弛」道出一個有感的靈魂，夜遊秦淮河的時刻，內心確實是隨著河景的變換而起波濤。

三人遊河的感觸是如此不同，蘇軾呈現出曠遠放任的豪情，朱自清是擺蕩在華美與道德之間，而俞平伯則是充滿智慧的美感。

世之奇偉瑰怪非常之觀

名句的誕生

夫夷[1]以近，則遊者眾；險[2]以遠，則至者少；而世之奇偉瑰怪非常之觀，常在於險遠，而人之所罕至焉；故非有志者不能至也。

～宋．王安石〈遊褒禪山記〉

完全讀懂名句

1. 夷：平坦。
2. 險：危險。

平坦而近的地方，遊客就多；危險而遠的地方，到的人便少了。但世間奇特瑰怪、不尋常的景致，常在危險和遙遠而人們很少會到的地方，所以除了有志氣的人以外都不能到達。

文章背景小常識

褒禪山位於安徽省舍山縣北十五里，原名北山，又名華山，以風景清幽，地勢險遠著稱。因為唐朝高僧慧褒曾住在此山，因此又被後人稱為褒禪山。

〈遊褒禪山記〉這篇文章寫的是一次未能盡興的遊覽，作者深感後悔和遺憾，照理說，這樣的遊覽沒有多少值得寫的東西，可是作者卻據此得出深刻的啟示：世上神奇雄偉、美麗壯觀的景色，常常在艱險、遙遠的地方，必須不避困頓，「盡吾志」以赴之，才能於己無悔，不為人識。這裏雖然是說遊山，實際上是以遊山作比喻，說明不論研求高深的學問，還是創建宏偉的事業，都必須以百折不撓的精神去完成自己的意願。

王安石在一生從政、治學的道路上就是這樣堅韌不拔地前進的。他在宋神宗時作宰相，認準了「變法」於國有利，決心推行新法，儘管守舊派強烈反對，他卻毫不動搖，被列寧譽為「中國十一世紀的改革家」。王安石在文學上也是個革新派。他反對北宋初年淫靡的文風，主張文章應「有補於世」。

名句的故事

世上奇特、難得的景致多半都是在偏遠而難以到達的地方，只有有志的人才能到達，由此，我們可以聯想到「有志者事竟成」這句諺語。《後漢書．耿弇列傳》說到：「將軍前在南陽建此大策，常以為落落難合，有志者事竟成也！」漢朝建威將軍耿弇（ㄧㄢˇ），曾立下多次輝煌的戰功，光武帝劉秀對他十分信任。因為據守琅邪郡的張步不接受招降，於是他奉命領兵攻打，最後在臨淄大敗張步。幾天後，皇上來到臨淄勞軍，並且對他說：「以前在南陽時，你提出取得天下的計策，我以為不可能成功；現在天下大勢已定，可見只要立下志向努力去做，事情終必會成功。」後來「有志竟成」這個成語就從這裡的「有志者事竟成也」演變而出，用於表示立定志向去做，終必成功。

另外由這句名句我們也可以聯想到李白的〈蜀道難〉，其中有一句：「噫吁嚱，危乎高哉！蜀道之難難於上青天！」這句話是形容蜀道路上奇麗驚險的山川景色。李白在這首詩中既寫了蜀道的艱難，又寫了人生旅程的艱難，並寄予了對國事的憂慮和擔心。

歷久彌新說名句

除了「有志者事竟成」之外，在我們日常生活中，還常常使用「皇天不負苦心人」這句話，他的意思是與「有志者事竟成」相近的，也時常連用。在我們一般的印象中，客家人總是勤儉，而且富有刻苦耐勞的精神，而這也反映在客家歌曲中，有一首歌就命名為《皇天不負苦心人》（林子淵撰詞譜曲），其中一句歌詞說道：「千辛萬苦也愛抬，啊！一分努力一分收成，皇天不負苦心人。」是不是很有趣呢？

在古代的文章中，我們常可以發現，優美特殊的景色，時常都被描述為處於僻靜遙遠的地方，那麼近代人的著作是否也是如此？在倪匡《少年衛斯理．三姓桃源》這篇小說中，有一段這樣的描述：「若是不明究裡，根本無法到達。三人在略作安排之後，便把全家老小，都遷入了那所在，並且命名為『三姓桃源』，立下家規，世世代代，在三姓桃源隱居，再也不出塵俗世間，也就無疑人間天上了！『三姓桃源』所在之處，四面全是重重疊疊的山巒……飛鳥難渡。那山谷被群山包圍，所以氣候適宜，物產極豐，土地肥沃，又有水潭、溪流、瀑布，水產也豐美之極。」

超鴻蒙，混希夷

名句的誕生

以愚辭[1]歌愚溪[2]，則茫然而不違，昏然而同歸，超鴻蒙[3]，混希夷[4]，寂寥而莫我知也。

～唐．柳宗元〈愚溪詩序〉

完全讀懂名句

1. 愚辭：愚笨的文辭。
2. 愚溪：柳宗元命家居旁邊的溪流為「愚溪」。
3. 鴻蒙：自然的元氣，泛指宇宙。
4. 希夷：原指道體的無聲無色，後用以指虛空玄妙。

我用愚笨的文辭來歌頌愚溪，溪與我兩不相違，在昏沉中還是與它相契合。超越宇宙萬物，進入虛無寂靜的境界，寂靜超脫，沒有人瞭解我的心情。

文章背景小常識

永貞元年（西元八〇五年）正月，唐順宗繼位。由於前在位者唐德宗，聽任宦官當權，以致社會亂象叢生。於是唐順宗支持改革，任用王叔文等人當政。當時，三十三歲的柳宗元受到王叔文的賞識，因此被拔擢為禮部員外郎。然而，宦官、強藩的勢力龐大，王叔文等不敵。八月，順宗被迫退位，其子李純（唐憲宗）繼位後，立即對父親的這些親信大開殺戒，將王叔文貶為渝州司馬。九月，柳宗元被牽連，貶為邵州刺史。就在前往邵州的路途上，再改貶為永州司馬。

永州地處偏僻，安史之亂後，宦官當政，民不聊生，以致人口急速凋零。而柳宗元之職，不過是一介編制外的閒員，加上生活環境惡劣，總總生活的苦悶，讓時值壯年的柳宗元，最後只能與山水為伍，創作大量山水遊記。

元和四年，柳宗元的創作開始進入巔峰期。這篇文章就是這段時期中，典型藉奇山異水，與自己被貶的抑鬱之情，兩相結合的作品。

名句的故事

山水遊記的鼻祖，縱然奉柳宗元為始祖，然而，南梁吳均所寫山水駢文〈與宋元思書〉，也是山水文學不應忽略的佳作。此文寫水之清澈，不同於〈愚溪詩序〉的溪水，縱然「善鑑萬類，清瑩秀澈，鏘鳴金石」，但是溪之清澈更是為了表示自我。而〈與宋元思書〉呈現的異水佳景，則是精準寫景：「水皆縹碧，千丈見底。游魚細石，直視無礙。急湍甚箭，猛浪若奔。」這六句直接就視覺來寫水，寫水的明澈可見，也寫出水的動感——疾行之水，如箭之奔來。

當此山水奇景，吳均當然也就借物言志：「鳶飛戾天者，望峰息心；經綸世務者，窺谷相望。」說是縱有大鵬之志者，見到群峰聳立，也要「息心」；就連那些深諳俗世事物者，都會在山谷中流連忘返。吳均顯然停駐在此山水之中，世俗情物就付之雲淡風清吧。相較之下，柳宗元「超鴻蒙，混希夷，寂寥而莫我知也」，雖有愚溪相伴，卻還是籠罩在一種「莫可奈何」的悲憤之情中。

歷久彌新說名句

在〈愚溪詩序〉中，以溪喻己的佳句，俯拾皆是：「幽邃淺狹，蛟龍不屑，不能興雲雨。無以利世，而適類於余。」這段話道盡柳宗元內在的深邃，卻不為當政者所激賞，無從利世濟民。其實，柳宗元與此溪並非「無以利世」，而是為世道離棄，無從利世，無從展現鋒芒才華，於是轉而自我觀照：「溪雖莫利於世，而善鑑萬類，清瑩秀澈，鏘鳴金石……余雖不合於俗，亦頗以文墨自慰，滌萬物，牢籠百態，而無所避之。」溪水明淨，照見萬物百態，恰恰與柳宗元不合於世俗，兩相對照。人、溪相和，合而為一。

被譽為是最孤獨的美國知名女詩人艾蜜莉·狄金森，曾經在她的日記中寫道：「難道生命得與不停的活動扯上關係嗎？難道我得入世才能在其中找到詩的存在？當心智退縮時，許多層面被包覆著。思想才是最重要的，怎能不思想而活著呢？有時，簡單的生活反而最複雜。」狄金森的生命就是在她與外界隔絕的世界裡，綻放屬於她自己的光亮。這樣一個單純的心靈，甘於自我孤獨，與柳宗元「超鴻蒙，混希夷，寂寥而莫我知也」的孤獨對照，狄金森的孤獨是真正安於這樣不為人知的孤獨；而柳宗元的孤獨，則是悲憤被世界遺忘的孤獨。

清泠之狀與目謀，瀯瀯之聲與耳謀

名句的誕生

枕席而臥，則清泠[1]之狀與目謀[2]，瀯瀯[3]之聲與耳謀，悠然[4]而虛者與神謀，淵然[5]而靜者與心謀。

～唐．柳宗元〈鈷鉧潭西小丘記〉

完全讀懂名句

1. 泠：清涼。
2. 謀：交往接觸。
3. 瀯瀯：流水聲。
4. 悠然：幽遠的樣子。
5. 淵然：靜默的樣子。

我鋪好席子，放上枕頭，躺在小丘上，清涼的流水映入眼簾，瀯瀯水聲傳入耳中，幽遠虛渺的境界與精神相通，深沉幽靜的氣氛和我的心靈呼應。

文章背景小常識

〈鈷鉧潭西小丘記〉是柳宗元《永州八記》的第三篇。柳宗元被貶官至永州（〈愚溪詩序〉），寄情於山水，寫下許多遊記。而〈始得西山宴遊記〉、〈鈷鉧潭記〉、〈鈷鉧潭西小丘記〉、〈至小丘西小石潭記〉、〈袁家渴記〉、〈石渠記〉、〈石澗記〉、〈小石城山記〉等八篇，世稱為《永州八記》。此八篇遊記，以時間為序排列，前後連貫，但亦可單篇獨立閱讀。

此篇主要是藉著小丘的景致，借丘喻人。這片小丘原為棄地已久，卻經由柳宗元的梳整，成為一片景色怡人之地。柳宗元慶幸此廢丘尚有他作為知音，但他真正要感慨的是，他政治上的知音不知何在？

值得我們注意的是，柳宗元貶居永州十年期間，並非只全力在山水文學。除了創作山水遊記，賦詩，創作大量文學作品外，這段期間他還有許多思想性、歷史文論作品，例如：〈封建論〉、〈時令論〉、〈斷刑論〉、〈桐葉封弟辯〉〈天說〉、〈非國語〉等，也是鏗鏘有力之作。

名句的故事

正如歐陽修在〈梅聖俞詩集序〉中所說：「凡士之蘊其所有，而不得施於世者，多喜自放於山巔水涯之外。見蟲魚草木風雲之狀類，往往探其奇怪。內有憂思感憤之鬱積，其興於怨刺，以道羈臣寡婦之所歎，而寫人情之難言，蓋愈窮則愈工。」這段話可以說是柳宗元寫下《永州八記》的內心寫照，也是中國古代的讀書人，懷持著淑世理想，最後不得不投身到另一個無關政治的領域中，因而遊山玩水，感月吟風，就成了知識份子安身立命的桃花源。

所以，余秋雨在〈洞庭一角〉中提到：「中國文化中極其奪目的一個部位可稱之為『貶官文化』。隨之而來，許多文化遺跡也就是貶官行跡。貶官失了寵，摔了跤，孤零零的，悲劇意識也就爬上了心頭；貶到了外頭，這裡走走，那裡看看，只好與山水親熱。」這段話多少道盡不少中國文學史上的名家，卻是「失意政客」。

的確如此。范仲淹〈岳陽樓記〉一句「先天下之憂而憂，後天下之樂而樂」，流芳百世，被歷代憂國憂民的知識份子視為「箴言」，時時以此句警惕自我，表為人生抱負。然而，當我們重讀〈岳陽樓記〉，不免讀到一個貶官的心情，因為此文做於慶曆六年，時當范仲淹推行的「慶曆新政」變法失敗，范仲淹因而被貶至饒州。於是，登樓感懷，借景言志，留下這篇宋代古文佳作，而這種悲情正是中國失意政客的聲音。

歷久彌新說名句

《永州八記》中，處處可以看到柳宗元寫景的奇筆，除了像「清泠之狀與目謀，瀯瀯之聲與耳謀，悠然而虛者與神謀，淵然而靜者與心謀」這種融合多種感官與精神意境，來描述外在情境的佳句外，在〈始得西山宴遊記〉中，同樣有誇飾山景的名句：「然後知是山之特出，不以培塿為類；悠悠乎與灝氣具，而莫得其涯；洋洋乎與造物者遊，而不知其所窮。」西山的獨特秀出，絕不是一般小山的氣度，柳宗元說它鼎立在天地的浩氣中時已遠久，而且此山無邊無盡。表面上說的是西山的高峻奇巧，實際上說的是柳宗元的獨特清高。

知名的德語作家赫曼．赫塞在散文〈多雲的天空〉的開頭，有一段和柳宗元「枕席而臥」相似的描寫：「岩縫間長滿綻放小花的野草。我躺在地上，遙望晚天。從幾個小時開始，小片、閒靜的亂雲就在天空中緩慢流動。風必定是在雲的上頭吹，因為地上的風停滯了，毫無一絲風。」不過，柳宗元的〈鈷鉧潭西小丘記〉是抒發他鬱鬱不得志的心境；而赫塞則是直接藉外在景物變化，傳達生命在暗流侵襲時刻的陰暗：「這暗流毫無規律就會在我的靈魂裡出現，毫無外在原因可循。世界似乎蒙上一層陰影，像烏雲一樣……」兩者還是呈現出文化的差異。

古文觀止 100

金玉豐鮮

蟬翼爲重，千鈞爲輕

名句的誕生

世溷濁[1]而不清：蟬翼[2]為重，千鈞[3]為輕；黃鍾毀棄，瓦釜雷鳴[4]；讒人[5]高張，賢士無名。吁嗟[6]默默[7]兮，誰知吾之廉貞[8]？

～戰國．屈原〈卜居〉

完全讀懂名句

1. 溷濁：渾濁，溷，音混。
2. 蟬翼：蟬的翅膀，輕而薄。
3. 鈞：古代重量單位，一鈞等於三十斤。千鈞意為很重。
4. 黃鍾毀棄，瓦釜雷鳴：黃鍾，正大、莊嚴、高妙之音，能振聾發聵。瓦釜，意指低賤之物。
5. 讒人：小人，奸臣。
6. 吁嗟：感歎、發語詞。
7. 默默：默默無聞，不得志。
8. 廉貞：廉潔忠貞。

當今世上是如此的清濁不分：竟以為輕薄的蟬翼才是重物，而真正千鈞之重的東西反倒被認為是輕物；能振聾發聵的正大之聲被摒棄不用，而賤物之聲反倒大肆囂鳴；奸佞之人各個氣焰高漲，賢臣卻完全不得重視。唉，像我如此默默無聞之人，又有誰能明瞭我懷有的那顆廉潔與忠貞之心呢？

文章背景小常識

屈原，名平，字原，是戰國時期的楚國詩人、政治家，也是中國文學史上第一位偉大的愛國詩人，更是浪漫主義詩人的傑出代表，在上個世紀中葉，還曾被推舉為世界文化名人而受到廣泛的紀念。

屈原出身貴族，又明於治亂、嫻於辭令，因此早年相當受楚懷王的寵信，而為了實現楚國的統一大業，他對內積極輔佐懷王變法圖強，對外堅決主張聯齊抗秦。但由於他所秉持的政治理念與當權派不合，因而屢次遭人誣陷，並被楚王放逐。

〈卜居〉相傳是屈原第二次被楚王放逐時所寫成的。再度被放逐，令屈原內心充滿了抑鬱與困惑，因此他在百思不得其解的況狀下，只得轉向太卜鄭詹尹求助，希望藉由龜策之術、神明之解來取得心靈的平靜，而這篇文章可說就是當時屈原與太卜鄭詹尹的談話紀錄。

〈卜居〉通篇是以問、對、答的方式來完成的，但其實它並非真的問事決疑之作，只不過是屈原假借問答的方式，來宣泄內心憤世嫉俗的感慨。而文中宣洩苦悶的八組排句、突顯矛盾的正反對比、寄寓憤慨的比興筆法，都使用得極具震撼力，將屈原心中對「時不我予」的苦悶、對小人得志現狀的慨歎，以及廉潔忠貞的心志不被瞭解的痛苦表達得入木三分，令人讀後潸然淚下。而後世辭賦雜文中的賓主問答之體，實即濫觴於此。

《文心雕龍．辨騷篇》曾對此篇文章有高度評價，認為它「標放言之致」，便是指這篇作品不僅能暢所欲言、不受羈束，更能高談闊論、豁達自任，大大地抒發了屈原不想再受塵俗世務牽絆的心志。近世學者多認為〈卜居〉並非屈原所作，而是楚人為哀悼屈原而作的文章，但王逸認為本文確實是屈原所作，朱熹也從其說，因此至今未有定論。

名句的故事

楚懷王十五年之際，張儀由秦至楚，用重金收買了靳尚、子蘭、鄭袖等人充當內奸，同時更以「獻商於之地六百里」的話來誘騙懷王，而受此誘惑的楚懷王便毅然決然地與齊國斷交。不久，當懷王發現受騙後，不禁惱羞成怒，並兩度向秦出兵，但均遭慘敗。此時，無計可施的懷王才終於想起了被他刻意忽略許久的屈原，因此連忙命他出使齊國，希望利用他的外交長才來使兩國重修舊好。

但就在此時，張儀又一次地由秦至楚，企圖瓦解齊楚聯盟的舉動，並且最終導致屈原無功而返，再度被楚王疏遠。到了楚懷王二十四年，楚國則徹底投入了秦的懷抱，而一直堅持「齊楚聯合」的屈原，則被懷王無情地逐出郢都。

懷王三十年，在外放逐六年之後的屈原終於回到了郢都，而同年，秦王約楚懷王到武關相會，開完會後，懷王竟遭扣留，並最終客死秦國。但楚頃襄王即位後，並沒有記取教訓，依然繼續實施投降政策，並再次將屈原逐出郢都，流放至江南，而屈原便這樣落寞地流離於沅、湘二水之間，有家歸不得。

回想當年，屈原受讒言毀謗、兩度被放逐漢北及江南，對於一個有理想、有報負的青年，當現實與理想相互矛盾時，他心中的迷惑是可以想見的。所以才會選擇去見太卜，希望借由占卜結果來解開心中的迷惑。只可惜鄭詹尹在瞭解了他所想問的問題後，卻也無法卜出個所以然來，最後只好表示這些疑問「龜策誠不能知事」，然後以「用君之心，行君之意」來勸屈原想開一些，多多配合主上的意思行事，別再一意孤行了。

歷久彌新說名句

「蟬翼」、「千鈞」原本一輕一重，「黃鐘」、「瓦釜」原本一貴一賤，但當蟬翼居然成為重物，千鈞反倒為輕；當能振聾發聵的正大之聲完全被摒棄，而賤物之聲竟取而代之時，便顯示出一種鮮明的對比，讓人能立即感受到寫作這些句子的作者，對某人、某事、某物、某現象「是非不明」、「黑白顛倒」的強烈不滿與譴責。

曾有人化用此名句寫成：「當今之世，豺狼當道，虎豹橫行。蟬翼為重，泰山為輕。讒人高立，賢士無名。重名利而薄學識，羡陶朱而鄙伯夷。歎世風之日下，哀人心之不古。」而後世學者在分析魯迅所處的時代時，便常常使用這類比喻。

不過，「瓦釜雷鳴」雖然最早是用來比喻平庸無才德的人卻居於顯赫的高位，但後來人們卻也用這句話來比喻拙劣的文章卻風行於世。比如說宋朝的黃庭堅〈再次韻兼簡履中南玉〉詩三首之三：「經術貂蟬續狗尾，文章瓦釜作雷鳴。」便是以「瓦釜雷鳴」來比喻拙劣的文章卻風行於世的怪現狀。

屠牛坦一朝解十二牛，而芒刃不頓者

名句的誕生

屠牛坦一朝解十二牛[1]，而芒刃不頓者[2]，所排擊剝割[3]，皆為理解[4]也。至於髖髀之所[5]，非斤則斧[6]。夫仁義恩厚，人主之芒刃也；權勢法制，人主之斤斧也。今諸侯王皆為髖髀也，釋[7]斤斧之用，而欲嬰[8]以芒刃，臣以為不缺則折。

～西漢・賈誼〈治安策〉

完全讀懂名句

1. 屠牛坦：春秋時的宰牛者，名坦。解：分解動物的肢體。
2. 芒刃：鋒利的刀刃。頓：通「鈍」。
3. 排：解剖。擊：敲打。剝：去皮。割：切肉。
4. 理：肌肉的紋理。解：四肢之間的縫隙。
5. 髖（音同寬）：胯骨。髀（音同必）：大腿骨。髖髀，泛指牛的大骨頭。
6. 斤：砍刀。橫刃叫斤，豎刃叫斧。
7. 釋：放下。
8. 嬰：同「攖」，碰，觸動。

有一個名叫「坦」的屠夫，他每天可以肢解十二頭牛，並且鋒利的刀刃一點都不會變得遲鈍。之所以如此，主要是因為他在解剖、敲打、去皮、切肉的時候，都是按照著牛肌肉的紋理，以及四肢之間的縫隙走刀的。當遇到大的骨頭的時候，就要用橫刃或豎刃的砍刀。仁義和厚的恩情，對於做為君主的人來說就好像是鋒利的刀刃，而權力、法律等，就相當於君主的砍刀，而如今的諸侯王，就都好像是解剖牛時遇到的大骨頭一樣。如果放棄了砍刀，而用鋒利的刀刃去對付他們，臣下認為，這樣的做法，一定會損壞到刀刃的。

名句背景小常識

賈誼（西元前二〇〇～前一六八年），是西漢時期的政治家、文學家，洛陽（今屬河南）人。年少的時候就以博學能文而聞名，漢文帝的時候被舉薦為博士，掌管文獻典籍，而此時賈誼不過年僅二十多歲。並且在不到一年的時間，又被升為中史大夫。

但由於才高被忌，文帝又聽信讒言不辨是非，因此將賈誼貶為長沙王太傅，歷時三年。雖然後來又將他召回長安，命他為梁懷王太傅，但後來因為梁懷王墜馬而死，賈誼也悲悼自責，不久就死去了。

這篇又名〈陳時事疏〉的〈治安策〉，是與賈誼另一篇與〈過秦論〉同樣齊名的政論散文。而賈誼寫作這篇文章之際，正是西漢天下初定、社會動蕩不安之時。而他以他的獨特視角，瞭解到社會之所以無法平靜，全是由於諸侯割據、匈奴犯邊、富商大賈嚴重浪費社會資源所導致的後果，因此他毅然絕然上了這篇〈治安策〉，希望漢文帝能明白問題的癥結所在，讓社會回到他應有的軌道之中。

賈誼的思想以儒家為主，他通曉治亂，間採法家、黃老思想，寫出的文章氣勢充沛，富於感染力，又具有很強的現實針對性。魯迅評價他的文章為：「西漢鴻文，沾溉後人，其澤甚遠。」

名句的故事

關於屠牛坦的故事，《管子．制分》篇中便曾提及。當初管仲為了說明攻擊敵人的弱點，則強大的敵人也會變得脆弱的論點，便舉了屠夫坦的故事。而與這個故事頗為神似，但是更著名一些的，則是《莊子．養生主》篇中的那個「庖丁」，故事是這樣的：

有一天庖丁被請到文惠君的府上為其宰牛，而當他用手觸摸、用肩抵頂、用腳踐踏、用膝壓制牛的時候，都會發出轟然巨響，並且隨著他手中的刀進進出出，他的動作就像是在跳舞，而聲音就好像是在奏樂，抑揚頓挫，優美動聽至極。

看著庖丁解牛的過程，文惠君不禁出了神，並且不由得讚揚說：「哎呀，這真是太神奇了！難道連宰牛的技藝也能達到如此高超的地步嗎？」

而此時，庖丁放下牛刀回答說：「其實我所追求的是宰牛的道理，因為道理要比技藝更高一籌。我剛開始學宰牛的時候，所見到的牛都是完整的。三年之後，所見到的牛再也沒有一個是完整的了。到了現在，我看牛的時候，只是用精神去體會它，而不是用眼睛去觀察它。我的感官都停止了活動，但精神卻在遊走。我會按照牛的天然紋理，擴展已有的縫隙，將刀刺入原有的空隙，然後順著它原本就能拆解的部位拆解它。我手中的刀刃會連牛身上的經絡和軟骨都不碰，更不用說那些大的骨骼了。

「一個好的屠夫，一年就得換一把刀，因為他是用刀去割肉，時間長了刀就會鈍。而一個普通的屠夫，一個月要換一把刀，因為他是用刀砍骨頭，用不了多久刀就會鈍了。而我的這把刀，已經用了十九年，所解的牛也已經超過了數千頭，可是我的刀刃還像是新磨的一樣。這全是因為我明白，牛的骨節中是有空隙的，只要將薄薄的刀刃刺入有空隙的骨間遊走，一定是大有餘地。

「正因為這樣，十九年了，我的刀刃還像新磨的一樣鋒利。儘管我已經這樣熟練了，但是每當刀刃走到骨節相交的地方，或是遇到難解的牛體時，我還是不斷地告誡自己要小心一些，用眼凝視著，慢慢地操作，用刀輕輕地撥動，之後嘩啦一聲便解開了。每當這時，我便提起刀來，向四周環顧一下，為自己的高超技藝感到躊躇滿志。再用布把刀輕輕地抹一抹，仔細地收藏起來。」

文惠君聽了庖丁的這一席話，連連點頭，似

有所悟地說：「好啊，我聽了您的這番金玉良言，還學到了不少修身養性的道理呢！」

其實這個故事是要告訴我們：世間萬物都有其固有的規律性，只要你在實踐中做有心人，不斷的摸索，久而久之便能熟能生巧，事半功倍。

歷久彌新說名句

賈誼在他的文中舉屠夫坦的例子，是為了說明諸侯國現在的勢力已經強大，對於中央統治構成了威脅，所以對他們應該使用「斧斤」而非「芒刃」。但是，我們不妨擺脫文章原有範疇，將這句話單獨剝挑出來看，此時你會發現這句話依然是深含哲理的。

屠夫坦之所以能夠日宰十二牛，可以說是非常高的工作效率了，不僅如此，他還能做到「芒刃不鈍」，這就更難能可貴。但是他為什麼能夠達到這種境界呢？難道真的只要下刀合乎紋理就能像他一樣達到宰牛的最高境界嗎？

其實在最淺顯的哲學裡就有所謂的「規律說」，它的意思是每項事物都有它自己的規律，人只要能夠利用這個規律，並且主動、恰當地利用這個規律，我們所要做的事情便比較容易成功，甚至還能達到事半功倍的成效。如果我們完全不去考慮事物自身暗含的規律，盲目行動，甚至故意違背它，那麼，所要做的事情必然是不會成功的，甚至連事倍功半的效果都得不到。因為這樣做，你就會不斷地遇到「髖髀之所」，這時，無論你的「芒刃」再鋒利，也無法避免「不缺則折」的下場。

因此，我們可以這麼說，只要能瞭解事物最基本的規律、並依著他的規律行事，那麼凡事都可以「事半功倍」。

麟之所以爲麟者，以德不以形

名句的誕生

聖人者，必知麟[1]，麟之果[2]不為不祥也。又曰：麟之所以為麟者，以[3]德不以形。若麟之出不待聖人，則謂之不祥也亦宜。

～唐．韓愈〈獲麟解〉

完全讀懂名句

1. 麟：獸名，即麒麟。
2. 果：終究、畢竟。
3. 以：因為。

聖人必然認識麒麟，麒麟終究不是不祥的動物。再者，麒麟之所以為麒麟，是因為牠的德行而不是因為牠的外貌。如果麒麟不等待有聖人就出現，那麼說牠不吉祥也是合理的。

文章背景小常識

「解」是指見識、看法，是古代常用的文體之一，目的在於辯論與解說，根據晉朝人張華在《博物志．卷四》的記載：「賢者著述曰傳、曰記、曰章句、曰解、曰論、曰讀。」例如韓愈所做的〈獲麟解〉、〈進學解〉。而韓愈的「解」文，不僅僅只是辯論解說，更深含嘲諷社會現狀的意義，並藉助各類比喻，抒發自己懷才不遇的悲憤與落寞。

〈獲麟解〉的主角是麒麟。麒麟是一種傳說中的神獸，形似鹿，但體積較大，牛尾、馬蹄，頭上有獨角，背上有五彩毛紋，腹部有黃色毛；雄者稱為「麟」，雌者稱為「麒」，統稱為「麒麟」。《詩經》、《禮記》、《春秋》三傳等對麒麟皆有著墨，如《左傳》中記載，魯哀公十四年的春天，西狩於大野，魯國大夫叔孫氏的車夫捕獲了麒麟，沒想到叔孫氏以為牠是不祥之物，後來才被孔子認出來是麒麟。

中國自古就有「四靈」的說法，《禮記・禮運》記載：「麟、鳳、龜、龍謂之四靈。」麟就是四靈之首。古人在嚮往大同理想世界的同時，也不忘用這些吉祥動物作各式各樣擬人化的聯想，例如韓愈在另外一篇作品〈後二十九日復上宰相書〉中提到：「休徵嘉瑞，麟鳳龜龍之屬，皆以備至。」就是說各類如麟鳳龜龍之輩的人才都已齊全。用這些吉祥動物來比喻優秀的人才，這就是一種擬人化的寫作方式。

名句的故事

爾後有許多文人著述描寫麒麟的種種，但無論如何描寫，大家對麒麟的認識都還是有限，韓愈之所以作〈獲麟解〉的原因，可能就是在這樣的背景下產生的。當時應該是韓愈投靠徐州節度史張建封，時值貞元十五、六年之際。相類似的文章，出於韓愈之手，確有與眾人不同之處，不同處即在本文所要詮釋的名句。

韓愈豪氣地認為「聖人者，必知麟」，只要是聖人必然認識麒麟，又認為「麟之所以為麟者，以德不以形」，麒麟之所以為麒麟，是因為牠的德行而不是牠的外貌形體；因此能夠認出麒麟的人，必然具備獨到的、超越常人的眼光。然而麒麟如果出現，卻沒有聖人的存在，就是「不祥」的徵兆。「不祥」在這篇文章中，是另一個暗藏的主題。

由此看來，韓愈寫這篇文章，顯然另有所圖。韓愈所以強調「不祥」的原因，乃是他在仕途上總是欠缺貴人相助。韓愈曾經急於出仕，所以才會有貞元十一年的三上宰相書。後來他不得不屈居於張建封幕下時，多少有寄人籬下、前途窒礙不明的難堪。「不祥」就是韓愈的心情，因為像他這樣的麒麟已經出現了，卻沒有聖人存在；如果唐朝有聖人存在，那麼他這個麒麟早就該被賞識了。

現實中的韓愈認為自己所能憑藉的就是「德」，所謂「麟之所以為麟，以德不以形」，因此他很快地離開徐州。後來徐州發生兵變，韓愈有幸躲過迫害，更加相信自己在困境中所能抱持的只有「德」，持「德」以待聖人的出現。只是終其一生，唐朝終究沒有人願意重用他的才華。

歷久彌新說名句

清朝士大夫曾國藩曾說：「麟，韓文公自況也。聖人必知麟，猶云：惟湯知伊尹也；出不以時，猶云：處昏上、亂相之間也。」（曾國藩《經史百家雜鈔》）「況」就是比喻的意思。曾國藩認為韓愈在文中自比麒麟，就好像是說，只有商湯認得出伊尹，商湯就是聖人，伊尹就是麒麟，也就是真正的人才；韓愈在這個時候始終無法受到朝廷的重用，就是批評他自己處於無道昏君的世代。

中國民間有個溫馨的傳說「麒麟送子」。相傳孔子在出世前，有麒麟吐玉書到他的家中，玉書上面寫著「水精之子孫，衰周而素王」，意思是說孔子有帝王之德，卻未居帝王之位。韓愈此時此刻以麒麟自比，究竟是何居心呢？他難道沒有想過這樣的文章一出，會更加得罪權貴嗎?想必這都不是他關切的重點了。

還有句歇後語是這麼說：「瞪著麒麟說是馬。」就是指責一個人「不識貨」，把祥瑞珍獸的麒麟，當作是馬了。而我們常常看到慈濟人到世界各處去救濟、賑災，我們可以稱讚：「慈濟人之所以為慈濟人，以德不以形。」又例如現在許多人都會去購買智障兒所作的麵包、提袋、飾品等等，以幫助智障兒的生活所需，我們可以讚美說：「善人之所以為善人，以德不以形。」

世有伯樂，然後有千里馬

名句的誕生

世有伯樂[1]，然後有千里馬。千里馬常有，而伯樂不常有。故雖有名馬，衹[2]辱於奴隸人之手，駢[3]死于槽櫪[4]之間，不以千里稱也。

～唐・韓愈〈雜說四〉

完全讀懂名句

1. 伯樂：人名，姓孫名陽，字伯樂，春秋時代秦穆公時期人，以擅長相馬聞名。
2. 衹：音指，只、僅之意。
3. 駢：兩馬並駕一車稱為駢，這裡指一起之意。
4. 槽櫪：這裡指養馬的地方。

世上有伯樂這種擅於相馬的人，然後才會出現千里馬。千里馬時常有，可是像伯樂這種人卻不是常常有。所以雖然有一匹名馬，卻只屈辱地被奴隸飼養，和一般的馬一起死在馬房裡面，就不會被稱為千里馬。

文章背景小常識

德宗貞元十一年，韓愈二十八歲時曾經三次上書宰相，希望得到提拔晉用，卻沒想到這三封信如同石沉大海，他只好離開京城。有人推測，韓愈就在這個時候寫了這篇文章，以示感慨之意。懷才不遇是中國知識分子的最大悲哀，韓愈在文中用千里馬比喻人才，用伯樂比喻為能夠識得人才、拔擢人才的人，簡潔有力地說明識別人才的人最難得。

「千里馬常有，而伯樂不常有」，韓愈這種寫作手法分明是「托物寓意」，他其實在扼腕唐朝沒有伯樂。因為如果沒有識得人才的人存在，那麼有才能的人如何出現呢？韓愈又在〈送溫處士赴河陽軍序〉中說：「伯樂一過冀北之野，而馬群遂空。」冀北就是現今的河北省，是古時候出產良馬的地區，伯樂一經過那裡，那裡的良馬就被搜羅一空。因為即使是千里馬，如果沒有被伯樂發現，也只是槽櫪間的一般馬匹，無法脫穎而出。

所謂「世上豈無千里馬？人中難得九方皋」，韓愈被千里馬的故事所深深影響著。事實上，韓愈在幾處文章之中，都有提及宰相是為皇帝、朝廷揀選人才的人；換句話說，這些宰相們應該具備伯樂之資、當行伯樂之道，但韓愈發現事與願違。後來韓愈為了脫離這種遠離政治核心的窘境，為了另闢沒有伯樂的蹊徑，他開始四處請託，希望有人代他轉達出仕為官的心願。本文或多或少抒發了他自己懷才不遇的落寞情感，令人也替他深感委曲。

名句的故事

《韓昌黎集》有四篇〈雜說〉，最為人傳頌的就是第四篇，又被稱為〈馬說〉。這篇文章有兩個有關係的典故，都是來自春秋時代，一個是以伯樂為主角，另一個是以九方皋為主角。

「伯樂」是一個天上星宿的名字，專管天馬，而相傳春秋秦穆公時有一個人叫做孫陽，因為很會相馬的緣故，所以大家都叫他伯樂。一次，千里馬被當作一般的馬匹去拖拉鹽車，一路上汗流浹背、非常辛苦，結果中途遇到伯樂。伯樂下車伏著千里馬哭泣，千里馬則是仰天鳴叫，叫聲直衝雲霄，因為牠很高興遇到伯樂。這是成語「驥伏鹽車」的由來，用來比喻一個人的才華被埋沒或受到抑制，或指人才的處境困厄。

另一個故事是，秦穆公希望伯樂引薦另一個會尋找千里馬的人，伯樂便推薦九方皋。九方皋為秦穆公到各地去尋找千里馬，三個月後他告訴秦穆公找到一匹黃色的母馬。秦穆公派人去看，卻是一匹黑色的公馬。於是秦穆公向伯樂抱怨：「你推薦的人連馬的毛色與公母都分辨不出來，又怎麼能認識出千里馬呢？」伯樂告訴秦穆公，九方皋看到的是馬真正具備的精神和機能，而不是牠外在的皮毛，九方皋相馬的價值，遠遠高於千里馬的價值，這也正是九方皋超越他之處。等到把那匹馬牽回來時，大家才相信，果然是名不虛傳的千里馬。九方皋也就被後世比喻為善於發掘良材的人。

歷久彌新說名句

《呂氏春秋》裡面有一句話：「得十良馬，不若得一伯樂；得十良劍，不若得一歐冶；得地千里，不若得一聖人。」意思說，得到十匹好馬，不如得到一個伯樂；得到十支寶劍，不如得到一個歐冶；得到千里城池，不如得到一位聖人。這句話把伯樂與千里馬之間的關係，發揮得淋漓盡致；也就是說，世上人才到處都有，只是識才的人很難遇到。萬一遇到一個會「指鹿為馬」的趙高，想必連馬都變成野鹿！

有趣的是，韓愈雖然知道伯樂不常有，可是他卻忘記告訴大家，如何找出伯樂呢？千里馬難找，伯樂也是一樣呀！倒是有一篇現代短文，可以讓我們跳脫伯樂與千里馬之間的輔成關係，這篇文章的名稱是〈做一個不依靠伯樂的千里馬〉。該文作者很有智慧地說：「千里馬就是千里馬，沒有伯樂也照樣是千里馬。儘管有了伯樂的發現和賞識讓我們能夠走捷徑，但誰讓那些大伯樂們『太忙』，而我們又尋不到大伯樂呢？因此我想，還是讓我們做一個不依靠伯樂的千里馬好了。」

不論是伯樂或九方皋，每一個縱橫職場上的人都希望遇到賞賜自己的人，而得以發揮專才、抒發志向。且讓我們期許自己是一匹值得被挖掘的千里馬，也讓我們成為拔擢千里馬的伯樂。祝福每一匹千里馬都能遇到伯樂，也祝福遇不到伯樂的千里馬能自始至終堅持做一匹千里馬。

上下交相賊以成此名也

名句的誕生

吾見上下交相賊[1]以成[2]此名[3]也，烏[4]有所謂施[5]恩德與夫知信義者哉？不然，太宗施德於天下，於茲六年矣，不能使小人不為極惡大罪；而一日之恩，能使視死如歸而存[6]信義，此又不通之論也。

～宋・歐陽修〈縱囚論〉

完全讀懂名句

1. 相賊：互相揣摩。
2. 成：得到。
3. 此名：這種好名聲。
4. 烏：哪裡。
5. 施：布施。
6. 存：保存。

我只看到上面和下面互相揣摩而得到這種好名聲，哪裡有所謂的布施恩德和懂得信義呢？如果不是這樣的話，唐太宗向天下布施恩德，到這時已經六年了，都還不能使小人不做罪大惡極的事；但是一天的恩德，卻能使他們視死如歸地保擁信義，這實在是講不通的道理。

文章背景小常識

《舊唐書》記載：唐太宗貞觀六年（西元六三二年）十二月，唐太宗釋放了三百多人死囚回家省親，並和他們約定要在第二年秋天就回來接受死刑。到了第二年秋天，那些死囚都自動回來，沒有一個遲到的，所以唐太宗就把他們全部赦免釋放了。這件事一直都被後世的史家所稱道。

歐陽修卻有不同的看法，因為他主張法治，不主張人治，認為唐太宗縱囚回家省親的「人治」實在是不近人情，指其「立異為高，逆情干譽」，他認為皇帝應該遵循「法治」，依國家的法治怎麼處置這些死囚就應該怎麼處置，所以這種「人治」的特例不可以成為國家的「常法」，於是他寫了這篇〈縱囚論〉，並在文章中進一步指出：唐太宗之所以要這麼做，目的在於沽名釣譽。

歐陽修的文才是北宋的散文大家，這已是無庸置疑的事。歐陽修即使是寫如此深刻辨駁的文章，在批評、辨駁之中，又帶了一點寬恕意味，而且筆鋒銳利如斷案老吏，其文學之造詣可想見一斑。

名句的故事

在歐陽修的眼中，唐太宗和死囚們「上下交相賊以成此名也，烏有所謂施恩德與夫信義者哉？」所以不可取，這也是後世推崇歐陽修此文的主要原因。

在這裡姑且不論唐太宗及囚犯等人是否真的「上下交相賊」，互相揣測彼此的心意，但唐太宗這種沽名釣譽的政治作法，是一種給人改過向善的機會是無庸置疑的。而且孔子也說：「與其進也，不與其退也，唯何甚！人潔己以進，與其潔也，不保其往也。」因為能夠改過向善總比一直趕盡殺絕的好吧！

「上下交相賊」這種互相揣測心意的作法，令人聯想到莊子與惠子揣測魚之心意的故事。莊子秋水中述說，一日，莊子與惠子經過濠水木橋上，莊子低頭見水中魚兒自在悠游的模樣，不禁說：「魚兒也出來遊玩，看來悠哉悠哉，真是好不快樂。」惠子便說：「你又不是魚，你怎麼知道魚快不快樂？」莊子反問：「你又不是我，怎麼知道我知不知道魚快不快樂？」惠子又說：「我不是你，當然無法理解你所想，然這正證明你也不是魚，所以無法理解魚是否快樂。」莊子道：「你原先說：『怎樣知道魚兒快樂。』就表示你是在理解魚兒快樂的情形下問我這個問題；這證明了你是能理解我的，所以我當然也能理解魚兒囉。」

莊子與惠子的問答有一個重要的論點：「子非魚，安知魚之樂？」同理，唐太宗非死囚，安知死囚之心？死囚非唐太宗，安知唐太宗之心？要設想唐太宗和死囚們「上下交相賊」般互相揣測心意，終歸是一件危險的事情。更何況，歐陽修非唐太宗，安知唐太宗之心？當然，我們非歐陽修，安知歐陽修之心？看來，這個糾纏非得請莊子來解決不可了。

歷久彌新說名句

「上下交相賊」的原意是在上位者揣摩在下位者的心思，在下位者揣摩在上位者的意圖，如此則為了各自的利益而做出違背常情的事情。在歐陽修看來，唐太宗的作為其實就是一場政治秀，為了留下好名聲而做出虛假的仁政；但和今日同被批評愛作秀的政治人物比較起來，唐太宗放歸三百餘名囚犯的壯舉，縱然是作秀，也秀得有人情，秀得夠高明！

墨子云：「順天意者，兼相愛，交相利，必得賞；反天意者，別相惡，交相賊，必得罰。」兼愛是墨子的中心思想，亦肯定「天志」。他認為「別相惡，交相賊」是反天意，「兼相愛，交相利」才是順天意。唯有以交相利取代交相賊，順從天意，這個世界才會更美好。上下「相賊」而交相利，其實也沒什麼不好，總比「損人以利己」來得要厚道吧。

「上下交相賊」這句話到了現在，又有不同的用法。例如一篇報導的標題為「太電高層交相賊，掏空百億元」，說明公司內部高層主管以各種技巧掏空資金，而且尚不只一人，高層數人都參與了非法情事，可說上下皆知情，卻同流合污。這個用法不僅是說明該公司高層主管上下連通一氣得貪污作為，也將幾位犯法者形容為「賊」，那就可是真的「賊」了。

泰山崩於前而色不變

名句的誕生

為[1]將[2]之道[3]，當先[4]治心[5]。泰山崩於前[6]而色[7]不變，麋鹿興[8]於左[9]而目不瞬[10]，然後可以制利害[11]，可以待敵[12]。

～宋・蘇洵〈心術〉

完全讀懂名句

1. 為：擔任。
2. 將：將帥。
3. 道：方法。
4. 當先：首先應當。
5. 治心：培養智謀與膽略。
6. 前：眼前。
7. 色：臉色。
8. 興：出現。
9. 左：身旁。
10. 目不瞬：不眨眼。
11. 制利害：把握住戰爭形勢的變化。
12. 待敵：對付敵人。

擔任一個將帥，應當先培養智謀膽略。即使是一座泰山你的眼前崩塌，也能做到臉色不變；麋鹿從身邊出現，也能夠做到不眨眼，才能把握戰爭形勢的變化來對付敵人。

文章背景小常識

心術，即運用心思的方法。《管子・七法》說：「實也，誠也，厚也，施也，度也，恕也，謂之心術。」又《荀子・非相》說：「相形不如論心，論心不如擇術；形不勝心，心不勝術；術正而心順之，則形相雖惡而心術善，無害為君子也；形相雖善而心術惡，無害為小人也。」蘇洵從將帥的自我修養說起，分別從幾個地方闡述了戰爭的戰略思想，具有一定的見解，並論述為將者所應採取的將兵作戰道理。《孫子・計篇》曾說：「將者，智、信、仁、勇、嚴也。」是為將領五德，蘇洵綜合理論，寫就〈心術〉。

〈心術〉選自《嘉祐集》，體裁屬於論辨類。全文分為五段：第一段為將當先治心，養士尚義。第二段說作戰之道，必先充實戰力，培養士氣。第三段說凡將欲智而嚴，凡士欲愚。第四段說用兵必須有忍靜之心，並且必須知道用長短之術，才能無敵於天下。第五段說用兵必須有堅強信心作結。全篇可以說是一篇軍事論文，每節自成段落，各有中心，又有著內在的聯繫，邏輯很嚴密，由治心而養士，由養士而審勢，由審勢而出奇，由出奇而守備，前後相應，極為成功。

名句的故事

〈心術〉所說的是戰爭中的膽略，智謀和忍耐、吃苦的精神，而且要有純正的思想以鍛煉意志。而後人評斷蘇洵的文章，歐陽修曾說：「其（洵）議論精於物理，而善識變權，文章不為空言，而期於有用。其所撰〈權書〉、〈論衡〉、〈機策〉二十二篇，辭辯閎偉，博於古而宜於今，實有用之言，非特能文之士也。」

從「泰山崩於前而色不變，麋鹿興於左而目不瞬」此句，可看出蘇洵寫此文所著力的是戰軍作戰前的膽識。

泰山，在今山東省泰安縣北，古稱東岳，又叫岱山、岱宗，為古五嶽中的東嶽。孔子曾說：「登泰山而小天下。」由此可知，泰山是一座非常高大的山。於中國古代神話傳說中，盤古死後，其頭部化為東岳泰山。據任日方所撰《述異記》說：「昔，盤古之死也，頭為四岳，目為日月，脂膏為江海，毛髮為草木。」

秦漢期間又傳說：「盤古頭為東岳，腹為中岳，左臂為南岳，右臂為北岳，足為西岳：：」因此泰山向來被視為五嶽之首。其象徵性與精神，一如泰山上天階坊的對聯所言：「人間靈應無雙境，天下巍峨第一山。」

歷久彌新說名句

從「泰山崩於前而色不變，麋鹿興於左而目不瞬」這句可看出這是一個膽子大、又冷靜鎮定的一個人。股神巴菲特有句名言：「作為一個投資者，如果不能眼看著手中股票的價格下跌百分之五十，而仍然不驚不慌，那麼你根本不適合投資股票。」這句話頗有「泰山崩於前而色不變」的意味，面對突如其來的狀況，還能不慌不忙、冷靜處理，才能在商場上縱橫。擁有此等功力，不愧是股神！

此名句也常常被體育版的編輯所應用，以「泰山崩於前而色不變：以穩求勝，難度不減」形容跳水選手在比賽中面臨艱難狀況與旗鼓相當的對手時，仍冷靜自若，最後終於獲得勝利。

甚至有人說「泰山崩於前而色不變，炸彈落於側而身不移」，描寫得更為聳動。第二次世界大戰中，麥克阿瑟巡視菲律賓，突然附近一顆炸彈飛過，身旁的將官們紛紛臥倒，只有麥克阿瑟巍然不動。炸彈爆炸完後，麥克阿瑟笑著對將官們說：「各位的單兵基本動作訓練得非常確實。」這就是麥克阿瑟之所以為麥克阿瑟吧！

其曲彌高，其和彌寡

名句的誕生

客有歌於郢[1]中者，其始曰《下里巴人》[2]，國中屬[3]而和者數千人；其為《陽阿薤露》[4]，國中屬而和者數百人；其為《陽春白雪》[5]，國中屬而和者不過數十人；引商刻羽，雜以流徵[6]，國中屬而和者不過數人而已。是其曲彌[7]高，其和彌寡。

～戰國・宋玉〈宋玉對楚王問〉

完全讀懂名句

1. 郢：戰國時楚國的都城。
2. 《下里巴人》：當時楚國的民歌。
3. 屬：接續，接著唱。
4. 《陽阿薤露》：也是楚國當時的歌曲，比《下里巴人》高深一些。
5. 《陽春白雪》：也是楚國當時的歌曲，又比《陽阿薤露》高深些。
6. 引商刻羽，雜以流徵：這兩句形容歌唱得非常高深美妙。宮、商、角、徵、羽是古代的五音，相當於現在的音階。
7. 彌：愈。

有位客人在郢都歌唱，起初，他唱的是《下里巴人》曲目，隨聲附和的郢都人竟達數千。接著，他又唱起《陽阿薤露》，跟著唱的也有幾百人。後來，他唱起了《陽春白雪》，隨聲附和的卻只剩下幾十人。最後，當他唱到音律嚴格、調類繁雜的樂段時，能夠隨唱的僅僅只有少數幾個人而已。這說明了樂曲愈是高雅，能附和的人就愈是稀少。

文章背景小常識

宋玉是戰國時楚國人，也是屈原之後的楚國著名辭賦家，更與潘安並列中國美男子排行榜的榜首。而署名宋玉所作流傳至今的作品，除了〈九辯〉之外，其他的都有學者懷疑並非宋玉之作。文學史上往往「屈宋」並稱，而唐代的杜甫、李商隱更寫過有關宋玉的詩歌，可見宋玉對後代文學的深遠影響。

古往今來，大凡聰明有才、瀟灑英俊之人都容易受人妒忌，甚至惡意的攻擊，宋玉自然也不例外。他風流倜儻的外表及風度、聰穎敏捷的才氣，便常常受人妒嫉，並遭人誹謗。而這篇文章便是宋玉在遭到他人的排擠與惡意中傷後，在面對楚王的詰問與不信任時，以他滔滔的雄辯才華來為自己澄清，藉著這一番言論消除了自己的禍端，又隱諫了楚王。

但雖然宋玉在中國文學史享有盛名，不過針對宋玉個人的為人處世，學術界卻長期有著不同的看法。像郭沫若便曾在一九五五年《新建設》雜誌的二月號刊登了一篇〈關於宋玉〉的文章，不僅批評宋玉所寫的賦「絕大部分是幫閑文字」，並且還從流傳已久的宋玉故事中得出他「熱衷於利祿」、沒有骨氣，僅是一個風流才子的結論，最後還在他的大型歷史劇《屈原》裏，將宋玉刻畫成一個於艱危之際背叛友人的「無恥文人」。自然，這只是一家之言，但也為我們提供了一個新的思考方式。

名句的故事

傳說宋玉入宮做了楚王的文學侍從大夫以後，經常與屈原、唐勒、景差等人隨侍在楚王的左右。而在屈原的指點下，宋玉的才華得到了充分顯露，並且深得楚王的贊許，此外，他俊逸倜儻的風度也得到了楚王的垂青。但是正由於這一點，宋玉不僅引起唐勒等人的妒嫉，也受到他們的排擠。而唐勒等人私底下商議後找上楚襄王，期望襄王早日逐出宋玉。經過幾天的連番遊說，襄王終於對宋玉產生懷疑。

一天，楚襄王帶著宋玉到鼓樓街章華台遊玩，在吃午飯時，襄王突然對宋玉說道：「宋愛卿，你是不是有什麼行為不檢點的地方啊？」宋玉聽後，明白一定是有人在楚王的身旁打小報告，因此他一點也不生氣，反而好整以暇地回答：「回稟大王，人非聖賢，孰能無過，只是，微臣實在不知道大王為何突然有此一問？」襄王又說：「你犯的一定不是普通的過錯，要不然為什麼有那麼多的人不僅不讚美你，反而還紛紛指責你呢？」聽到這裏，宋玉依然慢條斯理地說：「是的，我確實有問題，希望大王你能寬恕微臣的罪過，但在此之前，請大王容許微臣把話說完。」於是，宋玉便說了「其曲彌高，其和彌寡」的故事。

當宋玉把故事說完，故意雙眼定定地望著襄王，襄王愣了一會兒後才哈哈大笑說：「好你個宋玉，難怪人們都說你能言善辯，你可真是個雄辯的人才呀！」而聽到楚王的話後，宋玉知道楚王也想通了，也跟著哈哈大笑了起來。

歷久彌新說名句

「其曲彌高，其和彌寡」自宋玉用了之後便開始流傳下來，後世多用此句比喻「知音難尋」，也就是指當藝術造詣達到很高的境界後，便很少有人能夠真正地理解，「曲高和寡」的成語也是由這句話演變出來的。像《老殘遊記》二編．第五回裡便寫道：「我在省城只聽人稱讚靚雲，從沒有人說起逸雲，可知道曲高和寡呢！」

而在一篇題為〈論詩人之死〉的文章中，作者對由古至今為何詩人的自殺率總高於常人的現象提出了自己的看法，而其中關鍵的一條結論便是「其曲彌高，其和彌寡」，意思便是詩人多不被別人所理解，因此最後總是憤懣而死。儘管這個結論不見得完全地切合實際，但看著時下的流行歌曲唱遍大街小巷，流行歌手們的追星族也有愈來愈多、愈來愈狂熱的趨勢，而好多藝術歌曲卻無人問津，讓一些專注於做音樂的人每每發出「其曲彌高，其和彌寡」的感歎，當真是「曲高和寡」導致「情何以堪」的最佳寫照。

不肯拔我一毛而利天下

名句的誕生

楊[1]之道，不肯拔我一毛而利天下。而夫人以有家為勞心，不肯一動其心以蓄[2]其妻子，其肯勞其心以為人乎哉？

～唐・韓愈〈圬者王承福傳〉

完全讀懂名句

1. 楊：指的是戰國時代的楊朱。
2. 蓄：養育。

楊朱的主張是，不肯拔自己的一根汗毛而使天下人都有利。而這個人以為有家庭就需要勞心，因此不肯費心去養育妻子兒女，那麼這個人還肯勞心去替別人著想嗎？

文章背景小常識

「傳」是一種文體，記載某人一生事跡的文字。有所謂的「別傳」，是指本傳以外，另再舉些遺聞逸事以補充本傳的傳記文；有所謂的「評傳」，即對古今人物的生平、作品、成就等加以評論的傳記；還有「合傳」，將數人的事蹟列於一傳，例如《史記》中的〈刺客列傳〉。而韓愈的這個「傳」，應該算是「小傳」，所謂「小傳」就是由私人撰寫，記述人物生平事蹟的著作。

如果就文學發展史來說，傳奇小說在唐代宗起興盛了一百年，時值古文運動之際。古文所推崇的即是先秦時代樸實的散文體，講求文以載道的功用，不求怪力亂神之語，而唐代的傳奇作品也特別豐富。〈圬者王承福傳〉並沒有被列為傳奇之列，卻是一篇近似小說的傳記雜文。由於文以載道之故，韓愈也在〈圬者王承福傳〉中寓意他所要表達的世教，當然，也隱含他因仕途不遂所產生的社會批判。

〈圬者王承福傳〉的主角王承福是一位「圬者」，就是現代人說的水泥工匠。王承福的祖先世代原本都是京兆長安縣的農夫。天寶之亂時，王承福也被徵召當兵，十三年中立下不少功勞；後來回到家鄉時，田地早就沒了，因此當起了水泥工匠，一個人的日子也這樣過了三十多年。

名句的故事

王承福顯然是一個相當自足的人，選擇水泥工匠這個職業，是因為他知道自己可以勝任這個工作，更何況從工作經驗中，他還發現「富貴難保」的道理。韓愈聽完王承福的描述之後，反應是「吾有譏焉」，對於這樣的人生態度有很大的質疑，並且認為王承福行的是「楊朱之道」。

「楊朱之道」簡單說來就是「不肯拔我一毛而利天下」。要「利天下」就必須勞心，要花心思去為別人著想。事實上，韓愈在〈後二十九日復上宰相書〉中便自許為一個憂心天下的人，所以希望求得一官半職為天下百姓服務，而韓愈也是一個對家庭負責，對親戚也給予許多幫助的人。所以他對於王承福「獨善其身」的處世態度，相當不以為然。

王承福自認沒有多餘的本事去成就一個家庭、養育妻兒，因此選擇單身的生活，以免超出自己所能負荷的範圍後，還得勞心思去想辦法。對於王承福自認為能力小的人，選擇一個自足的方式，這樣的智慧韓愈稱讚他是一個獨善的賢者；不過，依照韓愈憂天下的標準，又批評王承福是楊朱之徒，一個「貴己者」。這個評語顯然有提昇的目的，希望個人在照顧自己之餘，也能善盡社會責任。

歷久彌新說名句

「不肯拔我一毛而利天下」乃出自《孟子．

盡心》上：「楊子取為我，拔一毛而利天下，不為也。」楊朱主張「為我」，即使拔身上的一根毛就對天下有利，他也不肯做。這也是有名的成語「一毛不拔」的典故。楊朱被孟子視為「無君也」，在儒家的道德標準中，是不合格的。不過，楊朱「拔一毛而利天下，不為也」的主張，其實也有一定的道理。

楊朱以為：「古之人，損一毫利天下，不與也；悉天下奉一身，不取也。人人不損一毫，人人不利天下，天下治矣。」（《列子・楊朱篇》）意思是說，損失身上的一根毛來利益天下，這個事情不要做；人家把天下的利益都給你，這也不可以拿。人人都不會損失身上的毛髮，人人都不需去利益天下，天下就可以井然有序了。楊朱的理論是人人如果自制安分，天下自然安定。這種主張看來也有道理，韓愈為什麼要反對呢？需知，一種思想起先也許是很好，但推衍下去，就會不斷擴張、變質，假如人人都只為自己，誰來生養兒女呢？人人不生養兒女，人類如何綿延呢？人類不能綿延，文化道術不就滅絕了嗎！所以韓愈會對王承福「獨善其身」的處世態度，相當不以為然，也有他更深一層的道理。

《台灣文獻叢刊》記載了一則「馬關條約」簽訂前的議和過程。李鴻章說：「賠款既不肯減，地可稍減乎？到底不能一毛不拔。」當時日本要求巨額的賠款之外，還要求割地，李鴻章極力護衛國家的權益，他口中「一毛不拔」的意思是，日本方面對於賠款的金額、割地的大小，意即議和的條件，總不能連退一步都不願退一步吧；結果日方的伊藤博文還是強硬的拒絕：「兩件皆不能稍減；屢次言明，此係盡頭地步，不能少改。」這與後人常用「一毛不拔」來諷刺一個人非常的吝嗇與自私，是比較不一樣的用法。

又何往而不金玉其外，敗絮其中也哉

名句的誕生

觀其坐高堂、騎大馬、醉醇醴[1]而飫[2]肥鮮者，孰不巍巍乎[3]可畏，赫赫乎可象[4]也！又何往而不金玉其外、敗絮[5]其中也哉。今子是之不察，而以察吾柑。

～明．劉基〈賣柑者言〉

完全讀懂名句

1. 醇醴：美酒。厚酒叫做醇，甜酒叫做醴。
2. 飫：這是飽食、飽足的意思，音ㄩˋ。
3. 巍巍乎：崇高雄偉的樣子。
4. 赫赫乎可象：赫，音ㄏㄜˋ，赫赫是指顯盛的樣子。象，是取法的意思。
5. 敗絮：破棉花。

看他們坐在高堂上，騎著大馬，喝美酒喝得醉醺醺的，肥美的食物吃得飽飽的，誰不是表現出崇高得令人生畏，顯赫得令人羨慕啊！但他們又何嘗不是外表好看，內裡草包一個呢！現在這些你都不理會，卻專門挑剔我的柑子。

文章背景小常識

劉基（西元一三一一～一三七五年），字伯溫，處州青田縣（今浙江青田縣）人。生長在元朝明朝時代。他幼年就很聰明，身材高大，十四歲入學，讀經史性理等書，對於天文、兵法、數術無不精通。元至順間舉進士，以廉潔正直有名，但因與當政者不和，所以被削職貶官於紹興，後痛恨政治黑暗，棄官還鄉，隱居青田山中。後來創作了《郁離子》，用寓言來嘲諷當時政治。

〈賣柑者言〉這篇文章就是從《郁離子》中選出的，內容很短，是寓言性的雜記類古文。內容大致是買者向賣家抱怨，為何賣這種外表很好看，裡面完全不能吃的東西。而賣家卻說這世上多的是這種情形，你為何不說他們，反倒專挑我柑子的毛病？也就是說作者想諷刺的就是那些只重外表而沒有內容的人和事。

古文家的寓言通常都極具世教意義，如韓愈的〈圬者王承福傳〉，柳宗元的〈種樹郭橐駝傳〉，都是著名的例子。劉基的〈賣柑者言〉，假借賣柑者的話，諷刺當時文武百官的無能，專做些欺世盜名的事情，如杭人柑橘，金玉其外，敗絮其中，最後並說賣柑者的話雖聽來憤世嫉俗，但頗發人深省。此文正表達出劉基對當前局勢的不滿，以簡短但趣味的故事烘托整個主題，是其高明之處。

名句的故事

依據「金玉其外，敗絮其中」這句成語和意涵，可以聯想到「虛有其表」和「華而不實」這兩句意義相近的成語。

唐・鄭處誨《明皇雜錄》卷下：「嵩既退，上擲其草於地曰：『虛有其表耳。』左右失笑。」根據唐代的鄭處誨在《明皇雜錄》中記載，唐玄宗時中書舍人蕭嵩，長得高大，留著鬍子，相貌英偉俊秀。有一天晚上，蕭嵩被唐玄宗臨時召見，要他草擬一道任命蘇頲為宰相的詔書。蕭嵩寫好後呈給玄宗過目，文中以「國之寶」一詞稱讚蘇頲，但「瓌」字是蘇頲父親的名諱，於是玄宗要求蕭嵩當場更改。蕭嵩又急又害怕，流了一身汗，久久不能下筆。過了好一會，玄宗走到蕭嵩身邊觀看，看到他只將「瓌」字改成「珍」字，其餘的都沒改。等蕭嵩退下後，玄宗把草稿扔在地上，說：「蕭嵩只是外表長得好看罷了！根本沒有什麼內涵。」後來「虛有其表」演變為成語，用來形容空有華麗的外表，卻無實際的內涵。

另外，「華而不實」的成語是取自《左傳・文公五年》：「天為剛德，猶不干時，況在人乎？且華而不實，怨之所聚也。」春秋魯文公五年，在甯地掌管旅舍的大夫甯嬴，遇到出使衛國回來的晉大夫陽處父，覺得他是個仁德的君子，於是告別妻子追隨他而去。可是，過沒幾天，甯嬴就回來了，妻子問他為什麼這麼快回來？他回答說：「陽處父的個性太過剛強偏執。即使是像上天那麼剛強無情，尚且不干涉四時運行，更何況是人呢？而且一路上和他交談下來，覺得他說的話內容虛浮而不切實際，言過其實，容易觸犯別人，招致怨恨。眾人都怨恨他，我怕跟隨他，還沒獲得利益就先遭遇災難，所以離開他。」後來「華而不實」被用來比喻虛浮而不切實際。

歷久彌新說名句

「金玉其外，敗絮其中」一語，在明代劉基〈賣柑者言〉文中，原本是指賣柑者所賣的柑，外表看起來像金玉般華美，剝開來內裡卻乾得像破棉絮。作者借由賣柑者說的話，諷刺當時官員不能替百姓謀福，讓百姓陷於水火之中，卻「坐高堂，騎大馬，醉醇醴而飫肥鮮者」，享盡富貴榮華。後來「金玉其外，敗絮其中」演變為成語，也是延續同樣的意思，用來形容外表美好而內質破敗。

「金玉其外，敗絮其中」這句成語除了在劉基〈賣柑者言〉文中引用之外，在清魏裔介〈山西鄉試錄序〉中也有提到這句成語，內容是：「勿採春華，忘秋實；勿工文藝，薄器識；勿金玉其外，敗絮其中；勿蘭芷其名，蕭艾其質。」這句話是說不要採了春天的花，就忘了秋天的果實；不要專心致力於文藝，就忘了智慧胸襟；不要光注意外表的美好，而忽略內涵的敗壞；不要雖然具有像蘭芷般芳香美好的名聲，但本質只是像蕭艾草一樣平凡。

這句成語也有寫做「金玉其外，敗絮其內」，明朝海瑞〈主簿參評〉：「苟不盡分稱職，金玉其外而敗絮其內也，即陟巍科，登膴仕，徒玷官常耳。」這句是說假如做官不盡責任，空有官職但是全不做事，那麼即使有很高的官位，也只是玷污了那個官職的名稱而已。

藺相如之獲全於璧也，天也

名句的誕生

令秦王怒而僇[1]相如於市，武安君[2]十萬眾壓邯鄲[3]，而責璧與信，一勝而相如族[4]，再勝而璧終入秦矣！吾故曰：「藺相如之獲全於璧也，天也。」

～明．王世貞〈藺相如完璧歸趙論〉

完全讀懂名句

1. 僇：殺戮。
2. 武安君：秦將白起的封號。
3. 邯鄲：趙國都城，也就是今天的河北邯鄲縣西南。
4. 族：這是說會誅殺到相如的親族。

假使招惹秦王動怒，殺相如於市，派武安君帶兵十萬迫近邯鄲，並責問那塊璧和失信的事；一仗打勝，相如會被滅族，再勝，那塊璧終究還是歸於秦國所得了！所以我說：「藺相如保全了那塊璧，是天意啊！」

文章背景小常識

王世貞（西元一五二六～一五九〇年），字元美，明江蘇太倉人。二十二歲舉進士，官至南京刑部尚書。王世貞繼李攀龍後掌文壇盟主，達二十年之久，主張「文必秦漢，詩必盛唐」，與李攀龍、謝榛、宗臣、梁有譽、徐中行、吳國倫等被譽為「後七子」。但這前後七子的古文，往往流於模擬，而為後人所詬病。

戰國（西元前四〇三～二二一年）是一個兼併劇烈的歷史時期。本文所敘史實發生在前二八三年到前二七九年之間，正值戰國中期之末。在此之前，秦早已佔領了巴蜀，並奪取魏在河西的全部土地，又多次大敗楚軍，初步形成了統一全國的趨勢。在此期間，秦以主力圖楚，西元前二八〇年秦取楚上庸（今湖北房縣、均縣等地）及漢水北岸，西元前二七八年秦將白起攻破郢都（今湖北江陵），逼楚遷都於陳（今河南淮陽）。儘管如此，秦仍未停止對趙的進攻，所以如何對付秦的挑戰已成為趙國安危之所繫的大問題。廉頗和藺相如就是在這個歷史舞臺上起關鍵作用的人物。

王世貞認為雖然人們都稱讚藺相如完璧歸趙，但是這不是可以令人信服的。就〈藺相如完璧歸趙論〉這篇文章來看，作者認為藺相如保全了那塊璧，是既怕秦國又要激怒秦國，而這件事是很奇怪的，而且當秦國已經要割讓城池之時，藺相如又派人將璧偷送回趙國，這是將有理的一方讓給秦國啊！況且如果秦國真的動怒殺了藺相如，又打起仗來，趙國還是保不了那塊璧，所以作者說：「藺相如保全了那塊璧，是天意啊！」

名句的故事

這篇文章是王世貞針對「藺相如完璧歸趙」這段史實作的評論，但這段史實究竟是怎樣的呢？

戰國的時候，趙惠文王有一塊叫做「楚和氏璧」的寶玉，被秦國的昭王知道了，昭王便派了位使臣到趙國來跟惠文王商量要以十五個城池，和趙國換取這塊「楚和氏璧」的寶玉。大家看到惠文王相當煩惱，就有人提議：「我們去請智勇雙全的藺相如來，他一定會想到好辦法的。」文王詢問藺相如該不該拿去，相如認為要，並且自願前往。藺相如到了秦國以後，見到了秦昭王，便把璧玉奉上。秦昭王一見到璧玉後，高興得不得了，不斷地把璧玉捧在手上仔細欣賞，又把它傳給左右的侍臣和嬪妃們看，卻都不提起十五個城池交換的事。

藺相如一看情形不對，馬上上前對秦王說：「大王，這塊璧玉雖然是稀世珍寶，但仍有些微的瑕玼，請讓我指引給大王看看。」秦王一聽：「有瑕玼？快指給我看！」藺相如從秦王手中把璧玉接過來以後，馬上向後退了好幾步，背靠著大柱子，瞪著秦王大聲說：「這塊璧玉根本沒有瑕玼，是我看到大王拿了寶玉以後，根本就沒有把十五個城池給趙國的意思。所以我說了個謊話把璧玉騙回來，如果大王要強迫我交出璧玉的話，我就把楚和氏璧和我自己的頭，一起去撞柱子，砸個粉碎。」藺相如說完，就擺出一付要撞牆的樣子。

秦昭王害怕藺相如真的會把璧玉撞破，連忙笑著說：「你先別生氣，來人呀！去把地圖拿過來，劃出十五個城市給趙國。現在你可以放心把璧玉給我了吧！」藺相如知道秦王不安好心，就騙秦王說：「這塊楚和氏璧，是天下人都知道的稀世珍寶，趙王在交給我送到秦國來之前，曾經香湯沐浴，齋戒了五天，所以大王在接取的時候，也同樣應該齋戒五天，然後舉行大禮，以示慎重。」秦王為了得到璧玉，只得按照藺相如所說的去做。藺相如卻趁著秦王齋戒沐浴的這五天內，叫人將那塊璧玉從小路送回趙國。

五天過去了，秦王果真以很隆重的禮節接待藺相如。藺相如一見秦王便說：「大王，秦國自秦繆公以來，二十多位君王，很少有遵守信約的人，所以我害怕受騙，已差人將璧玉差人送回趙國。如果大王真的要用城池來交換楚和氏璧，就請先割讓十五個城池給趙國，趙王一當遵守誓約將玉璧奉上。現在，就請大王處置我吧！」秦昭王一聽璧玉已經被送回趙國，心裡雖然很生氣，卻也佩服藺相如的英勇，不但沒有殺他，還以禮相待，送他回趙國。後來，大家就用「完璧歸趙」來形容將別人的東西完整歸還給別人的意思。

歷久彌新說名句

中國古代對於璧玉好像總是特別重視，所以由璧玉而產生的典故和歷史故事也就特別多。「藺相如之獲全於璧也，天也」，這句話透露出一種命定論的感覺，似乎在冥冥中有一些是情勢早就決定好了的。在《史記．秦始皇本紀》中有記載一段關於秦始皇與一塊璧玉間的故事，也有這樣的意味。

在始皇三十六年（西元前二一一年）的秋天，有位使者從關東走夜路經過華陰平舒道（陝西省華山之北）時，遇見一人手持一塊璧玉，並攔住使者說：「替我把這塊璧玉送給水神。」又說：「今年祖龍死。」（祖就是始，龍代表國君，祖龍死是暗示始皇將死的意思）。使者問他何故？那人就忽然不見，留下璧玉就離去了。沒想到，這塊璧玉竟是始皇二十八年出巡渡江時，不小心遺落到江中的那塊璧玉。

始皇三十七年（西元前二一〇年）十月癸丑日，始皇外出巡遊。有一天始皇夢見和海神交戰，便請占夢的博士解夢，博士認為只要射死水中的大魚蛟龍就可以了，但是在射殺了一條大魚之後，始皇往西巡遊到平原津時，就病倒了，病情一天比一天沈重，到了七月丙寅日，始皇病崩在沙丘平臺（今河北省平鄉縣東北）。也許人無法決定自己的生死，連秦始皇也不例外。

在金庸小說《鹿鼎記》第五十回〈鶚立雲端原矯矯，鴻飛天外又冥冥中〉，也曾出現「完璧歸趙」的詞語。「……韋小寶笑道：『多謝萬歲爺金口。奴才升官發財，多福多壽，全憑皇上恩賜。再說，奴才這兩筆錢，本來都是臺灣人的，還給了臺灣的老百姓，也不過是完璧歸……歸台而已。』康熙哈哈大笑，說道：『完璧歸趙的成語，給你改成了完璧歸台。』」

由這邊我們可以知道「完璧歸趙」已經由一個歷史故事演變為一個我們日常生活用來形容原物完整奉回的形容詞了。

爲善必愼其習，故所居必擇其地

名句的誕生

為善必慎[1]其習，故所居必擇其地。善在我耳，人何損焉？而君子必擇所居之地者，蓋慎其習也。孔子曰：「里[2]仁[3]為美。」意以此與[4]！

～宋．王安石〈里仁為美〉

完全讀懂名句

1. 慎：謹慎。
2. 里：鄉里。
3. 仁：仁愛。
4. 與：語尾歎詞。

有心學習善性善行的人，對於習氣是相當謹慎的，因此他一定會選擇居住的地方。但為善與否難道最重要的不是自己？別人對於自己想要為善的心情又能有什麼減損呢？然而君子之所以一定慎選居住之地，正是出於對習氣的謹慎。孔子說：「要居住在有仁厚風氣的地方才好。」說的就是這個意思。

文章背景小常識

本篇文章的篇名〈里仁為美〉，實際上是出自《論語．里仁》孔子所說的一段話，「里仁為美，擇不處仁，焉得知？」知就是智，孔子認為，居住的地方，若是不選擇風氣良好的環境，便無法獲得智慧。對於歷史上的儒家人物，王安石最敬仰的是孔子，因此也才會作了這篇闡發孔子思想的文章。王安石曾倡議科舉改試經義，以代詩賦，本篇文章就是王安石所做經義之示範文，可謂言八股文源流之始祖。

王安石在宋神宗殷切的期望下，放手進行改革，迅速制訂出均青苗法、免役法等相關法令，後人統稱為熙寧新政。這一變法，確實是減輕了百姓的負擔，對農業頗有鼓勵的作用，也加強了抵抗遼國和西夏的國防力量，但卻嚴重地打擊了豪紳士族的利益。於是豪族仕紳紛紛起來阻撓反對。雖遭遇頑固的抵抗，王安石自謂：「天命不足畏，眾言不足從，祖宗之法不足用。」蘇軾因而送他「三不足」的雅號。

名句的故事

「為善者必甚其習，故所居必擇其地」，來自孔子所說的「里仁為美」，這句話主要是強調環境的重要，因為人是很容易受到環境的影響的。孟子也提出過類似的觀念，《孟子，滕文公》下篇「傅楚」有這樣的故事；孟子對宋國大臣戴不勝說：「如果有個楚國的大夫，想讓他的兒子學說齊國的語言，那麼是讓齊國人教他呢，還是讓楚國人教他呢？」戴不勝回答：「當然是讓齊國人教他。」孟子說：「一個齊國人教他，但卻有許多楚國人在干擾他，跟他說楚語，那麼，雖然天天鞭打他，逼他學齊語，也是不可能的；如果把他領到齊國國都臨淄城內最繁華的街市，讓他在那裏住上幾年，那麼，儘管天天責打他，要他講楚語，那也做不到了。」因此不可輕忽環境的力量。

孟子本身正是「所居必擇其地」的大受惠者嗎？當初若沒有孟母的三遷，孟子能不能成為今日華人尊稱的「亞聖」尚不可知！即使是主張性惡的荀子也這麼說：「故君子居必擇鄉，遊必就士，所以防邪辟而近中正也。」可見即使是君子，也要避開不好的環境，以免「入鮑魚之肆，久而不聞其臭」。

歷久彌新說名句

這樣注重環境與人對人格影響的警句，使人聯想到的句子就是「如入芝蘭之室，久而不聞其香；如入鮑魚之肆，久而不聞其臭」。這句話的原文出自漢朝劉向的《說苑・雜言》：「與善人居，如入芝蘭之室，久而不聞其香，則與之化矣。與惡人居，如入鮑魚之肆，久而不聞其臭，亦與之化矣。」意思是，同道德品質高尚的人相處，就好像進入養育芝蘭的花室，時間長久後就聞不到它的香氣；同道德品質不好的相處，就好像進入賣鹹魚的店鋪，時間長久後就聞不到鹹魚的腥臭味了。這句話如同「為善必慎其習，故所居必擇其地」一般，是在說明結交朋友和客觀環境對人的品行有重大影響，並勸人交友要慎重。

這句話到了後世，也有分開應用的狀況出現。如蔣孔陽於《美的距離》一書中說：「『如入芝蘭之室，久而不聞其香』。天下多少美好的事物，都因為和我們的距離太近，習以為常，而不覺其美。」在這裡，「如入芝蘭之室」是表示由於經常接觸美的事物，久了之後反而習慣了，看不見其美麗的所在。

另外可以聯想到的句子，則是較常見的「近朱者赤，近墨者黑」。這句話語出晉朝傅玄的《太子少傅箴》：「故近朱者赤，近墨者黑；聲和則響清，形正則影直。」比喻接近好人可使人變好，接近壞人則可使人變壞。

有四個學生想知道人參果的味道，於是分別拜訪了當年吃過人參果的唐僧師徒們。第一個人回來後，說：「人參果的味甘甜鮮美，很好吃。」第二個人也附和說：「的確如此。」第三個人連連點頭，同樣表示贊成。第四個人卻有不同的意見：「你們說的都不對，人參果吃來滑溜溜，沒有特別的味道。」這人和大家爭論不休，最後跑到夫子那裡討公道。

夫子想了一下，便問：「你們是向誰請教的？」第一個回答：「我問唐三藏。」第二個回答：「我問孫悟空。」第三個回答：「我問沙悟淨。」夫子問第四個，「那你呢？」「我問的是豬八戒。」老師微笑說：「這就難怪了，當初豬八戒是將人參果囫圇吞下肚子裡，牠怎麼能說出真正的味道呢？」

接近積極的人會更有衝勁；接近樂觀的人會更開朗。同一個問題，不同心境的人會給你不同的答案，難怪近朱者赤；近墨者黑。靠近甚麼樣的人，自己也容易成為哪種模樣。

賢者於其所至，不獨使其人之不忍忘而已

名句的誕生

然後知賢者於其所至[1]，不獨[2]使其人之不忍忘而已，亦不能自忘於其人也！

～明・歸有光〈吳山圖記〉

完全讀懂名句

1. 所至：所到的地方。
2. 不獨：不只是。

然後明白賢者對於他所到的地方，不但使當地的人忘不了他，而且連自己也不會把別人忘了。

文章背景小常識

這一篇文章選自《震川先生集》，是一篇雜記類的古文。作者歸有光（西元一五〇六～一五七一年），字熙甫，號項脊生。崑山（今江蘇省崑山縣）人。相傳他十分有才華，九歲就會寫文章。嘉靖十九年（西元一五四〇年）中舉人，但是以後二十多年，八次會試不第。嘉靖二十一年移居江蘇嘉定安亭江上，讀書講學，他的學生多達數千人，被稱為震川先生。

明代中葉，文壇上出現了前後七子的復古運動，對掃除臺閣體的文風有相當作用，但是到了嘉靖年間，復古運動已經流為盲目尊古傾向，所以有王慎中、茅坤、唐順之等起來抵制，提倡唐宋古文，被稱為唐宋派，但實際上領導人則是歸有光。他主張文章不要雕飾太甚，應當恬適自然。有人把歸有光與歐陽修相比，推崇他為明代第一散文大家。直到清代，

方苞、姚鼐等人，也對歸有光相當稱讚。

這一篇文章是歸有光記他的同年好友魏用晦在擔任吳縣縣令的時候，有很好的政績，在卸任的時候，吳縣人送他一幅吳山圖，表示不忘。後來歸有光在朝廷遇到魏用晦時，談到自己的家鄉吳縣，他就把吳山圖拿出來，並要他作記。本文屬記敘文，一開始記敘地理位置，說明郡西諸山皆在吳縣，然後敘述吳縣民感懷縣令（也就是魏用晦）的惠愛，而贈送吳山圖的經過，繼而說明魏用晦的德政使得山川草木皆與有榮焉，百姓無法忘懷這位縣令，而他也時時記掛百姓，最後講述作記緣由。通篇文章的主旨就是在說明賢者於其所至，不獨使其人不忍忘，亦不能自忘於其人。訴說良吏不忘百姓，百姓也不忘惠政的一段佳話。

名句的故事

不論任何時代，只要能碰到一位愛民如子的好官，都是一件相當幸福的事，不僅當時的百姓會感懷他，他的德政也會千古流芳，受到後人緬懷。大家都知道有一位名畫家叫做鄭板橋，但是他也是一位愛民如子的好官呢！

鄭板橋是「揚州八怪」之一，名燮，板橋是他的號。因為他在所作的書畫下款都題「板橋鄭燮」的字樣，後人就逐漸稱他為鄭板橋。鄭板橋因為失去了自己的獨子，因此總是經常尋訪孤兒，然後傾力相助。縣學裏的孩子放學碰上雨天不能回家，他就讓人送飯，又想到孩子們走泥路容易壞鞋，就讓人找些舊鞋送給他們。在遇到災荒時，鄭板橋都據實呈報，力請救濟百姓。他還責令富戶輪流捨粥以供饑民糊口，並帶頭捐出自己的俸祿。當災情嚴重時，他總不顧懲處的危險，毅然決定開官倉借糧給百姓應急。如果百姓們無法歸還糧食，他就乾脆讓人把債券燒了，所以百姓們都很感謝他這個體恤百姓、愛民如子的清官。乾隆十七年，他因申請救濟而觸怒上司被罷官時，百姓都來送行，他只雇了三頭毛驢，一頭自己騎，一頭讓人騎著在前邊領路，一頭馱行李。做縣令長達十二年之久，卻清廉如此，送行的人見了都很感動，依依不捨。鄭板橋真是做到了「不獨使其人之不忍忘而已，亦不能自忘於其人也」。

歷久彌新說名句

在帝制時代，國家的興衰存亡幾乎都繫在皇帝一人身上，所以任用有賢德、才能的人就格外重要，有許多相關的成語也應運而生，例如「任賢使能」即是。這句成語出現在《三國演義》第八十二回：「吳王浮江萬艘，帶甲百萬，任賢使能，志存經略。」這一段話是在稱讚吳王能任用賢能，又有雄韜武略。

而現今的民主社會中，「賢者」依然重要，達賴喇嘛就曾建議組成一個全球性的賢者委員會，由世界知名賢達人士，如捷克前總統哈維爾，獲得諾貝爾和平獎的美國前總統卡特以及一些受人們尊敬且對社會有貢獻的科學家、哲學家、非政府組織代表及無特別經濟利害關係人士組成。可見不論古今中外都是求賢若渴的。只是我們應該慶幸的是，今日我們可以用手中的選票，來選賢與能，不過許多人對於我們現在的選舉生態不盡滿意，例如黃大洲就曾指出：「台灣的選舉，最後都淪為『造勢比賽』，而不是候選人人格的評比與政策的辯論。」也許向來以民主自居的我們真該好好檢討一下了。在《禮記．禮運》中：「大道之行也，天下為公：選賢與能，講信修睦。」其所表現的境界，才是我們要追求的，真正選出一位「不獨使其人之不忍忘而已，亦不能自忘於其人也」的賢者。

教化之行，道德之歸，非遠人也

名句的誕生

使[1]一人之行[2]修，移之於一家，一家之行修，移之於鄉鄰族黨，則一縣之風俗成，人才出矣。教化之行，道德之歸，非遠人也[3]。

～宋．曾鞏〈宜黃縣縣學記〉

完全讀懂名句

1. 使：假使。
2. 行：品行。
3. 非遠人也：語出《中庸》：「道不遠人。」

一個人的品行好了，就可以影響到整個家；一家的品行好了，就可以影響到全部鄉鄰和親族宗黨，那麼這個縣的淳厚風俗就可以造成，人材也就產生了。推行教化，歸向道德，這種作用離人並不遙遠。

文章背景小常識

宜黃縣，今江西省宜黃縣，北宋時屬撫州臨川郡。縣學，縣里的學堂，當時在縣城北面。宜黃縣縣令李詳，治縣有方，並提倡辦學，修建了縣學，學校建成後，有人請曾鞏寫了這篇學記。

曾鞏寫的學記有兩篇，分別為〈宜黃縣縣學記〉和〈筠州學記〉，前人評價很高。本文闡述教育的重要性，認為教育可以轉變一個人的性情，培養大量人才，扭轉社會風氣，以至推行仁政。文章由遠古的教育談起，以古代教育制度之完善和後代廢學的後果，從正反兩方面來襯托學校教育的影響之鉅。文體雖然屬記敘文，實際上是一篇議論居多的文章，這也是曾鞏為文的一大特色。

名句的故事

本句其實是脫胎於《中庸》：「道不遠人，人之為道而遠人，不可以為道。」意思是說修道不離人道、人事、人倫，都在日常生活之中。然而所謂道指的究竟是什麼？子貢問過孔子：「有一句話能夠終其一生去執行它嗎？」孔子說：「那大概就是『恕』吧！自己不願意別人做的，就不要施加在他人身上。」又有一次，孔子在弟子面前說：「曾參啊！我說的道其實可以用一種觀念來貫通它。」曾子回答：「是的。」等到孔子出去了，其他的學生便問曾子：「老師說的是什麼意思？」曾子說：「老師的道，說的就是忠恕而已呀！」忠就是盡自己最大的能力，恕就是同理心。

曾鞏的文章非常固守先人的想法，從這句「教化之行，道德之歸，非遠人也」幾乎完全旨在闡發《中庸》與《論語》的思想可見一斑，是「文以載道」徹底的執行者。也由於這樣小心翼翼地走在儒家的道路上，使得後代大大發揚了儒學精神的理學大師朱熹，對於曾鞏讚譽有加。

歷久彌新說名句

曾鞏所言由一人而一家而一鄉一國，少不了「推己及人」的胸懷，凡事總是要從自己出發，進而才能影響到他人。在各種主要文化中，「推己及人」是放之四海而皆準的道德規範。儒家稱這個規範為「忠恕之道」；基督徒則稱之為「金律」；在猶太教、印度教及佛教，同樣的典範也存在。除了前文所舉《論語》之例之外，《中庸》也記載：「忠恕違道不遠，施諸己而不願，亦勿施於人。」基督宗教的《聖經》中，耶穌也兩次教導門徒以這個推己及人之道與別人交往：「所以，無論何事，你們願意人怎樣待你們，你們也要怎樣待人，因為這就是律法和先知的道理。」由於耶穌認為這推己及人之道能綜合整個舊約聖經的教訓，所以後來的信徒便稱之為「金律」。

在猶太教的經典《塔木德》中，記載一個故事，說一個非猶太人求名師希拉爾，請他在短暫時間之內，把摩西五經全教導給他。希拉爾便說：「己所憎惡，勿施於人；其餘都是註釋。」除了在儒家、基督宗教及猶太教之外，這個推己及人的教導也出現於原始佛教；釋迦牟尼教導一個「自通法」：「凡於自己不愛不快之法，於他人亦為不愛不快之法；然則我緣何得以自己不愛不快之法，而緊縛他人哉！」

道與德的起點其實很簡單，不外乎身邊的小事情，這也就是「道不遠人」所蘊含的意義。

晏子好仁，齊侯知賢，而桓子服義也

名句的誕生

予嘗愛晏子好仁，齊侯知賢，而桓子服義[1]也。又愛晏子之仁有等級，而言有次[2]也；先父族，次母族，次妻族，而後及其疏遠之賢。

宋．錢公輔〈義田記〉

完全讀懂名句

1. 服義：這是說桓子接受齊侯用晏子酒杯敬的酒，是心服於義的行為。
2. 次：次序。

我曾經很喜歡晏子的愛好仁道，齊侯的知道賢人，桓子的服從正義。同時又喜歡晏子的仁愛有等級，而說話又有次序。他先是父族，其次母族，再次是妻族，最後才推廣到那些比較疏遠的賢人。

文章背景小常識

〈義田記〉的作者為錢公輔，字君倚，是宋代武進人，進士及第後，他就入朝為官，但是英宗時，他因為與當政者不合，被貶官，神宗即位的時候，讓他作天章閣待制的官，但他又因為忤逆王安石，而降作知府，可見他的仕途是不太順遂的。

〈義田記〉是錢公輔寫來讚揚范仲淹設置「義田」這樣的義舉的文章，文章開頭即敘述了范文正公購置義田的經過及施行之法，范仲淹死後，他的子孫繼續推行，家財都耗費在義田上，就連范仲淹死時所需的殯葬費用也拿不出來，最後錢公輔用晏嬰的事蹟和當世公卿大夫的作為，從正反兩方面映襯范文正公的義行。作者認為范仲淹這樣的行為，比晏子的仁有等級還要高超，規模也更大。

這篇文章是讚美范仲淹推行的義田制度，但究竟什麼是義田呢？原來范仲淹為了贍助窮乏的族人，置田收租，作為族中公產，名為義莊，其田稱義田，義田收穫的米稱義米。他訂的規矩很簡單，主要是列明義莊中對族人衣食的配給方法，例如無論男女，五歲以上都受配義米，每月白米三斗，冬衣大人各配給絹布一匹，五歲至十歲減半等等，均有詳細的規定。此外，有嫁娶喪葬等吉凶事故時，也有發給輔助費用。義莊周濟的對象雖是以范氏家族為主，但是對於貧窮不能度日的鄉里外姻親戚，也量行濟助。

名句的故事

晏子是齊國的宰相，因為身高很矮，不到六尺，又很賢能，所以有些趣味故事，為人津津樂道。有一次晏子出使楚國，楚王見晏子矮小，就說：「齊國難道沒有人才嗎？怎麼派你來了呢？」晏子回答說：「齊國臨淄有七八十萬戶人家，人們張開衣袖就像烏雲遮天，揮把汗水就像下一陣雨，行起路來肩膀擦著肩膀，腳尖挨著腳跟，為什麼說齊國沒有人才呢？只是，我們齊國派遣使者，各有一定的對象，才能出眾的人，派遣他去見賢明的國君；沒有才能的庸俗之輩，派遣他去見無才能的昏君。我是齊國最無才能的人，所以最適宜派到楚國來了。」

名句中的桓子為田無宇，而齊侯是齊景公，他們田家與齊國關係還真不淺！傳說有「田氏廢君」的預言，桓子的祖先陳完剛出生的時候，太史曾為他卜卦，說他或他的子孫將取得一國，成為國君。陳國衰落後，陳完就離開陳國來到齊國，並改姓田，他的後代文子、無宇父子皆侍奉齊莊公，很受寵信，無宇的兒子侍奉齊景公，是大夫，而且田家很得到齊國的民心，他們家族也越來越強大；晏子曾多次向景公進諫，但景公不聽。後來幾代田氏家族皆任宰相，更有了廢立國君的權力，悼公、簡公、平公皆是為田氏所立，到了田午即位為桓公，他的兒子因齊即位為威王，而原本的齊國則是斷絕了後代，封地都歸田氏所有。

歷久彌新說名句

在「晏子好仁，齊侯知賢，而桓子服義也」這句名句中，齊侯的知賢傳為千古佳話，而「知賢」可以讓我們聯想到唐太宗的知人善任，他與名臣魏徵之間的關係更是時常在我們生活中聽到的。魏徵向來是看到該說的就說，從不畏懼。他的膽識和卓見，為「貞觀之治」做了不可磨滅的貢獻。

有一次太宗退朝回宮後，盛怒未息，對長孫皇后說：「遲早我要殺了這個鄉巴佬！」皇后急忙問道：「陛下要殺誰呀？」「魏徵總是當面侮辱我，不給我留情面！」皇后聽完後，立刻換了禮服出來向太宗道賀說：「君明則臣直。魏徵忠直，敢於犯顏直諫，正說明你的聖明大度，真是可喜可賀啊！」太宗聽完後，怒氣漸消。想起魏徵的為人處世，內心反而油然生起了無限的敬意。

晏子好仁，而且仁有等級，這最早可以追溯到孔子，「仁」是孔子的中心思想，雖然孔子並沒有明確說明「仁」是什麼，不過《論語・顏淵》篇仲弓問仁，孔子答以「己所不欲，勿施於人」。如《孟子・盡心》篇說：「強恕而行，求仁莫近焉。」看來仁與恕是分不開的，而最基本的應該就是「己所不欲，勿施於人」了，英文有句諺語：「Do as you would be done by.」以你所期望的別人待你的方式待人。與「己所不欲，勿施於人」的意思是相同的，這也許是古今中外不變的道德金律吧！

國家圖書館出版品預行編目資料

中文經典100句——古文觀止 / 文心工作室　編著.
-- 初版. --臺北市 : 商周出版 : 家庭傳媒城邦分公司發行, 2005[民94]
面：　　公分.--（中文經典100句；3）

ISBN 986-124-335-6（平裝）

835　　94000762

中文經典100句03
古文觀止

編著者／文心工作室
總編輯／林宏濤
責任編輯／顏慧儀
發行人／何飛鵬
法律顧問／中天國際法律事務所周奇杉律師
出版／商周出版
台北市104民生東路二段141號9樓
電話：(02) 25007008　傳眞：(02)25007759
E-mail：bwp.service@cite.com.tw
Blog：http://bwp25007008.pixnet.net/blog
發行／英屬蓋曼群島商家庭傳媒股份有限公司城邦分公司
台北市中山區104民生東路二段141號2樓
書虫客服服務專線：02-25007718；25007719
服務時間：週一至週五上午09:30-12:00；下午13:30-17:00
24小時傳眞專線：02-25001990；25001991
劃撥帳號：19863813；戶名：書虫股份有限公司
讀者服務信箱：service@readingclub.com.tw
城邦讀書花園：www.cite.com.tw
香港發行所／城邦（香港）出版集團有限公司
香港灣仔駱克道193號東超商業中心1樓
E-mail：hkcite@biznetvigator.com
電話：(852) 25086231　傳眞：(852) 25789337
馬新發行所／城邦(馬新)出版集團 Cite (M) Sdn. Bhd.
41, Jalan Radin Anum, Bandar Baru Sri Petaling,
57000 Kuala Lumpur, Malaysia.
Tel: (603) 90578822　Fax: (603) 90576622
Email: cite@cite.com.my
封面設計／徐璽
電腦排版／冠玫電腦排版股份有限公司
印刷／韋懋實業有限公司
總經銷／高見文化行銷股份有限公司
電話：(02)2668-9005　傳眞：(02)2668-9790　客服專線：0800-055-365

■2005年02月15日初版
■2013年06月14日初版25刷
printed in Taiwan
定價240元
 ISBN 986-124-335-6

請於此處用膠水黏貼

商周出版

讀者回函卡

感謝您購買我們出版的書籍！請費心填寫此回函卡，我們將不定期寄上城邦集團最新的出版訊息。

姓名：＿＿＿＿＿＿＿＿＿＿＿＿＿＿＿＿＿＿ 性別：☐男 ☐女

生日：西元＿＿＿＿＿＿年＿＿＿＿＿＿月＿＿＿＿＿＿日

地址：＿＿＿＿＿＿＿＿＿＿＿＿＿＿＿＿＿＿＿＿＿＿＿＿＿＿

聯絡電話：＿＿＿＿＿＿＿＿＿＿＿＿ 傳真：＿＿＿＿＿＿＿＿＿＿

E-mail：

學歷：☐ 1. 小學 ☐ 2. 國中 ☐ 3. 高中 ☐ 4. 大學 ☐ 5. 研究所以上

職業：☐ 1. 學生 ☐ 2. 軍公教 ☐ 3. 服務 ☐ 4. 金融 ☐ 5. 製造 ☐ 6. 資訊

☐ 7. 傳播 ☐ 8. 自由業 ☐ 9. 農漁牧 ☐ 10. 家管 ☐ 11. 退休

☐ 12. 其他＿＿＿＿＿＿＿＿＿＿＿＿＿＿＿＿＿＿＿＿

您從何種方式得知本書消息？

☐ 1. 書店 ☐ 2. 網路 ☐ 3. 報紙 ☐ 4. 雜誌 ☐ 5. 廣播 ☐ 6. 電視

☐ 7. 親友推薦 ☐ 8. 其他＿＿＿＿＿＿＿＿＿＿＿＿＿＿＿

您通常以何種方式購書？

☐ 1. 書店 ☐ 2. 網路 ☐ 3. 傳真訂購 ☐ 4. 郵局劃撥 ☐ 5. 其他＿＿＿＿

您喜歡閱讀那些類別的書籍？

☐ 1. 財經商業 ☐ 2. 自然科學 ☐ 3. 歷史 ☐ 4. 法律 ☐ 5. 文學

☐ 6. 休閒旅遊 ☐ 7. 小說 ☐ 8. 人物傳記 ☐ 9. 生活、勵志 ☐ 10. 其他

對我們的建議：＿＿＿＿＿＿＿＿＿＿＿＿＿＿＿＿＿＿＿＿＿＿

＿＿＿＿＿＿＿＿＿＿＿＿＿＿＿＿＿＿＿＿＿＿＿＿＿＿＿＿

＿＿＿＿＿＿＿＿＿＿＿＿＿＿＿＿＿＿＿＿＿＿＿＿＿＿＿＿

請於此處用膠水黏貼